ピエタの時代

I　原罪篇

江上　剛

Egami Go

文芸社文庫

目次

ピエタの時代　II　贖罪篇

II　贖罪篇

ピエタの時代　Ⅰ　原罪篇

――ピエタ（pieta）というのは、嘆きと言われておりますが、わたしは慈悲の意味だと思います。マリア様はイエス様の復活を固く信じて、そのお遺骸《いがい》を抱きかかえておいでなのです。わたしは感じ、見えるのです。あの微笑の中に、無限の慈しみが……。

（アッシジのサン・フランシスコ教会で出会った盲目の日本人神父）

プロローグ

バスは田舎道を走る。青く澄み渡った空の下に黒くアスファルトで舗装された道が続く。道の両側には緑の水田が広がっている。遠くの山々はどこまでもなだらかだ。バスの窓を少し開ける。風が吹き込んできて顔に当たる。口を開け、思いっきり風を吞《の》み込む。なま温かい空気の固まりが、喉《のど》を通って腹の中に納まった。

――帰ってきた……。

十年振りに故郷に着いた。最後にこの村に帰ってきたのは、父の葬儀の日だった。そして母が死んだ後、わたしと一緒に暮らすことを断り、頑固に田舎暮らしを続けた。そして枯れるように死んだ。父の死んだ後は、もう誰も家に住む者がいなくなった。葬儀を手伝ってくれた村人は「帰ってくるのけぇ」と尋ねたが、あいまいな笑みを浮かべただけだった。

その後、家は整理した。近くに住む人に買ってもらった。広い家だったが、タダ同然の値段にしかならなかった。ただし墓を守ることだけは条件にした。購入した人は「よう、わかっとうでぇ」と村特有の間延びした言い方で誠実に応《こた》えてくれた。寛永《かんえい》元年からこの村に住んでいると寺で聞いていたから、三百八十年ほど続いた家が、わたしの代で他人の手に渡ってしまった。

今回は墓参りに帰ってきた。友人の墓だ。

バスが止まった。長命寺《ちょうめいじ》前。真言宗高野山派の寺だ。停留所を示す丸い案内板が道の脇にぽつねんと立っている。周りを雑草が覆っている。緑の草の中にマーガレットのような白い小さな花が咲いていた。風に幽《かす》かに揺れている。

周囲は畑ばかりだ。菊の花や薬草を栽培するビニールハウスが見える。人は誰もいない。仮にいたとしても景色に溶け込んでいて、わたしにはわからないだろう。

長命寺は山すそに抱かれるようにしてあった。山は姿のいい、まるで富士山のようななだらかなスロープを描いている。子供のころ、写真で見た富士山と長命寺の山が、あまりに似ていたので勝手に「富士山」と呼んでいたことを思い出す。

ここからは歩くしかない。舗装された道をしばらく行くと石の山門がある。その山門をくぐると石段が続く。バスに乗り込む前に買った花がしおれていないか、気にしながら一歩ずつ石段をあがる。中段には石の如来像が建っている。その側を抜けると寺の境内になる。

境内は広く、ゆったりとしている。木造の古い本堂があり、境内に植えられた沙羅《さら》の木の淡い緑が美しい。その木の周りを竹箒《たけぼうき》で掃き清めている上品な銀髪の女性がいた。着物に今どきは珍しい割烹着《かっぽうぎ》姿だ。和尚の内儀だ。昔あったことがあるが、彼女は覚えていないだろう。

「米本謙一郎《よねもとけんいちろう》の墓は何処になるでしょうか」

彼女に近づき、訊《き》いた。

彼女は穏やかな顔で、じっとわたしを見つめた。記憶を辿《たど》っているようにも思える。かすかに白い歯を見せて、笑みを作った。

「この先の石段をあがりますとちょっと広いところに出ます。その横を入ったところにありますぇ」

掃除を中断して、釣鐘堂の横にある小さな山門を指差した。

「ありがとうございます」

軽く頭を下げた。

「よう参ったげて下さい。かわいそうな死に方やったさかい」

彼女は顔を曇らせてゆっくりと言った。

「ええ……」

「あなた……中島さんとこの息子はんでっしゃろ。お元気そうで……」

彼女は微笑んだ。少し驚き、彼女を見つめた。

「お家《うち》のお墓にも参ったげて下さいね。綺麗《きれい》にしてあるさかいに……。おとうはんやおかあはんが喜ばれることでしょう」

「分かりました」

今度は深く頭を下げた。唐突に涙がにじんできた。

小さな山門を出ると苔《こけ》むした石段がずっと上まで続いていた。墓所への石段だ。彼女が教えてくれた米本家の墓所に立った。低い石塀で囲まれた中に、米本家先祖代々之墓と刻まれた御影石《みかげいし》の石柱がある。その脇に同じ御影石のプレートが建てられている。そこに米本謙一郎の名前を見つけた。幼馴染《おさななじ》みであり親友だった。彼は自殺した。刑務所の中で……。謙一郎の隣に弟の信也《のぶや》の名前もあった。忘れようにも忘れられない名前だ。全ては彼から始まったのだから……。

I　原罪篇

第一章　秘　密

1

――昭和四十年夏（小学六年生）

蔦《つた》が身体にまつわりついてくる。昨日の雨で一段と大きく成長したようだ。まるでちょっとした人の腕くらいの強さがある。手で軽く払ったくらいではびくともしない。腕で押すようにして、やっと道を作る。蟬が身体を震わせ、耳を塞《ふさ》ぎたくなるほど高い鳴き声を響かせている。

水筒の麦茶を呑む。ゴクリと音が耳に響く。気持ちいい。叫びたいくらいだ。中島卓二《たくじ》は澄み渡った空に向かって、思い切り伸びをした。

「タク（卓二）ちゃん、ぜんぶ呑んだらあかんでぇ」

ケン（米本謙一郎）が恨めしそうな顔で見た。

「わかっとう。ちょっとだけや」

「わいにもくれへんか」

マサ（神戸雅彦《かんべまさひこ》）が手を出してきた。タクは口を拭《ぬぐ》いながら、水筒をマサに渡した。マサに近づき、ノブ（米本信也）が不自由な口を思いっきり歪《ゆが》めて「チャ、チャ」と手を出す。

「しゃあないなぁ。お前も呑みたいんか」

マサは自分が呑む前にノブに水筒を渡した。ノブはそれを両手で受けとって、嬉《うれ》しそうにゴクゴクと喉《のど》を鳴らした。

「ノブ、そんなに呑んだら、にいちゃんの分、あらへんやないか」

またケンが不平を洩《も》らす。

「ええやないか。ノブは呑みたいように呑むだけや。それしかわからへん」

マサがケンを諭すように言う。

ノブはケンの双子の弟だった。しかし生まれたときから、首が傾き、言葉がうまく喋《しゃべ》れない。何か言うときは、相当に口を歪めなくてはならない。それに知能も遅れていた。

双子で生まれたときに、どちらが兄になり弟になるのかわからないが、ノブが今みたいになったのは産婆のせいだ。

タクの村は兵庫県中部の山間《やまあい》にある。隣の京都府の一部を含めて、丹波《たんば》地方と言われている。村人も兵庫県と言われるより、丹波の方が実感が湧く。その丹波の中でも僻地《へきち》に位置しており、人家は六十数軒しかない。山に囲まれた、ひっそりとした村だ。

　昔は平家の落人《おちうど》村とも言われた。平家が壇ノ浦の戦いで源氏に敗れて、逃げ延びてきたという伝説が残っている。山間の因習深い村だ。だから双子が生まれると、不吉なものとして忌み嫌ったらしい。実際は貧しいので、いっぺんに口が増えるのを嫌ったに過ぎないが……。

　双子が生まれると、産婆が親の了解の下で一人を残して、もう一人を始末する。それが長い間の慣わしだった。

　ノブも始末されそうになった。息が絶えようとした瞬間、ノブが大きく反りかえって苦しんだ。それを見ていた母親が泣きながら、産婆を突き飛ばして、ノブを抱きかかえた。ノブの口には水に濡《ぬ》らした紙が貼りついていた。それを母親は急いで剝《は》ぎ取った。ノブは激しく、小刻みに息をして、張り裂けるように泣いた。

「わいの子や、ちゃんと大きゅうする。ごめんな、ごめんな」

　母親はノブを締めつけるように抱いて、わんわんと大声で泣いた。ノブの泣き声と母親の泣き声は隣家まで聞こえた。産婆だけは、

「わややなぁ」

　と渋い顔をした。

　そのとき以来ノブは不自由な身体になった。十分な空気を吸わせてもらえなかった

のが原因かもしれない。

「もうすぐ滝や。暑いから、川原の方を歩こうや」

マサが提案した。マサは、大柄で六年生の中では一番喧嘩《けんか》も強い。いわば番長みたいなものだ。マサの家は土建業で生計をたてている。激しい肉体労働をしているだけあって父親は、マサに輪をかけて大きく、強い。一度マサが父親に逆らったのか、拳《げん》骨《こつ》で殴られているのを見たことがある。身体の大きなマサが宙を舞ったように見えた。マサはそれでも泣かなかったが、頬が浅黒く、腫《は》れて、痛そうだった。マサの父親に比べて、タクの父親は農業をしているだけの影の薄い男だ。タクは自分の父親とマサの父親が並んで立っているのを見るとき、マサを羨《うらや》ましいと思うことがある。しかしあの拳骨は嫌だ。とてつもなく痛そうだから。

今日はマサの提案で滝を登ることになった。どんな滝かは知らない。マサだけが知っている。マサは村の奥にある森に父親と来たとき、大きな滝を見つけた。あそこに行きたいと頼んだが、父親の拳骨一発で黙らされたらしい。

「他人の山に神様上げる榊《さかき》を盗みに来とうのに、なに言うとうねや。早《はよ》うやることやって、帰らなあかん」

その日、マサは父親の運転するオート三輪に乗せられて、榊の枝を盗みに来ていたのだ。榊は神様に捧《ささ》げる木で、山に自生する小高木だ。緑の濃い葉をしていて、香りが強い。何故、これを榊、神の木と書いて、神様に捧げるのかは知らない。マサの父親によると、アマテラスオオミカミの時代からいつも緑が濃くて、勢いがいいから栄える木ということで榊（サカキ）と言われるようになったらしい。子供にはこの葉がちょうどスプーンみたいな形をしているので、麦を粉砕したハッタイコという粉のおやつを食べるのに最適だった。

この榊の葉でハッタイコをすくって食べると、いい香りがしてとても美味《うま》い。子供にはその程度にしか利用できないが、売るとちょっとした小遣いにはなる。マサの父親は時々、他人の山に入ってそれを盗伐しては金に換えていた。

「あいしちゃったのよぉ……あいしちゃったのよぉ……」

川原へ土手の斜面を下りながら、マサが突然ダミ声を発して歌い出した。どこかで聞いたことがある。

「なんやその歌？」

ケンが訊《き》いた。

「あなただぁけぇをいのちぃを……」

マサは手を振りながら、目を細めて気持ち良さそうに歌っている。

「アイシ……アイシ……」

ノブが口と一緒に身体まで歪めて歌い出した。マサの真似をしているのだ。ノブがどんなにがんばっても歌えない。ましてやマサのようにけっしてうまくはできない。

「おとうちゃんが、よう歌《うと》うて帰ってくるねん。なんや覚えてしもたわ」

マサの父親はよく町で酒を呑《の》んでいる。ホルモン焼きというのを食いながら、呑むらしい。牛の内臓を焼いて食うのだが、毎晩歌を歌いながら村の道を歩いて自宅に帰る。母親はマサの父親の歌が聞こえると、顔をしかめ、あんな大人になったらアカン、と言うのが口癖だ。しかし、一度食べたというマサによると、そのホルモン焼きというのはえらくうまいらしい。マサの父親のようにはならないという約束で食べてみたい、とタクは思ったが、とても許してもらえそうにない。その歌はそのホルモン焼き屋で流行《はや》っている歌なのだろうか。タクはラジオで聞いたことがあるような気がした。誰が歌っているのかは知らない。

タクの家にはまだテレビがない、ラジオだけだ。村でテレビがあるのは庄屋《しょうや》さんと造り酒屋さんだけで、二軒とも大野という苗字《みょうじ》だ。この二軒が村の山をほとんど持っている。たいした資産家だ。庄屋さんは、ときどきテレビを見せてくれる。事前に新聞で見たい番組を調べておいて、頼んでおくのだ。テレビには白いレースの飾りがかけてあって、庄屋さんの居間にまるで神棚みたいに大きな顔をして座っている。テレビの前で子供たちは、正座をするように命じられる。足がしびれるけど仕方がない。黙って見ているとおばあさんが飴《あめ》を持ってきてくれる。ほんのりニッキが入っていて、口に入れると溶け出すまで時間がかかる大きな飴玉だ。タクはニッキより黒砂糖飴の方が好きだが、贅沢《ぜいたく》を言ってはならない。ありがとうございます、とテレビに集中する。「鉄腕アトム」を毎週見たいけれど、続けて庄屋さんの家に行くわけにはいかない。早くテレビを買ってくれとせがんではいるが、もう少し待て、と言われている。造り酒屋の大野さんのところには下級生大野浩《ひろし》と姉の直子《なおこ》がいる。東京オリンピックのときは、浩に頼んで見せてもらったが、特に女子バレーボールの試合には、興奮した。

造り酒屋には本がたくさんあった。タクはこの造り酒屋になんだかんだと理由をつけて行きたがった。タクの家には、タクが読みたくなるような本がない。浩はたくさんの本を買ってもらうが、たいてい読まない。タクは浩に、こんどはこの本を買ってもらえと命令する。造り酒屋の大野さんは浩が勉強好きだと思って喜んで本を買う。それをタクが読むという寸法だ。

造り酒屋というのは酒を造っている家だ。ここで酒を造って、本場の灘《なだ》の酒屋に運ぶ。灘ではその酒を灘の生一本と言って売る。ごまかしじゃないかと思うけれど、大野さんの会社の名前では酒は売れないからだ。

造り酒屋には直径二メートル、深さも三メートル以上はありそうな大きな酒樽《さかだる》が所狭しと横倒しに置いてある。どの酒樽も木で作られていて、中は黒く、しっとりと濡れているように光り、ぷんと甘く、まったりとした酒の匂いが染みついている。かくれんぼをするときに、その中に隠れたりすると、そのまま酔ってしまいそうになる。タクは、酔うという感覚が好きで、よくその中に入って叱られた。

姉の直子は上品でツンとしているが、かわいい。タクは少し憧《あこが》れている。村では彼女だけが、町に行ってピアノを習っている。ときどき赤い鞄《かばん》を持ってバス停にいるのを見る。町にピアノを習いにいくときだ。直子がなんだか輝いて見える。まぶしくて目をそらす。一度、浩が直子と一緒に風呂《ふろ》に入った話をしたことがある。浩は直子に命令されて、背中を流したらしい。直子のあそこを見たか、とタクが訊くと、見た、と答えた。タクはそれ以上何も訊けず、めちゃくちゃに興奮して、浩を殴りたくなった。直子のピアノを聞きながら、本を読みたい。それがタクの夢だ。

「アイシ……アイシ……」

ノブがまだ歌っている。唸《うな》っているように聞こえる。ケンが露骨に嫌な顔をした。ケンとノブは双子なのだが、二人は全く違う。ケンは頭もいいし、そこそこ二枚目だ。ところが同じ日、同じ時間に生まれたノブの方は頭が弱いし、身体も不自由で足を引きずるようにして歩く。ケンはそんなノブを嫌っている。自分が好きな女の子がノブのことを迷惑がるからで、その女の子が振り向いてくれないのはノブがいるせいだと思っている。ノブがケンの後をついて、「ウイ、ウイ」と唸るような声を発しながら、必死で歩いているところを見たことがある。タクは辛《つら》い気持ちになった。もっとゆっくり歩いてやれや、とケンに言ったが、ケンはきっと睨《にら》んで、余計なこと言わんでええ、と怒った。

「ノブ、もうおかしな歌うたうな」

ケンは川原への土手を下りながら、ノブに言った。

「ええやないか。歌くらい」

マサがかばった。

「アカン。アホに歌なんか歌わさんでもええ」

「もっとノブに優しくしてやれよ」

タクは言った。

「ウタ、ウタワヘン……」

ノブが少し悲しそうな顔をして、ケンの腕を触った。

「なにすんねん」

ケンは突然にヒステリックな声をあげ、ノブの手を思いっきり払った。

ノブの身体がぐらりと揺れた。途端にノブが視界から消えた。ノブ！　タクは叫んだ。ノブが、地面に這《は》うように生い茂った、葉の長い青い草に足を滑らせて川に向かって落ちていくのが見えた。タクは一生懸命に手を伸ばしたが、一瞬のことでノブを摑《つか》まえることができなかった。ノブは不安そうな目を空に向けて、草の上を滑りながら落ちていく。口を開けている。虫に喰《く》われて黒くなった歯がはっきりと見える。笑っているのか泣いているのか分からない。そして身体ごと川に落ちた。川と言っても流れはあるが、浅い。石だらけなのだ。溺《おぼ》れることはない。

「大丈夫か」

まっさきに声をかけたのは、マサだった。マサは前へつんのめるようにして土手を滑り下りた。

「ケン、行くぞ」

タクも言って、マサに続いた。

草の上を滑った。草は思いの外、よく滑る。ひっくりかえりそうになるのを、必死で踏ん張った。それにしてもケンはノブに冷たい。兄弟なんだからもっと大事にしてやるべきだ。好きな女の子がノブのことを嫌っても、ノブは弟だ、というくらいの気持ちはないのだろうか。ケンは、半泣きのような顔をして、タクの後に続く。腰を落として、臆病《おくびょう》そうな滑り方だ。

「ノブ、どこにもケガはないか」

マサが手を差し出した。タクも手を差し出した。ノブは川の中に尻《しり》をついていた。どこにもケガはないようだ。ズボンが水浸しだ。ねずみ色のズボンの尻が、水を含んで黒く見える。タクのズックも水浸しになった。ズックがぐずぐずとして気持ち悪い。でも水は冷たくて気持ちいい。

「ウイッ、ウイッ……」

ノブはマサの手を握った。タクの手よりマサの手を選んだのは当然だ。いくら頭が弱くてもなにかと守ってくれるのはマサだ。タクは少し悔しい気持ちになったが、それはそれだ。ヨイショッと声をかけてマサがノブを引き上げた。ノブは嬉《うれ》しそうだ。顔を歪《ゆが》めるように笑う。黒い歯が見える。

エイッ。ケンが川の水をすくって、タクにかけた。冷たくて、思わずヒエッと悲鳴をあげ、首を縮める。

「なにすんねん」

タクは叫んだ。ケンは白い歯を見せて笑っている。腰をかがめ、手を伸ばし、水をすくい、タクに向かって水を投げる。タクは抵抗して、飛んで来るケンの水を避《よ》けながら、負けないように水を投げる。もう大騒ぎだ。

マサが、俺もといって、タクたちの間に割って入った。水戦争だ。水しぶきがあがる。タクは髪の毛から靴までびしょぬれだ。ノブも顔が破裂するくらいに笑って、そこかしこに水を撒《ま》き散らしている。もうノブの尻がぬれたことなど、まったく気にならなくなった。水しぶきが飛び交う。しぶきの滝だ。冷たくて、涼しい。なんて気持ちがいいんだろう。空は限りなく青い。宇宙の果てまで見えるようだ。蟬の声が、モーターのように唸っている。

「水かけ、止《や》め！」

マサが大きな声を出した。もうずぶぬれだ。ノブは、ウフォウフォと手をあげて喜んでいる。

「滝に向かうぞ」

マサが手を前方に掲げた。みんなマサの手の方向を見つめた。いよいよマサの見つけた滝に近づいたのだ。興奮で体が硬くなっていく。太陽に照らされて水を帯びたシャツからは湯気が立ち昇ってきた。

2

地響きのような音が聞こえてきた。

足元の水の流れは速い。ちょっと気をぬくと、足を取られそうになる。ノブの手をマサがしっかりと握っている。大きな岩の間を水がほとばしり、しぶきをあげ、駆け抜けるように流れていく。慎重に岩に手をかけ、流れに負けないように歩く。ますます地響きの音が近くなった。

「もうすぐだ」

マサがみんなを励ます。太陽はいつの間にか真上にあった。朝早く出かけてきたから、もう数時間は歩いていることになる。足が冷やされているお陰で、汗は出てこない。

「ウレッ、ウレッ」

ノブが言葉を詰まらせながら、指を差した。その指の方向に、タクは視線を合わせた。

「滝だ！」

タクは叫んだ。ノブの指の先、遠くに白い糸を流したような滝が見えた。まだ全貌《ぜんぼう》は現われていない。川が曲がり、張り出している枝が視界を邪魔している。自然と早足になりながら、歩き続けた。だんだんと水音がはっきりと聞こえてきた。地響きのように下からではなく、空気を伝わってくる。突然ノブが跳び上がった。滝を見たいと思ったのか、あるいは速く歩けないことにまどろっこしさを感じたのか。マサが手を引いて注意した。足を滑らせたら大変だ。

ケンが、急に走り出した。

「一番乗りだ」

「あぶないぞ」

タクは注意した。注意しながら、タクも足を速めた。ケンに負けてたまるか。誰よりも早く滝に近づきたかった。ノブも走ろうとしている。注意していたマサもタクとケンが走り出したので、慌て出した。

「おい、まて」

マサは怒ったような顔をした。ノブがマサの手を引っ張る。仕方がないなあ、とマサはぼやき、一緒に走り出した。水しぶきがあがる。一歩足を踏み入れるたびに、滝が近づく。もう滝は目の前だ。

滝に近づくにつれ、川の水嵩《みずかさ》が増えてきた。

「岸に行くぞ」

マサが叫んだ。先頭を行くケンが声に反応して振り向いた。タクはオーケーと答え、川からあがり、石だらけの岸にあがった。ズボンはびしょぬれだが、この暑さだったらすぐに乾くだろう。

視界が急に開けた。歩くのを止めた。岩に腰かけた。突然、沈黙がおとずれた。呆《ぼう》然《ぜん》と前を眺めた。それは勇ましい姿だった。本物の滝だった。

高さは十メートルくらい。白い水が噴き出すように、上から落ちてきている。霧のような水しぶきが、顔にあたる。それは太陽の光に反射して、キラキラと輝いている。ダイヤモンドの粉を撒き散らしているようだ。滝の上に大きな木の枝が張り出し、そこには濃い緑の葉が茂っていた。水が滝壺《たきつぼ》に落ちる音が、怖いくらいに全身に響いてくる。ドドドーン。ドドドーン。滝壺はここからはよく見えないが、大きな石や小さな石に囲まれていて、底はえぐれて深く真っ青に違いない。きっとそこにはヤマメやアマゴがいっぱい群れをなしていることだろう。想像するだけで心が弾む。

「すごいなぁ。マサやんはよく見つけたわ」

ケンが感心した顔でマサを見つめた。マサは少し照れながら、

「この滝は信也滝と名づけるぞ」

「なんやマサやんの名前をつけへんのか」

タクは言った。

「ノブにやるわ。ここに来るまでようがんばったさかいにな」

「ノブ、よかったな」

タクはノブに言った。

こんな素晴らしい滝に自分の名前をつけられるなんて、すごい名誉だ。その名誉を惜しげもなく譲るマサはもっとすごい。マサは親分肌なのだ。

「ノブノ、タキ」

ノブは口を歪めて、嬉しさを表した。

「信也滝か。雅彦滝でよかったのに」

ケンが気に入らない様子で言った。ノブに名前を取られたのが悔しいのだ。

「兄貴として喜んだれや。礼くらい言えよ」

マサがちょっと叱るような口調になった。

「せやな……おおきに」

ケンは笑いもせずに、ぴょんと頭を下げた。

「もっと近くに行こか」

タクは言った。

滝壺が見たかったのだ。マサも同意して、岩を跳びながら、滝の近くへと行った。滝壺を囲む岩の中にひとつだけ平たいテーブルのような岩があった。その上に跳び乗った。タクは靴を脱いだ。素足が一瞬、火傷《やけど》しそうになった。アチッ。タクは悲鳴をあげた。岩が熱く焼けていた。マサやケンが笑った。タクの失敗を見て、マサもケンも慎重に靴を脱いだ。タク以外は誰も悲鳴をあげることはなかった。

滝壺に向かってまっすぐに水が落ちる。直下の水面は真っ白に泡立ち、その周りは真っ青だ。滝壺はそれほど広くはないが、青く深い色からして、飛び込んだら足は届かない深さだろう。ドドドーン、ドドドーンという音が岩を揺るがす。はらわたに響くようなものすごい音だが、しばらく聞いているとなんだか心地よくなってくる。タクは岩の上に仰向《あおむ》けになった。濡《ぬ》れたシャツの背中が熱くて気持ちがいい。青い空をじっと見つめていると、まるで滝壺の中にいるような錯覚に囚《とら》われる。背中にドドドーンという水音が響く。滝壺の周りを流れる風はひんやりしている。ほてって熱くなった顔を冷やしてくれる。ふうとため息をつく。幸せだ。このまま岩の上で眠ってしまいたい。気がつくと満天の星に包まれていることだろう。

「なにすんねん」

突然、ケンが大きな声を出した。驚いて身体を半分起こした。ケンがノブを怒っている。またノブがケンの気に入らないことをやったようだ。

「どうしたんや」

タクは訊《き》いた。

「ノブが俺の大事にしている宝石を滝壺に落としたんや」

ケンが目を吊《つ》り上げている。

「宝石やて……ただのガラス玉やろ」

マサが笑って言った。

「違う。宝石や」

ケンがマサを睨《にら》んだ。

「落ちてしもたもんはしょうがないやないか。どこに行ったかわからへん」

タクは言った。

「和子から俺がもろたんや。愛の印やで」

ケンはクラスの女の子の名を口にした。

「なにが愛の印や。アホちゃうか」

タクは笑った。マサも声に出して笑った。するとノブまでが、

「ア、アホ……アホ」

と言う。

「なんでお前がアホいうんや。お前が落ちたらよかったんや」

ケンがノブの頭を殴った。ノブは悲しそうに顔をしかめた。

「ノブを殴ってもしょうがないやろ。ノブにそんなキラキラするものを見せるから、なくされてしまうんだ。ケン、お前のせいや」

マサは静かに言った。マサは大人だ。ケンはマサに叱られて、そっぽを向いた。

「おい、見てみい。美味《うま》そうな野いちごや」

マサが滝の上に張り出している木の枝を指差した。見ると赤い実がなっているのがわかる。滝の上を跨《また》ぐように木が張り出していて、その木に蔓《つる》を巻きつかせているのだ。

「あれ、採れへんかな」

マサは実の数を数えるように指を動かしている。

「美味そうや。でもあそこに登るのはきついで」

タクは言った。

「トル……トル……」

ノブが言った。

「そや、ノブ、お前が採れ。お前は木登りが得意やないか。俺が手伝ってやる」

ケンがノブに言い、ノブはしきりに頷《うなず》いている。

「ノブ、あぶないで」

マサは無理しなくていい、という顔をした。ノブはマサをじっと見つめ、何度か大きく頭《かぶり》を振った。

「ノブ、デキル、ノブ、ヤル」

「大丈夫だよ、マサ。俺がついているから。ノブが一番軽いから、木に登るには最適だ」

ケンが言った。ノブにしてみれば、面倒をかけているマサを喜ばせることを一度でもしてみたいのだ。いつまでもお荷物ではなく、役に立つところを見せたいのだ。

「いくぞ」

マサが迷っていると、そんなことお構いなしに、ケンはノブの腕を取った。なかば強引のようにも見えた。ノブは瞬間、不安そうな顔を見せたが、すぐに笑みを浮かべた。自信ありげな顔だ。でもそんなに力強い顔ではない。どこか悲しげだ。

　ケンは滝の横の岩場にノブの手を引いて近づいた。二人は岩場を登り始めた。岩場を登りきったところから、枝が張り出している。そこで枝に乗り移る。野いちごを採るためには枝の先にまで行かねばならない。その役割を身軽なノブにやらせ、ケンはノブを手でもって支えるつもりなのだ。

「大丈夫かな」

　マサが心配そうに、ケンとノブを見つめていた。大丈夫だよ、タクは声にならない声で答えた。胸騒ぎがした。ノブが岩に手を掛けながら、こちらを見た。顔を歪《ゆが》めて、笑った。

「気をつけろよ」

　タクは声をかけた。ケンが手だけをあげた。ケンはノブを先に登らせて、後ろから尻《しり》を押していた。岩場はさほど急ではない。ノブはゆっくりとしたペースで登って行く。意外としっかりとした足取りだ。足が不自由とは感じさせない。不安は徐々に解消されていった。風が頬をなでる。なんだか野いちごのすっぱさを感じて、つばが出てきた。マサは無言でノブの足取りを見つめていた。マサの顔は不安で陰っている。

　木の幹に二人とも着いた。ノブが先に両腕を幹に廻《まわ》してしがみつき、よじ登る。ケンがその後を追う。木の股《また》になったところに尻をついた。ちょっと一息いれている。

幹は太く、二人を支えるのには十分だ。その幹から滝の方に大きく枝が張り出している。その枝の先に蔓を巻きつけて、野いちごの赤い実がたわわに実っている。鮮やかな赤い色だ。枝はそれなりに太い。折れることはないだろう。ケンが幹にしがみつきながらノブの手を握る。ノブはケンに支えられながら、枝を這《は》い、先に手を伸ばす。組み体操みたいな恰好《かっこう》だ。しっかり、と心の中で叫んだ。

ノブがじりじりと枝を這っている。太い枝の上で芋虫のようになっている。自由になる手を必死で赤い実に伸ばす。歯を食いしばったノブの顔が真っ赤になる。指の先に実をつけた蔓が引っかかる。ノブはそれを手元に引きつける。赤い実が揺れる。ひと粒、ふた粒、落ちる。ケンも紅潮してきた。ノブを支えるのが、辛《つら》そうに見える。もうすぐだ。ノブガンバレ。ケン、しっかり。

ノブは蔓ごと引きちぎった。得意げな顔をこちらに向けた。タクは、ほっとして軽く手をあげた。

ゆらり。

ノブの身体が揺れた。大きく揺れた。ケンと結ばれていた手が放れていた。ケンは何が起きたのか、わからないといった顔をしている。ノブと目が合った。一瞬だった。

「ノブ！」

タクは叫んだ。

風が吹いた。ノブの身体は枯れ葉か蝶《ちょう》のように風に舞った。ゆうらり、ゆうらり。ゆっくりと落ちていく。ノブの背後で水が勢いよくほとばしっている。けれども音が消えた。ノブが落ちていく。ケンは幹にしがみついて、ノブをじっと見つめている。顔がこわばっている。まるで空の色と水の色を映したように青白く怯《おび》えている。

「ノブ！」

タクは、もう一度叫んだ。

ノブが泣くような顔をしているのが、はっきりと見える。手には野いちごの蔓を握りしめている。本当はものすごいスピードで落ちているはずなのに、ゆっくりと見える。

マサは走った。岩の上を飛ぶように走った。タクも遅れないようについていく。ケンはまだ幹にしがみついたままだ。

ノブはそのまま落ちていき、滝壺《たきつぼ》のすぐ側の岩に身体を打ちつけた。ぐにゃりと「く」の字になって、頭が岩に当たった。赤い血が滝の水とは逆方向に噴きあがった。岩が真っ赤に染まる。野いちごが潰《つぶ》れたんじゃない。ノブの血だ。ノブの頭が潰れたのだ。そこからノブは大きくバウンドして滝壺に落ちた。両手をあげ、万歳の姿に見えた。泣いているような、笑っているような顔をこちらに向けた。水しぶきがあがる。鈍く、大きな音……。

マサが滝壺に飛び込んだ。タクは足から入った。滝壺は深く、冷たい。マサが潜っていく。水中でノブの身体を起こし、抱きかかえて、浮いてきた。タクにいったんノブをあずけると、マサは近くの岩に手をかけ、水から出て、ノブの腕を摑《つか》んだ。タクは水の中からノブの身体を押し上げる。ようやく岩の上に乗せた。頭からまだ血が出ている。目は見開いたままだ。

いつの間にかケンが来て、立ったまま様子を眺めている。ぼんやりとして、心を失ったように見える。

「きさま！」

マサがケンを拳骨《げんこつ》で殴った。ケンの身体がぐらりと揺れた。しかしケンはまだぼんやりとしている。目が遠くを見ている。

「手、放しやがって！」

マサがもう一回ケンを殴った。ケンの頰はみるみる腫《は》れた。

ケンはその場にうずくまった。

「ノブ！　ノブ！」

マサはノブの身体を膝《ひざ》の上に抱き、血の出ている頭を腕で抱えた。マサの腕はノブの血で赤く染まった。マサはまるで母親のように優しくノブを抱いた。目には涙が溢《あふ》れそうになっている。マサが泣くところは見たことがない。ノブは右手に野いちごの

蔓をしっかり握っている。赤い実がほとんど落ちてしまって、ほんの少しになってい
た。

「ノブ！　しっかりしろ」

マサはノブが遠くに行ってしまうのを、自分の声で呼び止めようとしている。

「ノブ！」

タクも叫んだ。

「ウチゴ……ウチゴ……」

ノブは薄目を開けて、右手を少しあげた。

「いい、喋《しゃべ》るな。すぐ助けてやるからな」

マサはノブの頬を叩《たた》いた。

「ウチゴ……ウチゴ……」

「わかった。わかった」

マサはケンをきっと睨《にら》み、

「すぐ村へ下りろ。俺とタクはノブを抱えていくから」

「すまん、すまん」

ケンはマサに返事もせずに、うずくまったまま泣いていた。

「ケン、はよう行かんか」

マサが怒鳴った。

怒鳴り声の激しさに、ケンはピンと弾《はじ》かれたように立ちあがった。

「行け！　ノブを死なせたら、承知せんぞ」

ケンは、涙で赤くなった目をタクとマサに向けるとカクンとロボットのように首《こうべ》を垂れ、岩の上へぴょんと跳びあがった。

「行ってくる」

ケンは岩の上を器用に、川下の方に跳んでいく。岩から岩へ渡り、川から離れ、山道に出て、一気に村まで走るつもりだ。一分、一秒も無駄にできない。ケンの背中が遠くなり、見えなくなった。

「行こうか」

タクはマサに言った。マサはじっとノブを見つめていた。ノブはマサに身体を預けて、動かない。目はいつの間にか閉じられていた。眠っているようにも見える。

「眠っとうのか」

タクはマサに訊《き》いた。マサはタクの顔を悲しそうな目で見つめた。

「行くよ」

タクはマサと向かい合った。マサが立ちあがった。タクは、マサと一緒にノブの身体を支えた。腕がだらりと落ちた。もう心がここにないように思えた。マサの背中にノブを乗せた。

「マサ、大丈夫か」

タクはマサに声をかけた。マサのあまりにも憔悴《しょうすい》した姿に、タクは心配になった。

「ああ」

マサは力なく、答えた。ぐらりとノブの頭が後ろにのけぞった。タクはその頭を両手で押さえた。血がまだ乾いていない。タクの手が赤くべっとりと血に染まった。ノブは死んだ。そう確信した。信じたくはないが、もうここにはいない。遠くへ行ってしまった。空を見上げた。高く青い空だ。鳥が一本の線を描いて、飛んで行った。あの鳥になった。ノブはあの鳥になったのだ。村の言い伝えを思い出した。人が死んだとき、鳥が空を横切ると、その人は極楽に行くことができるらしい。

「マサ、今、鳥が飛んだ」

タクは言った。

マサは黙って空を見あげた。マサの目から涙がこぼれた。

3

——昭和四十六年冬（高校三年生）

電車の窓には鳥の足跡のような霜がへばりついている。夕方の六時ともなれば、外はもう真っ暗だ。タクは赤尾の豆単のページを繰りながら、英単語を必死で覚えていた。英語の担任の香山《かやま》先生は毎日英単語の試験をする。厳しいがそうしないと英語の実力がつかない。受験に英語は大事だ。英語ができなければ、大学受験はうまくいかない。タクはこの豆単を全て覚えようと思っている。周りを見ると同じ高校の生徒が思い思いに英語の勉強をしている。電車の中は寒い。防寒コートを着ているのだが、しんしんと底冷えがする。座席の下のヒーターに靴底を擦《こす》りつけるようにして、温める。ふうと手に息を吹きかける。電車の中であるにもかかわらず、息が白い。

「中島、ちょっと相談があるんやけど」

声のする方に顔を向ける。池田幸弘《ゆきひろ》が立っていた。顔が、心なしか青い。

「なんや」

「ここに座ってええか」

「ええよ」

タクは目の前の席を指差した。四人掛けの席には、タク以外座っていなかった。池田はタクの前に座った。黒い革鞄《かわかばん》を膝《ひざ》の上に置き、足を揃えている。緊張しているようだ。

「相談ってなんや」

タクは訊いた。豆単は鞄の中にしまった。

池田は俯《うつむ》いたままだ。

「中島は神戸と同じ村の出身だろ」

「神戸って雅彦のことか」

「ああ、下の名前までは知らんけど、そいつや」

「マサがどないしたんや」

「親しいんやろ」

池田は不安そうに訊いた。

親しい……この言葉を聞いたとき、マサとはもう長くじっくりと話をしていないことをあらためて思い出した。あの痛ましいノブの事件以来、三人で遊ぶことが、だんだんと少なくなってきた。ケンとマサがあまり話をしなくなったからだ。そうは言っても中学までは同じだったから、遊びはしたが、極力、ノブの話題には触れないようにした。三人の中にタブーがあるということは、何かいつも冷たいものを持っているようで、心から楽しむことはなかった。高校ではマサと別々になった。ケンとは同じ高校に通っている。県立の普通科高校だ。田舎ではあるが、それなりに有名な進学校だった。マサはその高校に進学したかったのだが、成績が足らなかった。マサは、別の私立高校の商業科に入った。そこは不良高校生が多いことで有名な学校だったが、商業科目は充実していた。マサは大学に進学したいようだが、父親は、大学なんか行かんでええ、とマサを叱った。マサは止むなく、その高校へ進んだ。大学進学は諦《あきら》めたということだ。村でマサに会って、話すことはあるが、見る間に変わっていった。学生服は着ているが、詰め襟の幾つかのボタンは外したままだし、ズボンは裾《すそ》の広がった、通称『ラッパ』と言われるものだ。学生帽もぺちゃんこで丸坊主の頭に載せているだけだ。

「マサ」と声をかけると、難しそうな目を向ける。体格もあるから、友達とはいえ、少しびびる。でも親分肌で、優しかったマサの顔にすぐ戻った。

マサは、まだ大学を諦めていない。高校で番を張っているから、表立っては勉強しているところを見せ難《にく》いが、こっそりと受験準備をしている。だが、父親には高校を出たら、すぐに働けと言われ、ひどくもめることがある。殴られることもあるようだ。

「しばらく会ってないな」

タクは頼りない返事をした。それを聞いて、池田は情けない顔になった。

「たのむでぇ」

悲鳴に似た声を発した。

「どうしたんや。マサとなんかあったんか」

「なんかあったんか、はないで。電車の中で目が合《お》うただけや」

「目が合うただけで、どないしたんや」

「生意気や言うてヤキいれたろうやで。もうわややや」

池田は頭を抱えた。

「どこかに呼び出されたんか」

「そやねん。駅に降りたら、待っとるさかいに覚悟しとけ、と言われた。中島、ついてきてくれんか」

「ついていく？」

「どこかに連れて行かれて、ボコボコにされるんや。そんなんいややで。なんとかしてくれへんか」

池田はまた頭を抱えた。

「あまり自信があらへんな。マサも変わったさかいな。しかしそんなにマサは怖がられているんか」

池田は口をぽかんと開けた。よほど意外な問いかけだったようだ。

「知らんのか」

「知らん」

「ヘルのマサ、言うたら知らんもんおらへんで。ごっつう怖いいう評判や」

「ヘルのマサ？」

タクの目には、ノブを抱きしめている強くて優しいマサの姿が映っていた。

池田は涙を流さんばかりの顔で、タクの手を握り締めた。

「おおきに、おおきに」

タクは微笑した。

「ほんまや。ついていってマサに謝ってやるわ」

池田は喜びを満面に浮かべた。

「ほ、ほんまか」

タクは、はっきりと声に出した。

「行くよ。いっしょに行ったるがな」

池田は今にも泣き出しそうだ。

「しかし、わややで。ちょっと目が合うただけやで。せやのにこんな目にあわないかんのや」

タクは呟《つぶや》いた。

「ヘル……ねぇ」

タクは笑いを漏らしそうになった。しかし池田の顔を見ると、とても笑えなかった。

「えらいたいそうな名前やな」

「地獄のマサや」

4

タクと池田が駅の改札を出ると詰め襟の学生服をだらしなく着た高校生が待っていた。ひょろりと背の高い奴と小太りの奴の二人組だ。

二人ともだぼだぼのズボンを緩めにはいて、靴は、スリッパのように踵《かかと》のところがぺちゃんこだ。背の高い奴は眉毛《まゆげ》を剃《そ》っているので、睨《にら》まれると、不気味だ。

池田が、タクの学生服の裾をぎゅっと握った。タクを前へ出そうと、尻《しり》が後ろに下がっている。

「お前は誰や」

小太りの奴が訊《き》いた。

「池田の友達だ」

タクは言った。小太りの奴は顎《あご》をあげ、口を尖《とが》らせ、不満そうな顔をした。そして背の高い奴と目くばせを交わした。背の高い奴が、こっくりと頷《うなず》いた。

「一緒に来い」

「池田。行くぞ」

タクは、背後に隠れるようにしている池田に言った。池田は目を見開いた。目の中に怯《おび》えたような光が見える。

「いやだ」

池田は大きく頭《かぶり》を振った。

「大丈夫や」

タクは池田の肩を叩《たた》いた。

遠くの山が白く霞《かす》み始めている。雪が降り出すのかもしれない。コートの襟を立てる。刺すような冷たい空気が、学生服の中に流れ込んでくる。思わず、ぶるっと震える。

二人の高校生はバイクを持ってきた。乗れと言う。池田に目で合図した。池田は怯えている。

「池田、乗れ」

タクは言った。

「行くで」

背の高い奴が合図した。バイクのエンジンがかかった。池田は相手の腰に腕を回している。仲がいい友達のバイクに乗っているようだ。

タクの乗った小太りの奴のバイクも音を立てた。腰に腕を回した。振り落とされたら、どうしようもない。あんまりこんな奴の腰に腕を回したくないが、仕方がない。

バイクが走り出した。空気が飛ぶように流れる。耳が切れるように冷たい。腰に回した片方の腕を放して耳を押さえる。

「寒い。お前、寒ないんか」

バイクの音に負けないように話し掛けた。

「しっかり摑《つか》まっとらな振り落とされるで」

「わかっとう。はよう降ろしてくれ。寒うてたまらんわ」

「もうちょっとや、我慢しいや」

「どこまで行くんや」

「高山寺《こうざんじ》の墓地や」

「えげつないとこに連れて行くんやなぁ」

高山寺は駅から少し離れたところにある小さな寺だった。境内から中に入ったところに寂れた墓地があった。

景色が飛んでいく。冬枯れした田が背後に流れる。凍った空気が固まりになって顔に当たる。

「着いたで」

タクを乗せたバイクは寺の石段の下に止まった。他にも数台のバイクが止まっていた。

「池田、大丈夫か」

池田は寒さと恐怖で唇が紫色になっていた。

バイクを降りた。

「この上や」

背の高い奴が石段の上を指差す。

「登るんかいな」

池田が情けない声を出す。タクは無言で石段の上を睨んだ。マサに会ってなんて言ったらいいんだろう。許してやってくれ。俺に免じて……。

石段に足をかける。池田は？　と思って見るとその場に立ちすくんでいる。

「池田。行こ」

タクは声をかけた。池田は顔をあげて、タクを見た。目がひときわ小さくなったようで、すっかり恐れおののいている。

「ケツ、押したるわ」

小太りの奴が池田の尻を押した。池田は、やっと石段に足をかけた。

「まるで死刑台への階段みたいやな」

タクはひとり言を言った。

「中島、縁起でもないことを言うなよ」

池田は消え入りそうな声で言った。

石段は、そこかしこが欠けていたり、崩れたりしていた。それはこの寺が古くて、檀家《だんか》の力がないことを示していた。寺男も住んでいないし、常駐の住職もいない。だから不良のたまり場になっていた。

「大丈夫やで。なんとかなるわ」

タクはできるだけ明るく言った。

石段を登り切った。

「連れてきました」

小太りの奴が、小走りに駆けた。そこにはマサが腕組みをして立っていた。その左右に学生服姿の男が十人ほど並んでいた。寒いけれど、コートは誰も着ていない。

池田はその場にうずくまった。

「池田。どないしたんや」

「あかん。殺されるわ」

「そんなことあらへん。しっかりしいや。さあ、立って。立たんかいや」

タクは池田の制服を摑んで、引っ張った。並んでいる男たちをひとりひとり睨むようにして見た。髪を剃って丸坊主にした奴、髭《ひげ》を生やした奴、目つきの鋭い奴。なかには自転車のチェーンを武器に改造して、くるくる回している奴もいる。そいつの顔には傷もあった。

タクは一歩前へ進み出た。

「マサ、久し振りだな」

マサは黙って腕を組んでいる。池田は後ろでしゃがんだままだ。なんど引っ張っても立ちあがらなかった。無理もない。これだけの人数に囲まれたら、ただでは帰れない。

「この池田は俺の友達や。何をしたか知らへんけど、悪い奴やない。……もういい加減にしゃんとしいや」

タクは池田の服を強く引いた。池田はようやく立ちあがった。

「マサ、頼むから池田にヤキを入れるのは勘弁してくれ」

タクはそれだけ言うと、マサの反応を待った。

マサはゆっくりと左右の仲間たちを見渡した。左右の奴らもマサの視線に合わせて目を動かす。

「マサやんのダチか」

マサは小さく頷いた。

「池田がなにをしたんや」

タクは訊いた。

「わしらを莫迦《ばか》にしたんや」

ぼそりと低い声でマサが言った。

「池田、ほんまか」

タクは後ろを振り返った。

「してえへん。絶対にしてえへん」

池田は思いっきり首を横に振った。

「電車の中で、毎日、わしらを莫迦にした目で見よった。わしらは、お前らに比べたら、出来が悪いかもしれんが、ええかげんにせえよ」

マサは、低くて重い声で言い、タクの後ろで首をすくめる池田を睨《にら》みつけた。

「ぼくは目が悪いんや……。目を細めて見る癖があるんや。誤解や」

池田が今にも泣き出しそうな声で言った。

「マサ、信じてやってくれ」

タクが穏やかに言った。

「なに、言うて、けつかんねん。いっつも、莫迦にしとうやないか」

チェーンを振り回していた奴が、大声で怒鳴りあげた。

「誤解や、言うとるやないか」

タクも負けじと声を張りあげた。

「お前は、なんや。わしらが呼んだんは、そこにいる池田やで」

丸坊主が身を乗り出してきた。

「池田はぼくの友達や言うとるやないか。友達が助けてくれ言うたら、助けなあかんやろ」

「そうか。そやったら、お前は喧嘩《けんか》が強いんやな。わしらを相手に戦争するんか」

丸坊主がすごんだ。

「喧嘩するつもりはない。池田のことを許してくれたらええんや」

「訳のわからんやっちゃな。お前が謝ったら済むんかいな」

丸坊主は薄ら笑いを浮かべた。

「ええ根性しとるやないか」

チェーンの奴は汚い歯を見せて、笑った。

「そろそろ始めよやないか」

丸坊主が言った。

タクは身構えた。

「タク、こっちに来いや」

マサが言った。タクとマサが睨み合った。マサの目には力がない。何をするつもりだろう。タクは一歩前に足を出した。

マサも一歩前に出た。チェーンや丸坊主たちは黙って見ている。空気が張り詰めてきた。寒さは感じない。

タクはマサと正面から睨み合った。

「池田は友達なんやな」

「そうや」

「俺のことはどうや」

「マサも友達や」

「そうか、おおきに」

マサは軽く笑った。

「どっちが友達の度合いが大きいんや」

マサは、唇の端を皮肉そうに歪《ゆが》めた。

難しい質問だ。気持ちの上ではマサの方が友達だ。古い仲だ。池田は高校からの友人であり、それほど長い時間を共有していない。でも答えられない。マサの問いかけの意味がよく分からない。正直すぎる答えで、後ろで震える池田を傷つけたくはない。

タクは黙っていた。

「答えられへんのか」

「答えられへん」

「せやったら覚悟せえや」

マサは、目に力を込めた。眉間《みけん》に縦皺《たてじわ》ができた。そして一瞬、笑ったようにも見えた。マサは一歩、タクに向かって踏み込んできた。

「歯、喰《く》いしばれや。タク」

タクは両足を踏ん張った。

「これでケリつける」

マサは小声で囁《ささや》いた。マサを見た。マサは無表情で、タクを睨んでいる。タクは小さく頷《うなず》いた。両足を踏ん張る。両手を伸ばし、拳《こぶし》を握る。マサはタクが準備したのを見ると、自分の拳を振りあげた。タクは固く目を閉じた。左の頬に衝撃が来た。頭が揺れた。頬から頭にかけて、ぐらっと来た。目の中の暗闇に、光が散った。

目を開けた。右手で頬を触った。少し腫《は》れたかなと思った。口の中で生臭い味がする。唾《つば》を吐くと、赤い血が混じっていた。歯は折れていない。口の中が切れただけだ。

マサは姿勢を正して、タクを見つめた。拳はまだ握ったままだ。

「それだけかよ。マサ」

チェーンが顔を思いきり歪めて言った。

「うるさい。代わりにやられたいのか」

マサが怒鳴った。チェーンは、恨めしそうな顔で黙った。

「タクは俺の友達《ダチ》だ。友達が頼みに来ているのに、これ以上のことがやれるかい」

マサは低い声で言い、振り返って、池田を睨みつけた。

「お前、ええ奴を連れてきたな。しかしこんどガンつけたら、承知せえへんど」

池田は何度も頭を下げた。

「行くぞ」

マサは、仲間に声をかけた。

「タク」

マサが言った。真面目な顔だ。

「なんだ」

「今度会おうか。ゆっくりと」

「ああ、いいな。会おう」

「どこがいいかな」

「小学校の校庭がいい」

「懐かしいなあ」

「ケンも呼ぼう」

「ケン……か？」

マサの顔が曇った。あの事件以来、ケンとマサはどこかギクシャクしていた。ケンの方はそうでもないのだが、マサが避けるようになった。

マサは石段を降りて行った。池田が近くに寄ってきた。

「おおきに。中島すまん。痛かったやろ」

「たいしたことあらへん。あいつ上手に手加減してくれたわ」

マサに殴られた頰をなでた。まだひりひりとする。触ると熱があるようだ。池田には、マサが手加減してくれたと言ったが、それはなかった。マサは思いっきり、殴った。しかしかえって変な手加減されるより、気持ちが晴れた。マサと再び強く結ばれたという実感が、タクの心を満たしていた。

「あいつ、ええ奴やで」

タクは言った。池田は不思議そうに、頷いた。

バイクの唸《うな》る音が聞こえた。それはすぐに遠ざかった。

「帰ろうか」

急に寒くなったように感じた。

5

マサが家を出たと聞いたのは、高山寺に呼び出されてから、しばらくしてのことだった。殴られた頬の痛みは、まもなく消えたが、あの時の「小学校の校庭で会おう」という言葉は忘れていなかった。タクはマサからの連絡を待っていた。しかし連絡はなかった。タクは激しく後悔した。なぜ自分から連絡しなかったのだろうと。

母から聞いた話だと、マサは父親を殴って家を出たらしい。なんでも大学に行かせて欲しいと父親に談判したら、酒に酔った父親がマサに「極道もんが！」と言って殴りかかってきた。それに腹を立てて、マサは反対に殴り返した。父親はその場に卒倒したようだが、マサはさっさと荷物を纏《まと》めて出て行ってしまった。

「優しい子、やったのにねぇ」

母はタクに言った。

「マサは本気で大学に行きたかったんや」

タクが言うと、

「学校では成績も良かったみたいやさかい、行こうと思うたら行けたんやないか。けっこう小さいころから、頭良かったさかいな。問題はあの父親や。昼間っから赤い顔して、あれじゃあ子供かて大変やわな」

母は表情を曇らせた。

タクは暗い気持ちになった。自分の責任だと思った。マサが大学に行きたいと真剣に父親に申し入れたのは、あの日が原因だと思った。きちんとした学生服に身を包み、いかにも受験生のごとき風情を醸し出しているタクを見たからだ。家の人から反対もされずに大学進学を準備している自分のことをマサは羨《うらや》ましいと思ったに違いない。それに池田とマサのどちらが友達だというマサの問いかけに、はっきりと答えなかった。あれがいけなかった。マサはタクが違う世界に住んでいると思ったのだ。昔のように笑ったり、泣いたりするには同じ世界に住まなくてはならない。そう思ったに違いない。不良仲間のリーダーとして恐れられていても、マサは孤独だったのだ。

高校は中退するのだろうか。もう卒業が目の前だというのに……。

タクはケンを呼び出した。小学校の校庭だ。冷え込んで来た。もうすぐ夕方の五時になる。タクは校庭を囲む石段に腰掛けてケンを待っていた。マサに殴られた顔を触った。再び痛みを伴って、殴られたときの記憶が蘇《よみがえ》ってきた。あいつはどういう気持ちで殴ったのだろうか。リーダーとして、チェーンや丸坊主の前でけじめをつけなければならないこと。もう二度と池田やタクに手出しをするなということ。いろいろな思いを込めたに違いない。しかし、こうしていなくなったことを考えると、自分のことを忘れないで欲しいと、必死の願いを込めたものだったように思えてならない。あの拳骨《げんこつ》はマサの寂しさの塊だったのだ。

タクがケンを呼び出したのは、三人の友情を確認しておきたかったからだ。マサはいないけれども、この頬の痛みの記憶がある。これがマサそのものだ。マサの思いがこもった一撃だ。マサの拳が、頬を打ったとき、タクはマサの心の奥に触れたのだった。

「トモダチだぜ。いつまでもな」

マサは拳で告げた。タクの心にははっきりとマサの声が聞こえた。この事をケンにも伝えたかった。伝えなければならないと思ったのだ。

夕日が落ちる。冬の夕焼けは、夏より鮮やかだ。空気が凍《い》てついて、澄んでいるからだ。校庭の向こうには畑がある。冬の今はただの黒い土くれが広がっているだけだ。その黒い土くれの向こうには、なだらかな曲線を描いて山が続いている。その山が夕日に燃えている。空は高く澄みきり、薄い帯を流したような雲が少し浮かんでいるだけだ。その雲も山と同じに赤く染まっている。あれを茜《あかね》色というのだろうか。金色と銀色と赤銅色とを混ぜたらあのような色になるのだろうか。でも本当にその色の絵の具を混ぜたら、黒く濁るだけだろう。

自転車が一台、こちらに向かって走ってきた。遠くて乗っている者の顔は良く見えないが、ケンに違いない。タクは手を振った。自転車は静かに近づいてきた。ケンはマフラーを首に巻き、手袋をしていた。自転車を降りるなり、背中を丸め、手袋の上から息を吹きかけた。恨めしそうにタクを見つめて、

「どないしたんや。こんなとこに呼び出したりして」

と非難した。

ケンはやせて背が高い。ウラナリと言われるほど色が白く、きゃしゃな感じがする。勉強はできた。国立大学理系は間違いないと言われている。

タクとケンとは同じクラスになったことはない。というのも志望する大学が違ったからだ。タクは、私立文系に絞っていた。ケンの国立大学理系とはクラスばかりでなく勉強科目も別になっていた。私立文系には縁のない数学Ⅲ《すうさん》と言われる科目もあって、微分や積分も学習していた。

「なんとなくや」

タクは答えた。軽く笑った。

「ええ加減にしてくれや。こっちは勉強がつまっとるんや」

「たまにはええやないか。このごろあまり話をせえへんから。ところでマサが家出したんは知っとるか」

タクは訊《き》いた。

「聞いた。アホなやっちゃ。もうすぐ卒業やゆうのに。どないしたんやろ」

ケンはタクの側に座った。

「大学に行きたかったらしい。親に言ったら反対されよった。それでオヤジを殴って出ていった」

タクはケンの顔を注意深く見守った。例の事件以来、ケンとマサとの間は気まずくなっていたからだ。マサの家出にどんな反応をするのだろうか。

「ほんまにアホやな。そんな短気をおこさんでもええのに」

ケンは遠くを眺めながら言った。ケンの視線の向こうには夕日があった。山の稜《りょう》線《せん》を赤く染め、今にも沈みつつあった。太陽が沈むときは一段と大きくなる。膨脹する。輪郭もゆらゆらとしてくる。天空にある太陽と、山に沈む太陽とが同じだと思えない。それほど沈む太陽は大きく、重量感がある。

「寂しいな」

ケンの横顔が夕日に赤く染まっている。

「ああ、友達やさかいな」

ケンは呟《つぶや》いた。

「友達や」

なんだか涙がにじんできた。

「俺、勉強すんねん。ノブの分までせなあかんねん。ノブかて勉強したかったんや。せやのにあんなことになって。俺の目の前でや」

ケンは両手で顔を覆った。マサのことから連想してノブを思い出したのだ。

「そや、ケンには責任があるで。ノブの分までやらなあかん」

「マサは怒っとう。俺のことを」

ケンは顔を曇らせた。

「なんでそないなことを思うんや」

「ノブのことや」

「そういえば、マサはノブのことを本当の弟のように可愛がっとったからな」

「そやねん。ノブもマサを慕って、いつも後ろをついて歩いとった」

タクは、ノブが少し足を引きずりながら、マサの後をついて行くのを思い出した。

「ひょっとしたら、ノブは現世では俺と兄弟やったけど、前世ではマサと兄弟か恋人みたいやったかもしれん」

「そうかもしれんなあ。マサはとにかく弱い者に優しかったからなあ」

「マサは俺がノブを苛《いじ》めていたと思っとるのや。確かにそんな面があった。ノブみたいな弟がおることが恥や思うた時期があった。せやけど今は、ノブを思うといつも仏壇に手ぇ合わしてんねん。とにかく俺はノブの分までやらなあかんねや」

ケンは立ちあがった。

「マサはなんとかしよるやろうか」

もう辺りは暗くなって来た。

「なんとかするやろ」

「なあ、ケン、俺らはいつまでも友達やさかいな」

「わかっとるそんなこと」

「ところで大学はどこ受けんねや」

「東大や。東大に入るんや」

「ケンやったら、合格するで」

「わからん。浪人はできへんから、しっかりやらんとな。タクはどこや」

「俺は早稲田《わせだ》や。都の西北や」

「早稲田か……。俺も受けるで。おたがいがんばろうやないか」

「どこに行っても友達や」

タクは笑った。


こんな田舎でも世の中の変化は確実に押し寄せてきていた。ケンが行きたいという東大も二年前の一月まで全共闘が安田講堂にたてこもって、大変な騒ぎになった。大学の価値を変えるという運動だったようだが、機動隊と学生の戦争みたいになった。

その影響からか、高校を「ゲットー」——ユダヤ人を隔離した町だが——と称して「解放」を叫ぶ奴が現れた。校門の前でビラを配ったりしたが、皆の反応は鈍かった。こんな広々としたゲットーなんかあるものか。もちろん精神的なものだとは分かっているが……。

その学生は先生に囲まれて職員室に連れて行かれ、そこでこっぴどく叱られた。最近、東京から転校して来た奴らしい。

ベトナム戦争は泥沼のようになってしまい、さすがにアメリカは混乱していた。戦争反対を叫んで、多くの学生がデモをやり始めた。隣の中国では紅衛兵と称する若者たちが、毛沢東《もうたくとう》の指導で革命を推進している。東京では新宿駅が学生の手で占拠されたりした。

世の中は騒然としてきていた。漫然と田舎にいてはならないような焦りに似た気持ちになる。このままでいいのか。

ある日、タクの親戚《しんせき》がやってきて「大学はどこへ行くんや」と訊いた。「早稲田や」と答えると、少し安心した顔になって、「早稲田やったら、まだましや。京大へは行かんとけや」と注意した。

「なんでや」

「あそこに行ったら革命騒ぎばっかりやっとる。みんな逮捕せにゃならん」

渋い顔をした。

その親戚は警察で「公安」という仕事をしており、新左翼や共産党関係を調査していた。

なぜ大学へ行くのか。自分に問いかけてみる。タクが出した答えは「できるだけ田舎から遠く離れる」というものだった。東京に行く。それ自体がタクの目的だった。

マサはどこかへ行ってしまった。あれ以来、音信不通だ。しかしまた必ず会えるだろう。あいつのことだ。したたかに生きているに違いない。早稲田を受ける。東京に行く。親戚で東京に行った者はいない。心細い。でもこの小さな村で生きるより、一度でもいいから東京で暮らしてみたい。ケンも東大を受ける。あいつなら必ず受かるだろう。二人して東京に行く。どんな人生が待っているかはわからないが、世の中の変わり様に少しでもついていきたい。

勉強部屋の窓を開け放した。冷気が吹き込んでくる。顔に霜が張りつくようだ。夜が広がっている。闇には違いないが、星明かりでぼんやりと青白く輝いている。ラジオをつける。平壌《ピョンヤン》放送が甲高い声で叫んでいる。チューナーを回す。中華人民共和国の放送を受信した。空気が澄んでいるから、鮮明に聞こえる。毛沢東語録を読め、農産物が豊作だったのは毛首席のお陰だ、と叫んでいる。

更にチューナーを回す。英語放送が入ってくる。激しいビートのロックが飛び出してきた。この勉強部屋は世界へと繫《つな》がっている。

毛首席万歳！　金日成《きんにっせい》万歳！　英語の音楽。身体をゆさぶるロック。闇の向こうから、得体の知れない人間たちが、駆け寄ってくる。開け放たれた窓から遠慮なく入ってくる。窓枠に手を掛け、上半身を押しあげ、ころがりこんでくる。

「早く、早く、飛び出せ」

彼らは口々にわめき散らす。

部屋の中が彼らに占拠される。わめき声がタクの耳をつんざき始める。

第二章　再　会

1

――昭和四十七年

一月の終わりに元日本兵の横井庄一《よこいしょういち》という人がグアム島の密林で保護され、二十八年ぶりに日本に帰ってきた。彼は戦争が終わっていないと思っていた。

二月、札幌オリンピックがあった。勉強しなくてはと思いながら、タクはテレビにかじりついていた。

オリンピックが終わったと思ったら、連合赤軍が暴れ出した。長野県の浅間山荘に立てこもった彼らが、警官と銃撃戦を始めた。タクは毛布を被《かぶ》って、まんじりともせずその様子をテレビで見続けた。

受験勉強どころじゃない。

世の中が変わる。変わっていく。毛布を被っていても興奮で身体が震えた。テレビの中で起こっていることが、きっと東京では普通に起こっているのだろう。

大きな鉄の玉が山荘の壁を打ち破った。警官が突撃して行く……。

タクは念願の早稲田に合格した。政治経済学部政治学科。

ケンも早稲田に入った。東大は不合格だった。ケンは早稲田に籍をおいたまま来年、また東大を受験するという。実際、早稲田の政治経済学部には東大落ちが多くいた。タクのクラスにも東大落ちが何人かいて、落ちたことを自慢していた。皆、来年再受験するらしい。早稲田を志望してきた者に悪いとは思わないのか、と声をあげたくなった。東大全共闘が東大の神話を破壊しようと闘ったが、影響はなにもなかったようだ。東大はやっぱり東大。早稲田では満足しない奴らが多い。

大学は荒れていた。勉強をする雰囲気ではなかった。毎日、キャンパスでは革マル（日本革命的共産主義者同盟革命的マルクス主義派）と民青（日本民主青年同盟）とが争っていた。ゲバルトといわれる戦争だった。理由はよくわからない。過去には明確な政治目標があった。六〇年、七〇年という安保反対運動だ。だが政治の季節は去っていた。今は政治的な大きい流れが、過去のものになりつつあった。政治セクトの者たちは、大きな目標を失って、内部へ、内部へと矛先を向けてしまったのだ。

東京へ行きさえすれば、何か大きな変化の渦中に入ることができると、タクは考えていた。しかしそれは間違いだった。世の中を変えようとする流れは消え、誰もが孤独な自分の世界に入ってしまった。タクはなにも見つけられなかった。東京へ行けば、何かが変わる。そう信じていた。ところが、時代は勝手に何処かへ行ってしまった。タクは何をしていいかわからない。そんな状態だった。現実に押し流されまいとするのがやっとだ。酸欠の池に泳ぐフナみたいなものだった。

タクは大学の西門のところ、早稲田鶴巻町《つるまき》に下宿した。日当たりの悪い下宿だった。タクの下宿には革マルシンパの山川四郎というクラスメイトが、頻繁に遊びに来ていた。彼は四国の出身で、ダミ声でなかなか迫力のある話し方をする男だった。四角い蟹《かに》の甲羅のような大きな顔に厚手の黒縁眼鏡をかけ、仲間に入れとタクを革マルに誘った。田舎者丸出しのタクが、すれていないために、勧誘しやすかったに違いない。

クラスには大学内で対立している構図そのままに革マルと民青のシンパがいた。革マルが山川、民青は栗原透《とおる》と言った。栗原は長野県出身でいかにも真面目で気弱そうな感じだった。クラスで討論をしても、いつも山川が大きな声でガナりたてる。栗原は俯《うつむ》いて、論破される。こうなると判官びいきからどうしたって、栗原は善、山川は悪という図式になってしまうのは仕方がない。でも実際は栗原が筋金入りの共産党員で、山川は単なる声が大きいだけのお調子者かも知れない。

キャンパスを歩いていると、突然、キエーッという奇声が聞こえた。すると、数人のヘルメット姿の男たちが、鉄パイプを振り上げて、ジーンズ姿の男を襲う。男の方も大きな声をあげ、その襲撃から脱兎《だっと》のごとく逃走する。砂ぼこりが舞い、白昼の悪夢のような出来事。奇声と鉄パイプが転がる乾いた音が、一瞬だけ、辺りの景色を変える。その後には、灰色のコンクリートの上に点々と赤い血のしたたり。

タクはあっけにとられその場に立ち尽くす。何をやっているのだろう。まるで幕末の京都で勤皇の志士を新撰組《しんせんぐみ》が襲っているようだ。栗原が襲われては大変だ。彼をガードしなくてはならない。クラス仲間で栗原を守ってキャンパスを歩いた。彼はいつも伏し目がちにあたりを度のきつい眼鏡で窺《うかが》うように、警戒しながら歩いていた。

ベトナムでは米軍による空爆はまだ続いていた。そして学費値上げ反対など、世界情勢とは関係がないが、学生にとっては深刻な問題を訴える立て看板が、所狭しとキャンパスを埋め尽くしていた。タクはその看板を眺めるだけだった。心から燃えるものはなく、東京での生活の方向性を失いつつあった。

2

「俺はね、新宿騒乱のとき、高校生だったのだけど、興奮したな。世の中を変えるんだってね」

窪《くぼ》んだ目、細く尖《とが》った顎《あご》、痩《や》せた胸板を隠すジーンズ生地のシャツ。香山俊二《かやましゅんじ》は台所で湯を沸かすタクの背中に話しかけた。

香山は革マル派の幹部だ。

彼の横では山川がにやにやしながらビールを呑《の》んでいた。

「きみは東京へ何をしに来たんだ。大学へは何をしに来たんだ。単にいい会社に就職するためにだけ、早稲田へ入学したなどと言うなよ。そんなちんけなことはよもや考えていないよね」

香山は笑った。頬に皺《しわ》が寄った。

「香山さんがこうして勧誘にこられているんだ。中島、仲間になることを考えろよ」

山川は軽い調子で言った。

タクはラーメンを作っていた。彼らに食べさせるためだ。

「何のために闘っているんですか」

タクは背中を見せたまま、訊《き》いた。

「なにを下らないことを訊いているんだ。きみには見えないのか。もうすぐ米国帝国主義者はベトナムから敗退して、世界が変わるんだ。そんな時代に乗り遅れようとするのかい。ぼくにはそんなもったいないことはできないな」

「香山さんの言うとおりさ。もうすぐ革命の時代が来るんだ」

「戦争を嫌いなはずなのに、毎日、キャンパスは血が流れています。あれはいいことなのですか」

沸騰する湯に乾燥した麺《めん》を入れながら訊いた。

「いいわけないじゃないか。だが、あいつらは虫けらさ。人間じゃない。革命に必要じゃない人間だ」

香山は平然と言った。

「ぼくだって何も知らない、革命なんかに必要な人間じゃないですよ」

「あまり言葉尻《じり》をつかまえるんじゃないよ。ただきみには今、やるべきことが見つかっていないだろう。やるべきことは世の中を変えることだ」

「ラーメンできましたよ」

タクは小さなちゃぶ台にどんぶりを二つ運んだ。湯気が立ち昇っている。香山の顔が綻《ほころ》んだ。鋭い顎が丸くなったような気がした。

「おう、美味《うま》そうだな」

と山川は、すぐにどんぶりを持ちあげて、

「卵はないのかよ」

と訊いた。

「あるよ。入れるかい」

「卵、俺、大好きなんだ」

「香山さんは？」

「じゃあ遠慮なく……」

タクは卵を二個、小型冷蔵庫から出して彼らに渡した。彼らはお互い顔を見合わせて、微笑みを交わした後、どんぶりの縁で卵を割った。

「一段と美味そうになったな」

香山は声を弾ませた。

「最近、まともなものを喰《く》っていませんからね。卵入りラーメンなんて贅沢《ぜいたく》だ。ブルジョアだなぁ」

山川が大げさに言った。確か山川は四国の大きな製紙会社の次男坊だったはずだ。ラーメンをすする音が狭い部屋に響く。革命とインスタントラーメン。なんだか愉快になってきた。彼らはタクが微笑しているのにも気づかず、大きな音をたてて麺をすすり続けている。仲間とラーメンをすする楽しみと革命が同じレベルに同居している。悪くない気持ちだ。

「今度の国際反戦デーの集会に出る」

タクは言った。

「なんだって」

山川が麺を口に含んだまま、くぐもった声で言った。

「10・21《じってんにいいち》の国際反戦デーの集会に出ると言ったのだよ」

タクは繰り返した。

「おお、それはいい」

山川は香山の方を見て言った。

香山は本当に腹をすかせていたのか、麺をほおばることに集中していた。

「香山さん。こいつ反戦デーに参加するって」

山川の言葉に香山は、どんぶりから顔を離し、瞬《まばた》きをすると、にっと笑った。

「それは、グッドだ。参加するといい。きみに多くの同志が連帯するし、きみはひとりではないと実感するはずだ」

「わかりました。でもあくまでぼくは参加するだけ。見るだけです」

タクは香山に言った。

「中島はいつもそうだ。そうやって観察者を気取るからいけない。もっとどっぷりと浸《つ》かれ。中島みたいな半端なのが、革命を邪魔するんだ」

ラーメンを食べ終えて、山川は満足そうにゲップをした。タクは黙って山川の顔を見た。

「まあいいさ。参加してみてからだ」

香山はどんぶりを置きながら、

「友達になれそうじゃないか」

と窪んだ目を光らせた。

国際反戦デーは二日後だ。

国際反戦デーは米軍のベトナム空爆に反対して設定された日だ。その日、香山たちは日比谷《ひびや》公園の野外音楽堂で集会を開く。この日は他のセクトも都内各所で全国動員をかけた決起集会を開く予定にしており、新左翼各派にとって10・21というのは極めて重要なイベントだった。

タクは政治的には完全に無色だった。新左翼に、何も同調できるものは感じなかった。だが、餓《う》えた者のようにラーメンをすする姿に、同じ時代に生きる者として、なんとなく共感を覚えてしまった。東京に来て、その大きさに圧倒され、違和感を抱いているときに、彼らがやってきたせいもあるだろう。何もしないで下宿に閉じこもっていても、何も変わらない。変えられない。デモに出たからといって、何かが劇的に変わるとは思わない。しかし何かが起きるかもしれない。

大学に入るために勉強しているとき、暗闇を見ながら、世界との繋《つな》がりを感じたことがあった。タクは何もかも全てに乗り遅れたような気がしていた。山間《やまあい》の僻地《へきち》で、情報不足の中で、じれったくもどかしくさえあった。そして東京に来た。しかしまだ何も見つけられないでいる。

ラーメンのどんぶりを炊事場に運んだ。底に茶色のスープが少し残っている。シンクにそれを流す。

友達になれそうじゃないか……。

香山の言葉が蘇《よみがえ》る。友達か……マサは、ケンは、どうしているかな……。

タクは、水道の蛇口を開く。水がほとばしり出る。どんぶりに当たって水が弾《はじ》けた。

3

日比谷公園は霧雨に煙り、薄暗い。木々の形が闇に溶け込み始め、崩れかけている。木々の間から高層ビルの明かりが見える。

タクの隣には山川がいた。二人とも薄っぺらい透明のレインコートを支給され、それを身に纏《まと》っていた。山川は野外音楽堂のステージを見つめている。

薄い膜を張ったように霧が流れた。舞台は煌々《こうこう》とライトに照らされ、真昼のように明るい。霧雨にライトの光が反射し、輝く。ダイヤモンドダストのようだ。舞台の上では、白いヘルメットを被《かぶ》り、タオルで口を覆い隠し、よれよれのジーンズ姿の活動家が、旗を高く掲げている。ときおり演説に合わせて、オーッという喚声があがる。その時は、旗も高く掲げられた。観客席の椅子はレインコートを纏った学生で一杯だ。ヘルメットを全員が被っている。中には、活動家と同じようにタオルで顔を隠している者もいる。

「これ、被れよ」

山川がタクにヘルメットを渡す。山川の頭にもヘルメットが載っかっている。頭が大きいので文字どおり載っかるというのがぴったりだ。

一瞬、タクは、顔を緊張させた。躊躇《ちゅうちょ》した。ヘルメットを被るべきか？　被らざるべきか？

「いらない」

タクは言った。

「被れよ。ケガするぞ」

山川はタクにヘルメットを押しつけた。

「セクトに参加したわけじゃない。だからヘルメットはいらない」

山川はむっとした顔をして、

「ケガしても知らないぞ」

と怒った。

タクは山川を無視して、正面の舞台に視線を向けた。舞台では独特の言い回しで、ベトナム戦争に対する批判や、第四次防衛力整備計画反対などと叫んでいる。

「日本帝国主義者どもは、自衛隊の戦力を大幅に強化するため、防衛予算を大幅に増額した。米国帝国主義者の言いなりになり、彼らにひたすら尻尾《しっぽ》を振り、媚《こ》び、へつらい、戦争への道をひたすらに走ろうと企てている」

声を嗄《か》らして叫んでいる。

舞台の上の旗が一斉に高く掲げられた。霧が濃く流れる。ライトの光が霧に反射する。ダイヤモンドダスト。雪原のようだ。喚声があがる。司会の男が、聴衆に向かって、

「完黙《カンモク》。完黙を通せ。ミロヨオオキナレンゴー。ミロヨオオキナレンゴー。この番号を覚えておけ」

と声を張り上げた。

「なんだい、あのミロヨオオキナレンゴーってのは」

「3640705《ミロヨオオキナレンゴー》。電話番号さ。もし機動隊に捕まったら、完全黙秘を通すこと。そして弁護士を頼むと言ってこの電話番号を言うんだ。しっかり覚えておけよ」

山川の顔が真剣になっている。緊張で顔がこわばっている。

「捕まるのか?」

「わからないさ。運が悪けりゃ、捕まることもある」

「怖くないのか」

「怖いさ。でもやるしかないだろう」

山川の唇の端が小刻みに震えている。黒縁眼鏡の奥の瞳《ひとみ》が、縮んでしまったように見える。山川だって本格的なデモは初めてだ。

「捕まると嫌だな」

「覚悟を決めろや」

山川がタクを叱るように言い、

「お前の友達もここに来ているぞ。呼んできてやる」

と言って立ちあがった。

「友達って誰だ？」

タクが質問する間もなく、山川は席を離れた。しばらくして、白いヘルメットを被った背の高い、ジーンズ男がやって来た。

「ケン、ケンやないか」

「タクか、お前がどうして、ここにおるんや？」

「こっちこそ、お前がどうしてここにおるんか、知りたいわ」

ケンは白いヘルメットを脱いで、タクの横に座った。

「わしが、誘ったのさ」

山川が得意げに言った。

「ケンも山川に誘われたのか」

「ああ、語学の授業が一緒でな。隣から妙な関西弁で話しかけられてな。それでつい話し込んでいるうちに、今日、ここへ来ることになったんや」

「お前ら、友達なんだって」

山川が訊《き》いた。

「ああ、幼馴染《おさななじ》みだ」

タクが答えた。

「幼馴染みが、久し振りに会う場所としては、適当だったかな」

山川が笑った。

「まあ、滅多にない場所やな。国際反戦デーなんて。そうは思わへんか」

ケンはタクに話しかけるときは、関西弁になる。

「それはそうと、ケンは東大を目指して、受験勉強をやり直しているのと違うのか」

「ああ」

ケンは、顔を曇らせて、

「なんか、虚《むな》しゅうなってな。今、迷いの中や」

と言って、視線をそむけた。

ケンもタクと同じく東京に来て、迷いの中に入ってしまったのだ。何のために、ここにいるのだろうかと。ましてやケンの場合、東大に行くという目標を達成することに失敗した。そうなると虚しさはひとしおだろう。早稲田の中で、周りは学生生活をエンジョイしているように見える。ところが自分は予備校通い。せっかく大学生という切符を手に入れたのに、それもそれなりに一流の切符を。それを使いもせずに当てのない目標に向かって、もう一度面白くもない高校の教科書のページを繰っている。この虚しさに耐えて、東大に再受験する奴は相当の玉だ。ケンにはその根性が備わっているのか、疑わしい。何が何でも東大に行くと思っていたわけではない。あの狭い村から飛び出したかっただけだからだ。それはタクと一緒だった。

「それにしてもすごい人数だな」

ケンが周りを見渡し、感激している。

霧雨の中にライトが照らされ、参加者たちの姿が浮かび上がり、スピーカーからは絶えず「帝国主義者どもが……」などと過激なアジテーションが聞こえてくる。

「そりゃ反戦デーと言ったら、わが党の一大イベントだからさ」

山川が自慢げに言った。

「タク、ヘルメットは、どうした」

「いらんねん」

「なんでや。ケガするぞ」

「ぼくはこの党の人間やないし、自分の顔をヘルメットで隠すのは、なんや卑怯《ひきょう》な気がしてな。自分は個人の意思でここにいるのに、そのヘルメットを被った途端に、個人がどこかに行ってしまって、党だけが存在しとるみたいやろ。それが嫌やねん」

「そないな拘《こだわ》った理屈いうても、しょうないで。ケガしたら、元も子もない。被れや」

「気にせんといて」

タクの返事に、ケンは複雑な顔をした。

「さっきから、わしもヘルメットを被れと言っているんだけれど、頑固に拒否する訳よ。変わってるよ。タクは……」

山川が呆《あき》れたということを強調するように、首をすくめてみせた。

「俺もいらんわ」

突然、ケンはヘルメットを脱いだ。長く伸びた髪が、肩の近くで揺れた。霧雨が髪に水滴を散らし始めた。それがきらきらと輝き、まるでビーズを飾っているようだ。

「勝手にしろ」

山川がケンからヘルメットを受け取りながら、叫んだ。

「おい、そこの奴ら。静かにしろ。そろそろ出発だぞ」

後ろのヘルメットを目深に被り、口をタオルで隠した男が、注意してきた。

山川は、男にぴょこりと頭を下げ、

「そろそろ出るぞ」

と緊張した顔で言った。

「どこをデモするのさ？」

タクが山川に訊いた。

「ここを出て、日比谷通りをデモして、たしか国会議事堂周辺まで行くことになっている。順調なら、そこからまたここに戻ってきて解散だ」

「順調ならって？」

「文字どおり順調ならさ」

「機動隊がいるから、それとぶつかるかもしれないってことなんだろう」

ケンが訊いた。

山川は頷《うなず》いた。

タクはケンと顔を見合わせた。二人とも硬い顔をしている。今から起きる未経験のことを想像して、不安な気持ちがあるのだ。

タクが手を差し出した。ケンがその手を握った。二人とも無言で、頷き合った。

「俺と、はぐれんなよな」

山川が、先輩面して言った。

4

「どこだよ。ケン！　山川！」

タクは大声で叫んだ。両腕でしっかりと前の男のベルトを掴《つか》んだ。離してはならない。命綱みたいなものだ。

何が順調なら、だ。山川の奴、いい加減なことばかり言いやがって。機動隊の列に最初から突っ込むなんて聞いていなかったぞ。それならそうと最初から言いやがれ。いつの間にか、側にいたはずのケンも山川の姿も見えない。はぐれるなよ、と威勢のいいことを言っていたのに、まっさきに自分がはぐれたじゃないか。どこだよ。ケン。山川。どこに行った。

痛い！　機動隊員が楯《たて》で背中を強く押す。警棒で肩や頭を殴る。痛い！　殺されるぞ、こりゃあ……。

日比谷公園を出た途端に、目の前にずらりと紺の制服を着て、ジュラルミンの銀色に鈍く輝く楯を持った機動隊の列が待っていた。

公園を出るまでは前の男の背中に頭をつけて、ワッショイ、ワッショイとまるで祭りかなにかの掛け声みたいな声を出して、ジグザグに動いていた。横にはケンがいたし、その横には山川がいた。二人とも必死で前の男に摑まっていた。

突然、ピーッという笛の音が鳴った。それを合図に、先頭が急に舵《かじ》を切った。

「突撃するぞ！」

誰かが叫んだ。ピーッ、ピッ、ピッ、ピッ。笛の音がリズミカルになった。顔を横に向けると何人もの旗手が党派の旗を高く掲げている。またピーッ、ピッ、ピッ、ピッ、と笛が鳴った。旗が霧雨の中を揺れている。

「ウオーッ」

動物の雄たけびみたいな声が、前方で聞こえた。何だ。何がどうしたんだ。見る間に隊列は乱れてしまった。先頭から、雪崩のように崩れてきた。機動隊の特殊車両からの鋭いライトが顔を照らす。まるで光線銃で撃たれているようだ。まぶしくて目が痛い。

「ウオーッ」

また喚声があがった。

完全に列が乱れた。タクは倒れそうになるのを必死で堪《こら》えた。

とにかく離されないように、前の男に必死で摑まっていた。ドドドドドーッと列が、崩れ、タクの腰を持っていた男の手が離れた。もみくちゃになりながら横を見ると、もうケンも山川もいなくなっていたのだ。

タクを含む数十人の一群が機動隊員に取り囲まれてしまった。かろうじて前の男にすがりつく。暗闇にライトアップされた濃紺の屈強な隊員が、壁のようにずらりと並んでいる。彼らが太い丸太のような腕で、隊列からはぐれて地面に転がった、薄汚れたジーンズ姿の男を抜き取っていく。まるで出来の悪い野菜を間引きするかのように。タクの腰にしがみついていた男もヘルメットを剝《は》ぎ取られ、警棒で殴られ、頭から血を流しながら、引き抜かれた。小さな悲鳴をあげたが、機動隊員はなんの感慨の表情も示さなかった。

まいったな。ミロヨオオキナ……。何だっけ。覚えておけと言われた電話番号。あんなもの、どうでもいいと思っていたのに、ああ、しっかり覚えておけばよかった。痛い！　機動隊が警棒で背中や頭をゴン、ゴンと叩《たた》く。振り返って、睨《にら》んだ。濃紺の防御服を身に纏《まと》った隊員がニヤリと笑った。こいつ、本気で頭をかち割るつもりだ。田舎の両親の顔が浮かんでくる。子供を東京の大学にまで送り出したのに、ここで頭を割られて半病人になるのか。がっかりするだろう。父親は、黙々と畑を耕している、平凡な男だ。何の不満も表さない。その子供が、東京に行った途端に、機動隊と喧嘩《けんか》だ。信じられない、父親の嘆き……。でも、これで子供に対する期待は全てなくなるに違いない。親の期待からの自由。自由。フリーダム。戦争のために満足に学校で勉強が出来ない時代に育った両親にとって東京の大学に進学した息子は期待の星だ。それがたちまち機能不全！　ああ、なんという親不孝。なんという悪い息子。だが自由になる。

痛い！　痛い！　おい、そんなに殴るな。ドンドン！　背中をジュラルミンの楯で押される。息が苦しい。自由と引き換えに半病人になるのか。おい、山川、お前どこに行った！　いい加減な情報でこんな修羅場に田舎者を引き込みやがって！　ケン！　大丈夫か。頭を割られて血だらけになって斃《たお》れるケンの姿が浮かぶ。ゴン。うっと、気を失いそうになるほど殴られる。手で後頭部を触る。ヌルッとした手触り。手を目の前に持ってくる。ライトが照らす。一瞬、真っ赤だ。手のひらが真っ赤だ。痛くないのが不思議なくらいだ。殺されるぞ。恐怖心で身体が震える。一層、力を込めて、隊列の男の腰にしがみつく。

突然、空から旗が落ちてきた。ライトに明るく照らされて長い竿《さお》とその先に括《くく》りつけられた旗が風にはためいている。タクを目がけて落ちてくる。前の男の腰を握り締めていた手を、思わず放してしまった。あっと思ったが、もう遅い。両手でその旗を受け止めた。ずしりと重い。長さは一・七メートル？　いやもっと長い。二メートルはある。旗は党旗だった。最も重要な旗。野外音楽堂の舞台で堂々とはためいていた旗。この旗を持っていた活動家はどうなったのだろう。機動隊に捕まってしまったのだろうか。捕まる？　旗を持つ手をじっと見つめた。そして周りを見た。さっきまでしがみついていた隊列は太った蛇のように蛇行して、機動隊に翻弄《ほんろう》されている。周囲はすっかり囲まれてしまった。機動隊員がタクを睨んでいる。旗はタクの腕の中で勢いよく、風にはためいている。このままここで旗を持っていたら、逮捕される。凶器準備集合罪。頭に浮かんだのは、その言葉だった。この旗は、旗竿は凶器になるのではないか。そう思った瞬間に、どうしようもなく身体が震えた。このままでは逮捕される。親の期待からの自由だなんて悠長なことを言っていられない。即座に決断した。腰を低くして、旗を持った腕を引き、思いっきり旗を放り投げた。腕が弓のようにしなり、弾《はじ》けると、旗は一本の矢となって、ライトに照らされながら、闇夜の中を飛んでいった。

「ごめんなさい」

タクは叫んだ。あの旗を投げてよこした誰かのことを思うと、胸が痛んだ。しかし捕まりたくない。瞬時に周りの状況を確認した。脱兎《だっと》のごとく列の最後尾に向かって走った。背後には機動隊員がいる。今のところ遠巻きに見ているだけだ。頭は血が噴き出ているに違いないが、そんなことには構っていられない。もうとにかく逃げる。逃げるんだ。

隊列を組んだ連中は、シュプレヒコールを大きな声で叫びながら、機動隊員の網の中で蛇行を繰り返している。

――あの尻《しり》につかまるか。

タクは思ったが、待てよという声が聞こえた。このまま機動隊員の網の中で、何も考えずに他人の尻につかまっていたら、網を閉じられたらおしまいだ。投網《とあみ》の理論だ。

――逃げよう。

タクは決めた。機動隊員が隊列前後を押さえているから、横に出ることにした。幸い、広い日比谷通りから狭い道に隊列は押しこめられていた。脇へ逃げれば、ビルの間を抜けて安全なところに出られるだろう。

タクは横目で隊列の動きと機動隊員に注意を払いながら、走った。

「キャーッ」

悲鳴をあげて、ジーパン姿の細身の身体が目の前に投げ出されてきた。隊列の動きに、ついていけなくて振り払われたのだ。ヘルメットがころりと脱げた。長い髪の毛がはらりとこぼれた。女だ。彼女は慌ててヘルメットに手を伸ばした。タクは迷った。逃げるべきか。だが、すぐにヘルメットを拾いあげ、彼女に手渡した。

「ありがとう」

息を切らせて、タクに言った。卵形の形のいい顔に、大きな黒い瞳《ひとみ》。白くて小さめの歯が、赤い唇からのぞいていた。闘っている真剣な表情が、胸にグッとくる可憐《かれん》さだ。

彼女はタクからヘルメットを受け取ると、笑みも浮かべず、すぐ隊列の方に目をやった。戻る気らしい。

「一緒に、ここを脱出しないか」

タクは誘った。

彼女は黒い瞳を冷たく光らせて、

「じゃあね」

と隊列の方に走っていってしまった。莫迦《ばか》にされた感じがした。

「ちぇっ」

タクは後ろ姿を、悔しそうに眺めながら道路脇の歩道に出た。走った。誰も追いかけてこない。機動隊員に見つかることもなかった。彼らは隊列の方を注視している。そこから一人や二人が逃げ出しても、気にはしない。デモの声が遠くになり始めた。走るのを止めた。振り返る。もうデモ隊は見えない。手で頭をなでる。手を見る。血はついていない。しかしずきずきと頭がうずく。

ここはどこだ。デモをやっていた日比谷通りから、さほど遠くには来ていない。石畳の通りの左右にレストランやクラブが並ぶ。ネオンがまぶしい。これが銀座？　タクは自分の着ているものを確認した。汚れて擦り切れたジーンズ。訳のわからない柄の長袖《ながそで》の丸首シャツ。襟は緩み、たるんでいる。染みのように血痕《けっこん》が付着している。

スーツ姿の男や着飾った女がタクを見て顔をしかめる。さっきまでデモに出とったんやぞ。大声で叫びたいが、何のためにデモに出ていたのか、その自覚さえない。単なる物見遊山みたいなものだ。それでは自慢にもなりやしない。あっちでは革命を叫び、こっちでは、デモなど関係なく、着飾って酒を呑《の》んでいる。タクは頭が痛くなる。さっき助けた女の子を思い出す。あの子も普段は着飾っているのだろうか？

「おい、おい、タク」

ビルとビルの隙間から呼ぶ声がした。タクは、立ち止まった。声のする方を見る。水色のプラスチック製のゴミ箱しかない。蓋《ふた》が開いていて、生ゴミの臭気がこちらまで漂ってきそうだ。また声がした。タクは、立ち止まった。

「誰だい？」

タクは呼びかける。

ビルの間の狭い路地から、手が伸びてこっちこっちと合図する。恐る恐る近づき、

「誰だ」

タクは覗《のぞ》き込んだ。

「ケン！　ケンじゃないか」

5

ケンが倒れていた。片方の靴は脱げ、裸足《はだし》だった。ジーンズは膝《ひざ》のところが大きく裂けている。着ているシャツは泥だらけ。目だけを大きく見開いて、暗闇からタクを見ていた。

タクは駆け寄った。

「大丈夫か！」

「ああ、なんとかな。でもひどい目にあった」

ケンは足を痛めているようだ。

「折れたんか？」

「わからん。でも機動隊に足をめちゃくちゃに殴られ、逃げようとしたら、くじいてしもたらしい」

「どないしたんや。こんなとこに隠れて」

タクはケンの足を見ながら言った。足は触ってみると、腫《は》れているようにも思えた。

「逃げたけど、なんや怖うなってな。時間が経つまで隠れとったんや。タクはどや？」

「俺も頭をやられたわ」

タクはケンの方に頭を向けた。ケンの手がタクの頭を触る。

「血ィは止まったみたいやな」

「頭、殴られたときは、死ぬかと思たわ」

タクはちょっと笑った。旗竿を投げ捨てたことは黙っていた。

「とりあえずお互い無事で何よりや」

「立てるか」

「なんとか」

ケンは両腕を支えにして立ちあがろうとしたが、足を地面についた途端に、うっ、と唸《うな》って、尻をついた。

「しゃあないなぁ」

タクが手を差し出した。ケンはその手を握って、ようやく立った。タクはケンの腕を自分の肩に回して、身体を支えた。

「どうしょうか」

ケンが苦痛に顔を歪《ゆが》めた。

「どうしょうかって、電車に乗って帰るしかないやろ」

「駅に警察がおらへんやろか」

ケンは心配そうにタクを見つめた。

「大丈夫やて。わしら別に手配されとるわけやないもん」

「せやけど……この恰好《かっこう》やしなぁ」

「こんなところでぐずぐずしとる方が、ヤバイわ。早《は》よ、行こ」

タクはぐいっと力を入れて、ケンの身体を地面から浮かし気味にした。ケンはなんとか足を前に動かした。

狭い通りには、クラブやレストランがひしめいていた。上を見ると、通りの上にアーチがかかっている。この通りの名前が掲げてあるのだろうが、タクにはそれを読む余裕がない。道行く人は、胡散臭《うさんくさ》そうに二人を見つめている。迷惑そうな顔をしている人もいる。その顔が、父親や母親の顔に見えてくる。

「東京は怖いとこやな。あんまりええ加減なことしたら、やられてしまうな」

ケンが、ぼそっとつぶやいた。

「せやなぁ。こんなデモに興味本位で参加したら、やっぱりあかんわ」

タクの言葉にケンが頷《うなず》いた。

タクはケンを引きずるように、夜の街を歩いた。しばらく行くと、じっとタクを見つめている男に気づいた。暗がりで顔ははっきりしないが、がっしりとした男だ。白のワイシャツに黒の蝶《ちょう》ネクタイ、黒いズボン。どこかのクラブの男だろうか。それにしてもじっとこちらに顔を向けている。タクは目をそらす。

「どうしたタク？」

ケンが顔を上げた。

「なんでもないけど、さっきからこっちを見ている奴がおるんや」

「どいつや」

ケンが男の方に視線を送った。

「ヤクザやないやろか。でも、どこかで見た感じがあるな」

「どこかって、東京に知り合いなんかおらへんで」

「あいつ、マサに似とるな」

ケンが独り言のように言った。

「マサに？」

タクは思わず男を見つめた。ケンは足を引きずったままなので、のろのろ歩きだ。男との距離が徐々に縮まる。街灯の明かりが男の顔を照らす。男の目が大きく見開いた。男が大股《おおまた》でこちらに向かって来る。まさか！　タクがケンの顔を見る。ケンもタクの顔を見返す。

「マサ！」

タクとケンは同時に叫んだ。

「タク！　ケン！」

マサは大きな声で叫んだ。顔が思いっきり崩れている。

「どないしたんやこんなところで」

マサがタクの身体を叩《たた》きながら言った。マサは髪の毛を整え、すっかり都会風になっていた。タクは自分の姿が、余計にみすぼらしく見えた。

「それは、こっちの言うことや。マサこそ、お前、東京におったんか」

「そんな話は後や。それよりケンはどないしたんや」

タクの腕に支えられて、やっと立っているケンを見てマサは言った。

「機動隊にやられたんや」

ケンが言った。

「お前ら、デモに出たんか?」

「日比谷公園で集会があったんや。そこでやられて、逃げてきた」

タクは後頭部を見せた。

「みすぼらしい奴が、二人して足を引きずって歩いとるやろ。警察にでも通報したろか思て、じっくり見たら、どこかで見た顔やないか。どう見てもタクとケンや。ほんまにびっくりしたで」

マサは笑いながら言った。

「マサは、こんなとこで何しとるんや」

タクが訊《き》いた。

「働いとるんやで。あそこが店や」

マサは後ろを振り返り、指を差した。そこには、小さな看板が出ていた。

「『クラブひかり』って見えるやろ。あれや」

あらためてタクはマサの姿をじっくりと眺めた。マサの清潔な白いワイシャツを見ていると高級なクラブのような気がする。

「せや、お前ら、ちょっと店によれや。そんな恰好じゃ帰れんやろからな」

マサは笑みを浮かべて言った。

「ええんか？　わしら汚いで」

タクが言った。

「大丈夫や。ケンの足、大変そやから、よっていけ。ママはええ人やから、心配せんでええ」

マサがケンの腕を肩に回した。タクとマサでケンを支える形になった。

6

見たこともない世界だった。タクもケンも痛みを忘れて、口をぽかんと開けていた。

階段を地下に降りていく。花の甘い香りが充満している。半開きになったドアから、花が見える。ドアが大きく開く。タクとケンが足を踏み入れる。満開の花畑に迷い込んだようだ。小さなブースに仕切られて、そこに女と客が座っている。そのブースの仕切りが、全て花なのだ。ただの花ではない。名は知らないが、豪華で大ぶりの艶《あで》やかな花だ。

「マサくん、その子たちは？」

一番手前の席のスツールに座って客の相手をしていた和服姿の女が立ちあがって、マサに訊いた。淡い青紫の和服に身をつつみ、首のところがやたらと白い。卵形の顔に、少し切れ長の目。綺麗《きれい》だな、とタクはうっとりする目で女を見ていた。キャンパスの女子学生からは決して感じることのない、しっとりとした雰囲気だ。

「ママさん、ぼくの田舎の友達です」

マサは笑みを浮かべながら言った。マサがいい人だと言っていたママがこの人らしい。タクは軽く頭を下げた。

「この子、ケガしてるわよ」

大きく胸の開いた黒のドレスの女がはしゃぐように言った。

「デモに出たらしいのです」

マサは言った。

「機動隊にやられたのね。ひどいことをするわね」

ママが言った。

店の中には七、八人の女がいた。みんな大胆な色使いの服を着ている。一人の客に二、三人の女が取り囲む。テーブルの上には、初めて見る高級ウイスキーが並んでいる。

「マサくん、控え室に入れてあげなさい。美奈《みな》ちゃん、救急箱を持ってきて、手当してあげなさい」

「ママ、すみません」

「いいわよ。気にしなくって。お客様も少ないし……」

マサが頭を下げたので、タクも一緒に下げた。ケンは気が緩んだのか、目を閉じている。タクはいい匂いに身体がよじれてしまうほどになった。息苦しいのか、それとも気持ちよくて気を失いそうなのか。甘い香り、さわやかな香り、濃密な香り、花の香りに女の匂い。このままここに眠っていたい。

「マサくん、控え室へ」

小ぶりな、すらりとした身体。まるでモディリアーニの絵に出てくるような女が救急箱を持ってきた。先ほどママから美奈と呼ばれた女性だ。目は大きくくっきりとして、唇は赤く、小さい。かわいい。思わずタクはため息をつく。身体の線がはっきりとわかるロングドレス姿だ。腹の辺りが柔らかな曲線を描いている。その曲線を見ただけで、今にも頭の傷からどくどくと血が噴き出てくる気がした。

「タク、ケンをしっかり支えろよ」

マサが声をかけてきた。マサが店の奥のドアを開けた。スイッチを入れる。そこには化粧台や着替えた衣装が所狭しとハンガーに吊《つ》るしてあった。ぷんと鼻をつく化粧の甘く重い匂い。タクは匂いに溺《おぼ》れそうだった。こんなところで寝かせられたら、おかしくなってしまう。そう叫びたい気持ちになったが、ぐっと我慢した。

ケンを支えていた手をはずす。ケンの身体が畳の上に、崩れ落ちる。一瞬、ケンが顔をしかめる。痛いのだろうか。しかし目は開けない。

「大丈夫かしら？」

美奈が心配そうな顔をした。

「大丈夫だよ。田舎者だから、身体は鍛えてある」

マサが笑いながら言った。

「ジーンズ、脱がそうか」

美奈が言った。タクは、ぎくりとした。ケンも足をぴくりと動かした。聞こえたに違いない。

「そうだな、足の様子が気にかかるから、ジーンズを脱がそう。タクの治療は、その後だ」

　マサは流暢《りゅうちょう》な標準語で美奈に言う。タクやケンと話すときは、田舎の言葉になるが、美奈と話すときは標準語。その使い分けの巧みさにタクは目を見張った。

「タク、手伝え」

　マサは、ケンのジーンズのベルトに手をつけた。ケンがベルトを握った。

「ケン、手ぇ放せ。折れとるかどうか、見るだけや。パンツまで脱がさへんから」

　マサの声にケンが目を閉じたまま、軽く頷《うなず》く。マサがベルトを抜き取る。タクがジーンズを引っ張った。勢いよく引っ張ったので、ケンのブリーフパンツが脱げそうになった。ケンは、驚いて身体を起こし、ブリーフに手をかけた。あまり急に身体を起こしたため、また足首を捻《ひね》った。

「イテッ！」

　ケンは叫んだ。

「うふふふ」

　美奈が口に手をやって、笑った。

「どれどれ」

　マサがケンの足首を見た。赤く腫《は》れ上がっているようにも見えるが、思ったよりたいしたことはない。触った。

「痛いか？」

「痛い」

「美奈、湿布はあるか？　折れてはいないようだ」

美奈が救急箱を開けた。サロンパスが入っていた。

「サロンパスじゃ、ダメ？」

「それでいい。それに包帯」

美奈がマサにサロンパスと包帯を渡す。二人の息の合った様子にタクは僅《わず》かに心が騒いだ。マサは美奈と付き合っているのだろうか。

マサはケンの足首にサロンパスを貼り、その上を包帯で巻いた。独特の匂いが鼻腔《びこう》を刺激する。

「タク、次はお前や」

マサがタクの方を振り返った。タクはマサの方に頭を下げ、後頭部を見せた。マサは手で頭髪をかき分けた。

「ハサミ。美奈、ハサミ」

マサが言った。美奈がハサミを手渡す。

「なにすんねん」

タクは慌てて訊く。

「傷の周りの毛を切る。そうせんと薬が塗れんわ」

「あんまりようけ切るなよ」

タクは情けない声を出す。

「わかった。わかった」

マサが答える。

「ばっさりと切ってしもたれや」

ケンが隣で笑いながら言った。すっかり元気になっている。

マサがハサミを入れる。

「美奈、頭を押さえてくれ」

美奈が、はいと返事をしてタクの頭を押さえた。細くて冷たい指が頭に当たるのがタクには分かる。その感触がなんとも心地よい。目を閉じる。美奈の顔が暗闇に浮かんでくる。髪の毛が切られる。シャキッシャキッとハサミの音。髪の毛が耳に触れながら、下に落ちていく。

「傷はたいしたことあらへん。血も止まっとるしな。まともに殴られたら、脳挫傷《のうざしょう》やったな。危ないとこやった」

マサが言った。タクは手を傷口に当てた。毛がなくなっていた。

「殴られて、切れたんやな」

「血が出た方が、ええんや」

マサは言って、消毒薬を傷口に塗った。

「ウギイィ」

タクは歯を喰《く》いしばった。消毒薬が傷口にしみたのだ。

「うふふふ」

美奈がまた笑った。

「辛抱せいや。泡が出とるわ。バイキンだらけみたいやな」

消毒薬が頭で泡だっているらしい。タクはまた歯を喰いしばった。マサは慣れたようすで、頭にオロナイン軟膏《なんこう》を塗り込め、その上を包帯でグルグルと巻いた。

「しまいや」

マサは大声で言うと、大きく息を吐いた。

「ビールでも呑《の》む？」

美奈が言った。

「そうだな。ママに言って何本か持ってきてくれよ」

マサが言った。

「オーケー」

美奈が指でオーケーマークを作った。

7

ビールが喉《のど》にしみる。タクは音を鳴らして呑んだ。ケンも壁に寄りかかりながら、ビールをグラスに注いでいる。

「この人たち、マサくんの幼馴染《おさななじ》みなの？」

美奈が訊《き》いた。

「ああ、同じ村の出身だ」

「同じ村なの？」

美奈が驚いた。

「小さな村さ」

マサは思い出すように、目を閉じた。

「マサ、オヤジさんは元気だぞ。連絡しているのか」

タクが訊いた。美奈が首を傾げ、

「マサくん、実家に帰っていないの？」

マサは美奈の方を見て、

「俺、家出したんや」

「家出！」

美奈は驚き、そして笑った。

「マサは、どうしてここに来たんや。突然、いなくなってから、どうしてたんや」

タクが訊いた。

マサは自分のグラスにビールを注いだ。

「俺は、自分では大学に行きたかった。お前らが羨《うらや》ましかったわ」

ビールをぐいっと呑み干し、口の周りの泡を拭《ぬぐ》った。タクとケンは俯《うつむ》いて、グラスを口に運んだ。大学に行きながら、こんな汚い恰好《かっこう》で、マサに面倒をかけている自分たちが恥ずかしくなったのだ。

「俺は、ほんの少しだけの金を持って、とりあえず福知山線に飛び乗った。誰かが追いかけてくるかと思うたけれど、誰も追いかけてこんかった。寂しかったな。オヤジを殴ったんかて、あれが初めてやった。オヤジは酒に酔うとってな、俺に殴られたことさえ、気づかなかったのと違うか。グーグー鼾《いびき》をかいて、寝てしもたわ。俺は電車の中で、オヤジを殴った拳《こぶし》を見ていた。痛かった。親に手をかけた。なんでこんなことになったんやろ思てな。……前に、タクと寺の墓地であったやろ」

マサがタクを見つめた。

池田幸弘が通学途上で、マサが通っている高校の生徒にガンつけられて、彼と一緒に墓地に連れ込まれた。そこでタクはマサに思いっきり殴られたことがあった。

「覚えとる。アレ、痛かったわ」

　タクが笑って言った。

「勘弁、せえや。ああせんと、周りが納得しやへんかったさかいな」

　マサは片目をつぶった。

　タクは頷《うなず》いた。

「あの後、なんで俺はこんな高校で、こんなことをしとるんやろ、と落ち込んでしもてな。タクがまぶしく見えたんや。俺には目標がない。それが悲しかった。高校を出たとしても、適当に仕事見つけて、なんとなく働いて、酒呑んで、田舎で朽ち果てる。それやったら、ほとんど口きいたこともないオヤジとおんなじやないか。そう思うたら、無性に自分に腹が立ってな。タクやケンみたいに大学に行きたい。なんとしても行きたい。行って、もっと広い世界に出てみたい。そないに思うたんや」

　マサの目に少し涙がにじんでいるように見えた。

　タクはビールを呑んだ。ケンは相変わらず壁に寄りかかっている。ときどき、足首を触っては、顔を歪《ゆが》めている。

「それで、俺はオヤジに大学に行かせてくれ、と頼んだ。オヤジは酒を呑んでいて、俺の顔を見るなり、殴った。ビンボー人は、大学なんかに行かんでええ、言うてな。

確かに俺のうちはビンボーや。そのビンボーから抜け出すためにも大学に行かせてくれ。俺は頭を下げたんや。母ちゃんが出てきて、マサがあないに言うとるんやから、田んぼ売って……。そしたらオヤジの奴、母ちゃんまで殴りよった。俺は、許せんと思うた。ビンボーはうちだけやない。タクの家だって金持ちやない。真面目に努力しとるだけや。それに引き換え、オヤジの奴は呑んでばかりや。もう何もかもが、どうでもええ、なってな。それで家、飛び出したんや」

「それからどうした」

「大阪に着いて行くとこもない。どないしようかなと思うてな。とりあえず腹が減った。もう深夜になっていた。御堂筋《みどうすじ》から、ちょっと中に入ったところに、お初天神いうて、天神さんが祀《まつ》ってあった。大阪の梅田の真ん中に、こんな可愛い神社があるねや、と思うたわ。なんやほっとした気分になった」

マサは目を細めた。美奈も聞き入っている。お初天神。いい響きだ。

「お初さんという人が祀《まつ》ってあるの」

美奈が訊く。マサが、僅《わず》かに目を見張る。タクの顔を見る。タクは恥ずかしそうに目を伏せた。ケンも首を振る。

「本当は露《つゆの》天神というらしい。近松門左衛門という人形浄瑠璃《じょうるり》の台本を書いた江戸時代の人がおるやろ。その人の作品に『曾根崎《そねざき》心中』というのがある。その昔、遊女お初と醤油《しょうゆ》屋の手代《てだい》徳兵衛の二人が恋に落ちた。しかし結婚はできない。それで心中したんや。それがこの神社のあった曾根崎の辺りやった。それを浄瑠璃にしたんやな。この神社は、それ以来やと思うけど、水商売の人の守り神さんになったんや」

「かわいそうな話……」

「この世の名残、夜も名残、死にに行く身をたとふれば、あだしが原の道の霜、一足づつに消えて行く、夢の夢こそあはれなれ」

マサが目を閉じて、謡うように言った。

「浄瑠璃の有名な一節や」

マサが胸を張った。タクは驚き、

「よう、知っとるな」

「神社の看板を見とるうちに覚えたんや」

「夢の夢こそあはれなれ、か。本当にそうね」

美奈はため息をついた。何か胸につかえるものがあるのかもしれない。

「それでマサ、話の続きや。マサがお初天神で心中したわけやないやろ」

ケンが久し振りに口を開いた。

「するかいな。しばらくそこでぼんやりしとった。今夜は、ここで明かすことになるかな、と思うたら、おい！　って声をかけられた」

「警察か」

「違うねん。職人さんみたいな感じで、きびきびした人やった。その人が、こんなとこでなにしとんねん、と訊くから、俺は警戒して、何も答えんかった」

「そうしたら」

タクが身を乗り出す。

「ははん、家出やな、とニヤリと笑って、しゃあないやっちゃな、わしについて来い、腹、減っとるやろ。俺は、ヤクザに違いないと逃げようとした。そしたら、襟首を摑《つか》まれて、何処へいくんや。心配せんと、わしについて来い。俺もたいがい喧嘩《けんか》強い。その男は小柄やったけど、物凄《ものすご》い力やった。俺は、もうええわ、と観念して、ついて行った」

8

マサは話し続けた。

俺は一軒のうどん屋に連れていかれた。カウンター式のいわゆる立ち食い形式の店だ。

「入れ」

男は言った。俺は黙って店に入った。

「そこに座っとれ。今、美味《うま》いうどん、こしらえたるから」

男は厨房《ちゅうぼう》に入った。

「おじさん、俺は神戸雅彦いいます。通称、マサと呼ばれていいます」

「マサ、か。いい名前やないか。わしは田川秀直《ひでなお》や。ヒデとでも呼んでくれ」

あたりの店はもう灯を落としたらしく暗い。開いているのはこの店だけだが、客はいない。

「ここはヒデさんの店か」

「せや、この天神さんの境内で商売させてもらうとるねや」

「客、おらへんがな」

「時間がピークを過ぎた。もう十二時やろ。けど、もうすぐ酒を呑《の》みすぎた連中が来る」

「腹、減ったなぁ」

「さあ、でけた」

ヒデが目の前にどんぶりを置いた。湯気がもうもうとあがっている。どんぶりの中には、つゆがたっぷりとしみこんだ厚手の稲荷《いなり》（油あげ）が、載っている。

「美味そうやろ」

「食べてええのか」

嬉《うれ》しそうな目をヒデに向けた。ヒデは手で、早く食べろと合図した。俺は汁を一口呑んだ。昆布とかつおの味と香りが口中に広がった。父親を殴ったこと、高校の仲間、将来のこと、いろいろな思いを忘れてしまうほど美味い。うどんをすする。勢いよく音を立てる。腰があって、かめば甘みもある。油あげを囓《かじ》る。甘くて美味い。

「美味いやろ」

ヒデは笑みを浮かべた。俺は頷《うなず》き、必死で食べた。なぜだか涙が出て来た。うどんをすりながら、鼻水もすすった。

「汚いなあ。洟《はな》、かめ」

ヒデがカウンター越しに鼻紙を投げてよこした。俺は鼻をぐずらせながら、紙を受け取り、鼻水を処理した。

「どこからきたんや」

俺はどう答えるか迷った。答え次第では、実家に戻されてしまうかもしれない。

「言わへんのか」

ヒデが厳しい顔をした。

「言うたら、戻すやろ」

俺はどんぶりに残った汁を呑み干した。

「言わなけりゃ、戻す」

ヒデは鋭い目を向けた。俺はその目に射すくめられて、観念した。

「丹波や」

「そうやないかと思うた。言葉がな。わしもそうやからな」

「ヒデさんも丹波か？」

「ああ、そうや」

ヒデが生まれた町は、タクやケンが通う高校がある町だった。

「明日、帰れ」

ヒデはきつい口調で言った。

「事情は、どんなやろうと、家出はいかん。わしがええ例や。家出したお陰で、ここまで来るのに、えらい回り道やった。わしはな十五で家、飛び出した。今から二十年以上も前のことや。喧嘩して、ヤクザに拾われた。それからは羽振りがよかった。毎日、何十万も使《つこ》うたりした。呑んで、女と遊び、喧嘩の毎日やった」

ヒデは服の袖《そで》をまくって、腕を見せた。腕には深い傷があった。俺は目をそむけた。見てはいけないものを見た気になった。

「そんなとき、難波《なんば》で別の組との出入りが起きた。シマの取り合いや。そのころ恐いもの知らずやった。図にのっとったんやな。それで一人で、刀もって組を襲ったんや。突然、襲ってきたわしにびびって、みんな逃げよった。わしは追いかけて、そいつらを斬った。腕を肩口からすぱりと斬り落としたり、心臓目掛けて刺したりしてな。十何人も斬った。死刑になってもええ、と思うたんよ。せやけど死人は一人も出さなかった。難波の十人斬り、言うて有名になったんや」

俺は、ヒデの話に吸い込まれるように、目を輝かせて、一生懸命に聴いた。

「みせかけやったな」

ヒデは聞こえないくらいの声で言った。

俺は、不思議そうな顔でヒデを見た。

「金や女が自由になっても、それは、それだけのことやった。俺の刀に斬られた奴の悲しそうな目が忘れられん。必死で斬ったけど、斬りながら、なんでやと涙が止まらんかった。何のために人を斬ってるのかってな」

ヒデは寂しそうな顔をしながら、水を出した。俺は水を呑んだ。冷たくて美味かった。

「足を洗った。親分に頼んで、なんとか許してもらったが、何をしていいかわからんかった。そしてここのうどん屋のオヤジさんに拾われた。ここで初めて、汗かいて、働いて、給料を貰《もら》うという喜びを覚えた。嬉しかったな。地に足が着いたような気がした。それから俺は美味《おい》しいうどんを作ろうと修業の毎日や」

　ヒデは明るい笑みを浮かべた。

「わかったか。地味に毎日を生きる。これが一番嬉しくて、大変なんや。家出なんかせんと、真面目に働くのが一番やぞ」

　ヒデはうどんのどんぶりを片付けた。

「今夜は、泊まっていけ。ここの二階は寝られるようになっとるから、休んでいけ」

「ヒデさんは？」

「わしか？　わしは店を閉めたら、自分のアパートに帰る。豊中《とよなか》や。明日、昼ごろ、来るさかい、それまでには田舎へ帰れ。わかったな」

　俺はヒデの勢いに押されるように、頷《うなず》いた。

　翌日、ヒデが店に来た。俺は、まだ二階の部屋で寝ていた。

「帰らへんのか」

　ヒデは怒った。

　ヒデは、俺から無理やり電話番号を聞き出し、俺の実家に自ら電話をかけた。俺は、側で黙って聞いていた。

「電話に出るか？」

　俺は首を横に振った。間もなくヒデは受話器を置いた。

「どうやったですか」

俺は訊《き》いた。

「お前もかわいそうやな」

ヒデは心底哀れむ顔で俺を見た。

「オヤジ、何か言うてましたか」

「勝手に出ていったんやから、そっちでお願いします、やと。……親に捨てられたんやな」

「そうですか」

俺は肩を落とした。すぐ迎えに行きますという答えを期待していたわけではないが、かすかな望みも抱いていた。しかしオヤジは俺を許さなかった。

「わしも親に捨てられた。子供は親に捨てられるか、親を捨てるか、どっちかや。がっかりすんな」

ヒデはほんの少し小さな笑みを浮かべた。

「俺を使ってくれませんか」

俺はヒデに頭を下げた。

「ヒデさんのうどん屋で働き始めたんか」

タクは訊いた。

「その日から、住み込みで働いた」

「それがどうして東京なんや」

「今年の春先のことや。俺は、このままうどん屋で一生を終わりとうない。何かやりたいと思ったんや。俺はヒデさんに頼んだ。ヤクザになりたい、と言ったんや。ヒデさんは、顔を真っ赤にして、俺を殴った。ヤクザになりたいと言うたのが、腹たったのやろな。バカヤロウ、言うてそりゃ、えらい剣幕やったわ。でも俺も負けんかった。このままやったら負け犬や。親に捨てられたんやから、思いきり生きたい。俺はまた頭を下げた」

マサは目を閉じた。ヒデとのやり取りを思い出しているようだ。

「ヒデさんは、俺に、東京へ行け、と言うた。東京で自分の知り合いが店をやっている。東京は日本の中心や、思いっきり暴れて来い。そう言ってこの店のオーナーを紹介してくれたんや。ヒデさんには感謝している。俺はヒデさんのためにも一生懸命にやらないかんのや」

「オーナーはあのママさんやないのか」

タクは訊いた。

青紫色の和服を着た綺麗《きれい》な女性を思い出した。

「あの人は吉岡菊代《よしおかきくよ》さんいうて、ここの雇われママや。オーナーは別や。また紹介する」

「ヤクザか」

タクが声を潜めた。

「ヤクザやない。少なくとも今はな。現役の友達はおるやろけどな」

マサは美奈を見た。美奈は小さく笑った。

「東京に行ったら、お前らに会えるかもしれん、と思うたけどな。まさかこんな形で会うとはな」

マサが笑った。

タクはマサの笑い声を聞きながら、大きくなったなと思った。それに比べてこっちは惨めだ。頭の傷がうずいている。

9

「お前ら、人殺しになったんか」

マサが笑いながら訊いた。

「なんや、それ」

タクが訊いた。

「デモに出て、人殺しの仲間になったんかと訊いとるんや。この間、山の中で大勢殺されたやないか」

マサは連合赤軍リンチ殺人事件のことを言っているのだ。

この年（昭和四十七年）の二月十九日に連合赤軍が長野県の浅間山荘に立て籠《こ》もった。警官隊と激しく撃ち合い、赤軍派が逮捕されたのは、二十八日。約十日間も攻防を繰り広げたことになる。無惨だったのは三月七日に発見されたリンチによる遺体だった。全部で十二体の仲間の死体は、世の中に大きな衝撃を与えた。学生運動の延長で、彼らになんとなくシンパシーを感じていた人々も、そのあまりの凄惨《せいさん》さに心が離れていった。

「あんなんと違う」

タクは慌てて否定した。

「デモに出たのは、仲間なんと違うのか」

マサが言った。

「デモに出ろ言うて誘われたんや。俺たちは、遅れてきた世代や。六〇年、七〇年、どの安保闘争にも参加できなかった。それで参加する気になった」

タクは真面目な顔で言った。

「何を生意気なことを言うとんねや。遅れてきたってなんや。親の金を使《つこ》うて、街を壊して、お前ら何しとるねん。俺みたいに大学に行きとうても行けんかったもんのことを考えたことがあんのか」

マサが怒った。

「マサはわからんやろ。東京の大学に行ったらデモくらいに出んと、あかんのやな」

タクが少し声を荒らげた。

「ケンはおもろうないやっちゃ。さっきから黙って酒、呑《の》んで。お前、誰のお陰で大学行けたと思とうねや」

マサが、つっかかった。酒が回り始めた。床の上には、ビール瓶が何本も転がっていた。

「俺は早稲田なんかに行かんと、東大に行って、役人になって、出世したかった」

ケンがマサを無視して言った。

「誰のお陰で、大学に行けたと思っとうねや」

マサが絡んだ。

「うるさいなぁ。自分が努力したからや」

「違う」

マサが真面目な顔で否定した。

「何が、違うねん」

「ノブや。ノブのお陰や」

マサがケンの目を睨《にら》むようにして言った。

「なんでや？」

「ノブのお陰やないか。一人口減った分がお前の参考書や受験費用や入学金になっとるんやないかい」

「………」

「お前、ノブを殺したやないか」

マサが口元を歪《ゆが》めながら、言った。顎《あご》を斜めに上げて、薄目でケンを見た。

「それ、どういう意味や」

ケンの目が据わった。顔が青ざめている。

タクは、雰囲気が重くなったのを警戒した。

「どういう意味？　そういう意味や。お前はノブを殺した」

マサは断定的に言った。

「俺は、ノブを殺したり、しとらへん」

ケンは叫んで、マサに摑《つか》みかかろうとした。タクは慌てて、ケンを止めた。

「俺はノブを可愛がっとった。なのにそのノブのことをお前は邪魔にしていた。俺は知っとる。あの日のことは忘れられへん。あんな悲しいことはなかったからや。お前は、あの日わざと手を放した。俺は見ていた」

「なに！」

ケンの顔はいっそう青ざめた。突然マサに飛びかかった。しかしマサに突き飛ばされ、痛めた足首をまた捻《ひね》ったようだ。ううっとケンは呻《うめ》いた。

「マサ、言いすぎやないか」

タクは言った。マサがタクを見た。

「タクだって、そう思っていたはずや。口に出さへんかっただけや」

「…………」

「こいつがノー天気に、勉強もせんと、調子こいているからや。こいつはノブが死んだお陰で、東京に来たんや」

「俺は殺したりしとらへん」

ケンの顔が泣き顔になった。

「お前は殺した。俺は許さへん。いつまでもノブの悔しさをお前にぶつけてやる」

マサの言葉にケンは黙りこんだ。

「かわいそうに。マサくん、苛《いじ》めないで」

美奈が言った。

「俺は、ノブを殺してない」

ケンは、歯を喰《く》いしばる。目には涙が溢《あふ》れそうになっている。

「マサ、なんでケンにそんなことを言うのや」

タクはマサに訊《き》いた。

「俺は、永い間、あの日のことが許せんかったんや。いつか、ケンに訊いてみたかった」

マサはケンを睨みながら、呟《つぶや》くように言った。

10

「俺は、野いちごを採るために、身軽なノブを木に登らせた。あいつは滑って、滝に落ちた。それで死んだ。それが全てや」

ケンが呻いた。

「あのとき、ノブは必死でお前の手を握っていた。それをお前は放した。俺は見ていた」

マサが言った。

「ノブが落ちたのは事故や。それも言うなら野いちごをノブが採るのを止めなかった俺たちの責任や」

タクが言った。

「なんでマサは俺を責めるのや」

ケンが泣き顔で訊いた。

「ノブが俺の腕の中で血の涙を流しながら、俺に言うた。兄ちゃんの手が放れたってな。悲しそうな目やった。よう忘れん」

マサの言葉にケンは青ざめた。

「俺、こんなとこにおられへん。帰るわ」

ケンは苦しそうな顔で立ちあがった。

「逃げるんか」

マサが言った。

「いい加減にしてくれ。俺はノブの兄貴や。弟を殺したりするものか」

ケンがマサを睨みつけた。

「俺たち、あの事件の後、あんまり話せんようになったやろ。会うとノブのことを思い出してしまうからや。俺もケンの顔をまともに見れんようになった。何もかもどうでもよくなった。その結果がこうや。もしノブが元気やったら、俺はそっちへ、お前らと同じように大学に、行っていたと思う」

「ノブの死んだのと、お前の家では関係がない。そんなんは屁《へ》理屈にもならへん」

ケンはマサと睨み合った。

「今日は久し振りに会ったのでしょう。何か知らないけど、昔のことで喧嘩《けんか》するのは、およしなさいよ」

美奈がはっきりとした口調で言った。

「そうだよマサ、ケンだってノブのことでは苦しんだ。もう許してやれよ」

タクが言った。

「俺の腕の中で、ノブが……」

マサが涙ぐんだ。マサは永い間、ノブのことを心の奥に封じ込めていた。それが久し振りにケンと出会って、噴き出してしまった。

「ケン、座れよ。こうして胸の中に何年もわだかまっていたことを吐き出すのは、こういう機会じゃないと、無理だったんだ。きっと」

タクは言った。

ケンはビールをグラスに注いで、一気に呑み干した。

「マサ、俺はノブを殺してはいない」

ケンはマサの目を見据えた。

「わかった。もうええ」

マサがケンを睨みつけた。

「さあ、仲直りよ」

美奈が、嬉しそうに叫んだ。

11

「今日は、泊まってけよ」

マサが言った。

マサは、「クラブひかり」のあるビルの最上階に住んでいた。最上階といっても七階だった。クラブのオーナーから部屋をあてがわれていた。住み込みのようなものだ。

「何もないけど、眠ることはできる」

タクとケンは、顔を見合わせた。目を見ただけで同じことを考えていた。

「泊めてくれ」

タクが言った。

マサが、二人を七階に案内すると言って立ちあがった。

「じゃあ、わたし、お店に出るから。仲良くするのよ」

美奈が悪戯《いたずら》っぽく笑った。

美奈が控え室を出るのかと思うと、タクは急に寂しくなった。

「俺もすぐ行くから」

マサが言った。

「もう少し、話していたら。ママに言っておくわ」

美奈は、振り返らず控え室のドアを閉めた。

「いい子だな」

ケンがしみじみとした口調で言った。

「マサ、お前……」

タクはマサを疑い深そうに見た。

「違う、違う、そんなんやない」

マサは大きく手を振った。

「さあ、俺も仕事があるから、社会のごく潰《つぶ》しどもは七階に直行だ。行くぞ」

「ごく潰しはひどいやないか」

ケンが言った。声が怒りを含んでいる。

「まあ、まあ、喧嘩はなしや」

タクが言った。しかしマサとケンはまだしっくりといっていない雰囲気だ。緊張が解けていない。

マサが案内して七階の部屋に行った。何もない殺風景な部屋だ。テレビと敷きっぱなしの布団が目に入った。部屋は一間と小さな炊事場があった。事務所用に造られたのか、床はフローリングになっていた。マサはそこに敷物を敷いて、生活していた。窓はあったが、開けても隣のビルの壁が見えるだけだった。

「ええ、部屋やないか」

タクが言った。

「おおきに、でも夏は暑く、冬は、寒いで」

「一緒やな、田舎と」

ケンが言った。

「ここで寝とけや。俺はもう少し店に出なならんからな」

マサは言い残すと、一階に降りて行った。マサが出て行ったのを確認すると、

「くたびれたわ」

タクは、伸びをして布団の上に倒れこんだ。布団は干していないのか、じっとりと湿っていた。ケンが膝《ひざ》を折るようにして、タクに近づいて来た。

「さっきの話……」

「さっきの話って、なんや」

「ノブの話や」

「マサが言うてたことか」

「俺、ノブの手をわざと放したりしとらへんで」

ケンは真剣な顔で言った。

「わかっとる。そんなん当たり前や」

「一生懸命、握っとった。手がちぎれるかと思うた。ノブの身体が急に揺れたんや」

ケンはじっと手を見た。

「気がついたら、ノブが落ちた。泣きそうな目をしてな。ノブの落ちる先に、滝壺《たきつぼ》の白い泡が見えた。その泡がノブの身体を包み込んだかと思うと、一瞬のうちに、赤い泡に変わった」

ケンは顔を両手で覆った。洟《はな》をすすった。

「マサが責めるのもしゃあない。俺のせいやから」

ケンは布団の上にうつ伏せになって倒れ込んだ。

「あれは事故や……。もう済んだことや」

「マサとは、あの事故以来遊ばんようになったものな。ノブもマサのことを、俺より頼りにしとったとこがあった。俺は、ノブに不親切やった。兄弟やのに、いじめとった。そんなとこがマサには許してもらえへんねやろな」

「もう気にするな」

「しかしなぁ」

ケンは手をじっと見て、

「この手がときどき、しびれんねん。なんでもっとしっかり握ってなかったんや、言うてな。ひょっとしたら、ノブがおらんようになった方が、自分の人生うまくいくんやないかと考えたことはないか。女の子から、あんたの弟、おかしいと言われて、かばってやらずに、こいつさえおらんかったらええのに、と思わなんだか……。そう言うて、この手が問いかけるんや。そのとき、しびれんねん。ノブが、まだ怒っとるんや」

「気にするな。そんなことより、山川はどないしたやろな」

タクは山川の四角い顔を思い出した。

「捕まったんやろか」

「そんなことはないやろ。ケンはあいつと何処ではぐれた？」

「覚えてないけど、気がついたら、もうおらんかった。日比谷公園から、外に出たら、すぐ機動隊がおるやなんて、聞いとらへんで」

「ああ、びっくりしたわ。あれじゃあ、詐欺みたいなもんやと思わんか、ケン。最初から、出来レースや」

「山川はわかっとったんやろな」

「そやろ。あいつはシンパやから」

「せやったら、大丈夫や。それよりも俺らが逃げたことを怒っとるかもしれん」

ケンがタクの顔を見つめた。二人とも、香山俊二の顔を思い浮かべていた。鋭く、冷酷な顔。情を挟まない男。寒気がする。

「俺ら、狙われるかもしれんな。逃げ出したいうて」

ケンが呟《つぶや》いた。

「ウオーッ」

タクが叫んだ。恐ろしくなったのだ。

もう寝るしかない。明日《あした》は明日だ。ケンはうつ伏せのまま、動かない。

12

布団が剝《は》ぎ取られた。

「もうお昼よ。起きなさい」

タクが目を擦《こす》ると、美奈が笑いながら立っていた。

「おっ、おはようございます」

タクは挨拶《あいさつ》をすると、慌てて股間《こかん》に手を当てた。ジーンズを脱ぎ、ブリーフ一枚で眠っていたのだが、性器が勃起《ぼっき》して、ブリーフを持ち上げていたのだ。幸い、ブリーフの窓から、性器が顔を出していることはなかった。

美奈はタクの慌てぶりに、声を出して笑った。

タクの側には、まだケンが眠っていた。

「ケン、起きろよ」

タクがケンの身体を揺すった。

ケンがようやくまどろみの中から、目を覚ました。

「今、何時？」

「十一時を過ぎたわよ」

美奈が答えた。

「美奈ちゃん！」

ケンは驚いて、目をぱちぱちさせると、やはりタクと同じように、慌てて股間に手を当てた。

「そこは早くから、目が覚めているみたいね」

美奈が笑った。

タクはケンと顔を見合わせて、ばつが悪そうに頭をかいた。

「お腹、空《す》いたでしょう。さっさと着替えなさいよ。食事にするわ」

美奈の威勢のいい声に、急がされて、タクとケンはジーンズをはいた。布団を畳み、部屋の隅に置いた。

「本当に殺風景な部屋ね」

美奈は、台所でお湯を沸かし始めた。フローリングの床の上には、菓子パンが、新聞紙の上に並べられた。

「こんなものでごめんね」

美奈は謝りながら、紙コップに湯を注いで、インスタントのコーヒーを作った。

タクはメロンパンをほおばった。ほのかな甘味が口に広がった。ケンはイチゴジャムパンを食べた。パンと一緒に食べずに、ジャムだけ舐《な》めている。赤い舌が、赤いジャムの上を動いていた。

「ジャムだけ舐めんなよ」

タクが言った。

「これが美味《うま》いんや」

ケンは取り合わなかった。

コーヒーが美味い。息を吹きかけながら呑《の》む。身体の中を熱い液体が走る。それだけで活力が臍《へそ》のあたりから湧きあがる。

「マサは？」

タクが美奈に訊《き》いた。

「もうとっくに起きて、オーナーのところに行っているわよ。また戻って来るんじゃないの」

「あいつ、偉いな」

タクはケンの顔を見た。ケンは二個目のパンを食べていた。こんどは小倉あんパンだった。

「あんパン、俺が食べようと思っていたのに」

「残念でした」

ケンが片目をつむる。

「喧嘩《けんか》しないで、クリームパンがあるから」

タクはクリームパンを取った。

「土地があがっとんねやな」

ケンが床に広がっている新聞を見て言った。

「どないしたんや」

「その記事や」

ケンが新聞を指差した。

そこには田中角栄首相の「日本列島改造論」のせいで、地方の土地価格が上昇していると伝えていた。

「うちのオヤジもトンビをやっているみたいや」

ケンがあんパンをほおばりながら呟いた。

「トンビって、なあに?」

美奈が訊いた。

「土地コロガシみたいなものかな。あっちの土地、こっちの土地に飛んで回るから、トンビや」

「ケンさんのお父さんは不動産屋なの」

「いいや。普通の農家や」

「農家の人が、なぜ」

「金やな。田舎も金目当てに動き回っている。あんな米だけ作っておった土地が売れるんやから、血眼になるわけや」

「田中角栄が首相になってから、あちこちで土地の買い占めが起きているんや」

タクが言った。

田中角栄は七月七日に内閣をスタートさせた。彼が首相になる前に発表した『日本列島改造論』はベストセラーになった。彼はその本の中で、都市と地方の格差を埋めるために、全国的な道路整備をしなくてはならないと唱えた。そのため東京は勿論《もちろん》、地方の土地も暴騰したのだった。

「お前のオヤジがトンビとはな」

「結局、借金だけ残すということになりそうやな。困ったもんや。お袋が、オヤジの身体を心配して、俺に電話かけてきよった」

「世の中、金、金、金になってきたな」

タクがクリームパンを囓《かじ》りながら言った。

田中角栄のせいでもないだろうが、「今太閤《いまたいこう》首相」の登場で、国中が活気づいていた。がんばれば、大学なんか出なくとも偉くなれるという気にさせたのだ。

美奈がコーヒーを呑み始めた。

昨夜のドレス姿とは違って、長袖《ながそで》の白のブラウスにジーンズというラフなスタイル。顔も化粧をしていない。黒く輝くような瞳《ひとみ》、色白の肌に赤く小さな唇。清潔な美しさに溢《あふ》れている。

「美奈さんは化粧なしでもかわいいな」

ケンがうっとりとした目で見つめた。

「お世辞言っても無駄よ。これ以上なにも出ないわよ」

「お世辞じゃないよ。本気で言っているんだ」

ケンはにじり寄った。

「ケン、あんまり詰め寄るな」

タクが苦笑いをして言った。

「ねえ、ねえ、美奈ちゃん」

ケンが美奈に鼻先をつけるくらい近づいて、

「マサと付き合っているわけ」

「マサくんとは、そんなんじゃないわよ」

「信じていいの」

「信じていいわよ」

美奈はケンの鼻先をつついた。

「いくつ？　どこ出身なの？」

ケンは満面の笑みで質問を浴びせ始めた。

美奈は口に手を当てて笑い始めた。

「そこまで！」

突然、大声が聞こえてきた。

入り口にマサが目を吊《つ》りあげて立っていた。

「美奈は二十一歳、千葉県出身」

マサが大きな声で言った。怒った顔をしていたが、皆に見つめられると我慢し切れなくて噴き出した。それを合図に、タクと美奈が声に出して笑った。ケンも、少し遅れて笑った。久し振りだ。なんだか昔に戻ったようだ。

「ケン、あまり美奈に詰め寄るな。痛い目におうてしまうぞ」

「マサと付き合っているのか訊きたかったんや。俺、東京でこんな綺麗《きれい》な人に会うのは初めてや」

「お前、お調子もんになったな」

マサが呆《あき》れたような顔をした。昨夜のノブの件はしこりにはなっていないようだ。

「オーナーが、お前らの顔を見たいって言うてはんねや」

マサが真面目な顔で言った。美奈も笑うのを止めた。

「なんで、俺たちに……」

タクが訊いた。

「よう分からん。俺の友達が来ていると言ったら、店に連れてこいと言われた」

タクはケンと顔を見合わせた。ケンの顔が不安からか、わずかに固まっていた。

13

「何か呑むか」

目の前の男は訊いた。開店前の「クラブひかり」の店内は、重くすえた匂いがした。花は、昨日の夜と同じだけ鮮やかなのだが、あのむせかえるような、興奮させる香りはしない。あの花の香りは、あでやかな女たちの姿があってこそ際立つのだろうか。

「コーヒーでいいか」

男はもう一度訊いた。

タクとケンは頭を下げた。

「マサ、コーヒーを作ってくれ。そこの棚にインスタントコーヒーの瓶がある」

男はマサに向かって指示をした。

マサの側にいた美奈が、

「マサくん、座ってて。わたしが作るから」

軽く笑みを浮かべた。マサが眉間《みけん》に皺《しわ》を寄せた。男の指示を果たせないからだ。

「そうだな。美奈が作るなら、
マサは嬉《うれ》しそうに顔をほころばせ、タクの隣に座った。

「お前ら、早稲田の学生か」

「はい」

タクとケンは顔をあげ、同時に答えた。

男は田谷左右吉《たやそうきち》と名乗った。年齢は五十歳くらいか。張り詰めた、剃刀《かみそり》で空気を切り裂くような、近づきがたい雰囲気がある。身体はがっしりとした筋肉質で、無造作に開かれた黒のワイシャツの胸元には、金色のネックレスが見えた。顎《あご》が大きく、顔の幅もある。白い毛の交じった硬質の髪を荒々しくオールバックにかき上げている。頬にはミミズが張りついたような傷があった。

この男が自然と発するエネルギーの前では、タクは沈黙を強いられる。力を感じるからだ。

「マサの幼友達だそうだな」

ちらりとマサに視線を送る。

「そうです」

マサが言葉少なに答える。

美奈がコーヒーを運んで来た。

「さっきと同じインスタントでごめんね」

美奈はそう言ってコーヒーカップを並べた。

「俺たち、どうせインスタントもなにも区別つきませんから」

ケンが田谷に視線を送りながら言った。美奈に媚《こび》を売っている。

田谷がカップを手に取った。伸ばした腕には全てが金色の腕時計。それを見ただけでタクは怖れ慄《おのの》いてしまう。

田谷がコーヒーを口に運ぶと、タクもケンもカップに手を伸ばした。マサはまだ手を出さない。ずずずっと音を発して、コーヒーをすする。

「しかし、偶然とはいえ驚きだな。この東京で、同じ田舎から出てきた者が会うとは……」

田谷はカップに口をつけながら言った。

マサが言った。

「デモに出て、ケガをしているところを見つけました」

「デモ……。下らないものに出たものだ。お前ら共産党か？」

じろりと目を剝《む》く。

「いえ、そうではありません」

タクは焦って答えた。

「共産党でも、新左翼でもなんでも構わない。血の気が多いというのはいいことだ。俺だってマルクス、エンゲルスの『共産党宣言』くらい読んだことがある。『今日までのあらゆる社会の歴史は階級闘争の歴史である』という有名なやつだ。お前ら読んだことがあるのか」

「読んでいません」

タクはケンと目を合わせた。ケンの目の中に不安げな光が見えた。

「そうか。そのくらいのものも読まずにデモに出るな。物見遊山だと思われるぞ」

田谷の言うとおりだった。山川からはそう非難されていた。

タクは頷《うなず》いた。

「お前らもマサと同じ、田舎者らしいが、俺もそうだ」

田谷はタク、ケンに強い視線を送った。タク、ケンはその強さに身を縮めるように首をすくめた。

「俺は中学しか出ていない。栃木の山奥から東京に出てきた。いろいろ仕事をした。本も読んだ。勉強は好きだったが、家の都合で学校には行けなかった。しかし東京は俺にチャンスをくれた。今ではこのビルの他にもいくつか不動産を持つまでになった」

田谷は、ふっと遠くを眺めた。

タクは田谷の人生を思った。言い知れぬ苦労があったのだろう。

「お前ら、革命もいいが、商売をやる気はないのか」

田谷は訊《き》いた。

「商売、ですか?」

タクは田谷の目を見て、訊き返した。ケンも真剣な目で田谷を見つめている。

14

田谷の提案は、タクたちに百万円を貸してやるから、それで事業をやれというものだった。

田谷は言った。

「俺は若い奴らを鍛えるのが好きだ。このマサも鍛えようと思っている。マサには、まず水商売の厳しさを教えている。こいつは見どころがあると思っている。劣等感があるから、なんとか這《は》い上がろうとしている。お前らは早稲田という一流大学の学生だ。このまま何もしないで過ごしても、一流会社に就職して、普通の人生を歩むだろう。それも良し。しかしこうして俺に出会ったのも何かの縁だ。投資してやるから何かをやってみろ」

またこうも言った。

「世間は、まず金だ。金を得た者が勝利者だ。このことを知るのもいい」

金を得た者が勝利者だという田谷の考え方に幾分は反発を覚えないでもなかったが、タクは心を動かされた。マサが大きく成長していたことに少なからずショックを受けたからだ。将来はマサの方が大物になるような気がしたのだ。東京にはチャンスがある。百万円は自分たちにとっては大金だ。これを資本にして何が始められるだろうか。

田谷に対する返事は明日になった。それまでにやるか、やらないか、やるとしたら何をやるか決めねばならない。チャンスの神様には後ろ髪がないという諺《ことわざ》がある。うかうかしていて時機を逸したあとに、なんとか後ろ髪を摑《つか》もうとしてもそれは無理、すなわちチャンスはすぐに逃げて行くという意味だ。

田谷が「クラブひかり」を出て行った後、タクとケンは、田谷の提案について考えた。マサは店の中を掃除したり、テーブルを整えたり、開店の準備をし始めた。美奈は所在なげな様子でカウンターに座ってコーヒーを呑《の》んでいる。

「マサ、どうしたらええんやろ」

タクが訊いた。

マサは片付けの手を休めて、

「俺ならやるな」

自信ありげに言った。

「俺は来年、東大を受けたいしな」

ケンが頭をかきながら言った。

「お前、まだそんなことを言うとんのか。止めとけ、止めとけ。時間の無駄や」

タクが軽い調子で言った。

「何が時間の無駄やねん。受かるかもしれへんやんか」

「東大に行って、どないすんねや。早稲田でこないにふらふらしといて。東大に行ったらもっとふらふらするで」

「ふらふらなんかするもんか。東大出て、官僚になって田舎に帰るんや」

ケンは真面目な顔でタクに反論した。

「わかった。勝手にせえや。お前は田谷さんの申し出を受けへんということやな」

タクはきつい調子で訊いた。

「そう簡単に言うな。俺も悩んでんねや」

「何が悩むことあんねや。商売なんかしとったら東大には行けへんやろ」

タクの顔をケンはじっと見て、

「金が欲しい」

聞こえないほどの小さな声で言った。

「仕送りか……」

「せや。田舎に無理させとんねや」

「俺のとこも一緒や」

ケンがいくら仕送りをしてもらっているかわからないが、タクは毎月三万円を送ってもらっていた。下宿代が賄いなしで八千円強だったから、苦しかった。今のところ家庭教師のバイトをやってなんとか暮らしを立てていた。ケンも同じようなものだと思う。タクも苦しいが、定期的に金を送る親はもっと苦しいに違いない。

「俺は予備校の金を自分で出さなあかんねや。親は受かったところへ行けと言っているさかいな」

「なんや親は是が非でも東大に行けというのとは違うのや」

タクの問いにケンは頷いた。

「大学に行けただけでもええやないか」

テーブルを拭《ふ》きながら、マサが言った。

「ほんまや。妙なことを考えずに大学生活を前向きに送った方が、ええんと違うか」

タクはケンに言った。ケンはぐずぐずとした態度で俯《うつむ》いた。

「もし何かやるならわたし、手伝うわ」

美奈が言った。

「美奈ちゃんが手伝ってくれるのか」

タクはぱっと顔を赤らめた。

「ええ、楽しそうじゃないの」

「店の方はいいのか」

マサが心配そうに訊いた。

「なんとかなるわよ。ママに話すわ。変なオヤジの相手をしているよりも、みんなと仕事をする方がいいわ」

美奈は笑みを浮かべた。スッピンの美奈は本当に綺麗《きれい》だ。白い肌はマシュマロのようで、指で押せば弾力で撥《は》ね返されるだろう。タクは指をそっと伸ばして押す真似を空想した。空想の中でも美奈の頬は柔らかかった。

「美奈ちゃんもやるのか」

ケンが美奈を見ながら言った。

「ケンさんもぐずぐずしていないで。落ちた東大に再チャレンジなんて見苦しいわよ」

美奈が笑いながら言った。

「今日は日曜日やし、明日、大学に行ってみてからなるべく早く返事するよ。俺とケンは一旦《いったん》下宿に帰る」

「その恰好《かっこう》で外を歩くと目立つな」

マサはタクの頭の包帯を見た。

タクは頭の包帯に手を触れた。

「しゃあないな。鉢巻きということにしとくわ」

タクは陽気に振る舞った。

「大学に行くのは、なんか恐いな」

ケンがタクに弱々しげな視線を送った。

「山川のことを気にしとるんか」

タクが言った。

山川は逃げ出した俺たちのことを怒っているだろう。きっと。

その日、タクとケンはタクの下宿で一日中死んだように眠りつづけた。

第三章 仲 間

1

翌日、月曜日になっても頭の傷の痛みはずきずきと脳の中にまで入り込む。包帯を巻いた頭に薄汚れた服。通り過ぎる人が奇妙な目で見る。あまり胡散臭《うさんくさ》そうな顔をする相手には、タクはきつい視線を返した。ケンは足を引きずっている。まだ痛いのか、時折、顔を歪《ゆが》める。

高田馬場《たかだのばば》からバスに乗ればいいものを、バス代を惜しんで大学まで歩こうと言ったのはケンだった。足を痛めているケンの提案だから、タクは従わざるを得ない。早稲田通りをまるで傷痍《しょうい》軍人のように歩く。高揚感はない。デモに出て、機動隊に殴られて、挙げ句の果てにケガをして、なんにも変わらない。自分自身も変わらなければ、世間も変わらない。よかったことと言えば、マサに会えたことくらいか。

「マサが元気でよかったな」

「ああ、それより美奈ちゃんはいい子だったよな。あの子、やっぱりマサのこれかな?」

ケンが小指を立てた。

「そうかも知れないし、そうでないかも知れない。それにしてもクラブに勤める女の子には初めて会ったな」

タクも美奈のことを思い出す。あの屈託のない笑顔。なんだか胸がしめつけられる気がする。

「何処へ行く?」

穴八幡《あなはちまん》神社が見えた。あの交差点を左に曲がれば、すぐ大学だ。

「喫茶店に行かへんか?」

タクが訊《き》いた。

「バス代ケチってコーヒーを呑むか。どっちをケチるべきだったか、永遠の課題やな。それじゃあ『茶房』へでも行こか?」

ケンが真面目な顔で答える。

タクは、ケンに同意しながら、

「女王様やないか」

とこちらに向かってくる女性を指差した。

ぴったりと身体に吸いつくようなレザースカートの細身の女性が、本を数冊小脇に抱え、手を振って歩いてくる。切れ長の目が艶《つや》っぽい。

「女王様？」

ケンが訊く。

「同じクラスの中条利奈《なかじょうりな》さんって言うんや。ニックネームが女王様や」

「俺たちと同い年か？　えらい大人っぽいな」

「一浪やったと思うけど。ああいう雰囲気の人なんや」

タクは少し自慢げに言った。知り合いにいい女がいるということが、自慢なのだ。

「紹介しろよ」

ケンが催促する。

「いいよ」

タクは軽く頷《うなず》いて、

「利奈さん」

と声を張りあげた。

利奈も大げさに反応して手を振っている。

「中島くん、どうしたの？　その頭」

利奈が訊く。

「デモに出たんだ」

「莫迦《ばか》ね。そんなの高校で卒業してなきゃ」

顎《あご》の線がすっきりした小振りな顔。切れ長の目に薄い唇。東洋的な顔立ちに、ぞくっとする鋭さがある。

利奈がケンを見る。ケンは小さく頭を下げる。利奈が微笑する。

「こいつ、俺と幼馴染《おさななじ》みで五組の米本謙一郎」

早稲田は学部で選択語学毎《ごと》に三十人から四十人程度のクラス分けがなされていて、二十数組まであった。タクは三組、ケンは五組。共にドイツ語クラスだった。

「中条利奈です。よろしくね。中島くんは何も知らないんだから、デモに誘わないで」

利奈がケンの足首に視線を落としながら、ちくりと非難めいて言う。

「違います。違います。ぼくが誘ったんじゃありません」

ケンは強く否定した。

「じゃあね」

「帰るんですか?」

利奈はにっこりと微笑みを返し、親指を立てた。デートか? 自然に親指なんぞを立てるところは住む世界が違うという感じだ。タクは憧《あこが》れに似た気持ちで、その親指を眺めて、

「しっかり、がんばって下さい」

利奈は声に出して笑って、手をあげると足早に歩いて行った。

「ええ、女やな」

ケンが後ろ姿を追いながらため息を漏らす。

「お前はかなり餓《う》えとるな。美奈ちゃんにもおんなじこと言うたり……。女やったら誰でもええんと違うか？」

タクは少し軽蔑《けいべつ》気味にケンを見る。

「そんなこと言うたって、タクは付き合うとる女がおるんか」

「いいや、おらへん」

ケンは納得したような顔をした。もし嘘でも女がいると言ったら、ケンは殴りかかってきたかもしれない。

「東京の女と付き合いたいな」

ケンは顔をあげ、空に向かって吐き出した。途端に足をぐらりとさせた。

「痛《い》て！」

その場に跪《ひざまず》く。

「あほ、余計なことを考えとるからや」

タクはケンの腕を取って、身体を支えながら大学通りを歩いた。

2

「茶房」は早稲田の名物喫茶店だ。大学正門の近くの路地を入ると、平屋の民家のような建物がある。中に入ると土間にテーブルが無造作に置いてあり、天気の良い日には小さな庭にもテーブルが出る。お座敷があって、そこにも多くの学生が膝《ひざ》を崩して、コーヒーを呑《の》んでいた。すこし茶色がかった部屋の壁には「ハナニアラシノタトヘモアルゾ／『サヨナラ』ダケガ人生ダ」という井伏鱒二《いぶせますじ》の有名な訳詩の額が飾ってあった。

「金が欲しいのはやまやまやけど、タク、本気にしとんのか。あの田谷なんてのはヤクザやで。やっぱり信用できへんわ。マサはヤクザの仲間になったんや」

ケンは厚手のカップを両手で抱くように持ち、コーヒーを呑んだ。

「たしかに胡散臭い面はある。しかし魅力的な提案や。お前かて金は欲しいやろ」

タクはケンの目を見つめた。

ケンは目を閉じた。田谷の提案をどうするべきか考えているのか。

「美奈ちゃんが手伝うという話や」

タクが言った。

「俺、美奈ちゃんと付き合えるのやったら、考え直そかな」

ケンは目を開け、ゴクリと音を出してコーヒーを喉《のど》に流し込んだ。

「やっぱりあほやな。女、ばっかりや。お前の話を聴いとったら、もともと東大になんか行く気がないのやないかと思えてくるわ。口先だけやな」

タクは軽蔑したように言った。

「なに、言うてんねん」

ケンは怒って声を少し高くした。

「ここにおったのか」

頭の上からダミ声が落ちてきた。

タクが見あげると、そこには畳のように四角い顔が広がっていた。山川だ。厚みのある黒縁眼鏡の奥の目がこちらを見ている。

「山川！」

タクが叫ぶ。

一瞬、身体に緊張が走り、固まる。きょろきょろと山川の視線を避け、周囲に目をやる。香山がいるのではと思ったのだ。山川の目をもう一度見る。怒っているようには見えない。少し安心する。デモから逃げ出したことを責めるために、ここに来たのではないようだ。

「ここに座っていいか」

山川が訊いた。

「いいぞ。空いているから」

タクは言った。

「ケガしたのか」

山川がタクの頭の包帯を視線に捉《とら》えた。

「ああ、かなり殴られた」

「俺も見てくれよ」

ケンがジーンズを引っ張りあげて、足首の包帯を見せた。

「遊びでデモに出た割には、被害が大きかった訳だな」

山川は膨れた頬を皮肉そうに歪《ゆが》めた。

「あれはないぞ。公園を出たところに、機動隊が待っていた。やらせじゃないのか」

タクは思いきって疑問を口に出した。

山川は鋭い視線で、

「やらせなんてことがあるか。あれで仲間が三十人もパクられたんだぞ」

山川は大きな顔を膨らませた。それなりに迫力がある。

「お前は、どこも傷がないな」

ケンが山川をじろじろと検分した。

「俺はお前らみたいに莫迦じゃないからな」

山川は右手をあげて、ウエイトレスを呼んで、コーヒーを頼んだ。

「俺はデモの最終地点でお前らを待っていたけれど、いなかったな」

山川は、下から舐《な》めるように二人の顔を見た。タクとケンは思わず顔を見合わせた。まずい、というお互いの目だ。

「逃げたのか」

山川は太い声で訊《き》いた。

「逃げるなんて卑怯《ひきょう》な真似はしないさ。ケガをしたから、脇で隠れている間に、デモが行ってしまったのさ」

ケンが山川の強い視線を避けながら言った。

「そういう訳だ」

タクが応じた。

「まあいいさ。どうせ期待はしていなかったからな」

「ところで香山さんは？」

タクが訊いた。

「香山さんか？」

山川はズボンの尻《しり》のポケットから一枚の折りたたんだ紙を取り出した。

「なに？」

タクは山川がテーブルに広げた紙を見て、思わず声をあげた。それは指名手配の紙だった。

「なんだい、これは」

「見てのとおりさ。香山さんは指名手配されて、地下に潜った」

山川が神妙な顔で言った。地下へ潜ったという説明に、視線を足下に落とした。黒い土間と汚れた自分のスニーカーが目に入る。チカニモグル？　タクには意味不明だった。

その紙は黄色地の紙に、数人の男たちの顔写真があった。その中に髪の毛を伸ばし、鋭くガンを飛ばしたように写っている顔がある。白黒で全体にぼやけてはいるが、香山俊二に違いなかった。

「どうしたのさ」

タクは香山が下宿でラーメンをすすっている姿を思い浮かべていた。

「対立するセクトの奴を殴ったらしい。それで傷害罪で指名手配さ」

「これからどうするのさ……香山さんは」

タクが山川の目を見て、訊いた。

「わからん。組織がなんとかするんだろう」

山川は関心のない素振りをしていた。

「山川もあまり深入りしない方がいいんじゃないか」

ケンが真面目な顔で諭した。山川の目が眼鏡の奥で光ったように見えた。ケンの言葉が心に突き刺さったのだ。

タクは、香山に同情しながらも、当分の間、香山が目の前に現れないと思うと内心、ほっとした。デモを途中で逃げ出したことや、党旗を放り投げたことの責任を追及されることもなさそうだ。それになによりも勧誘《オルグ》という形で、これからもつきまとわれたらたまったものじゃない。香山の説得に落ちて、この指名手配写真に載るようなハメはまっぴらだ。

「ケンの言うとおりだ。山川も正式に党に加入しているわけじゃないんだから、これをきっかけに距離をおけよ」

山川は黙ってコーヒーを呑んだ。山川なりに香山の指名手配には衝撃を受けているのだ。

「そういえば俺たち、面白い人物に会った」

重苦しい空気を変えようと、タクは言った。山川が顔を上げ、タクを見た。

「おい、おい、話すのかよ」

ケンが慌てて言った。タクはケンにめくばせをした。

「なんだい面白い人物っていうのは？」

山川はその大きな顔で迫ってきた。

タクは銀座で出会った田谷左右吉の話をした。彼の風貌《ふうぼう》、金色のネックレス、ミミズが張りついたような頬の傷……。そして百万円の投資の話も。

「百万円か……」

山川は目を光らせた。彼は商売人の息子なのだ。金の話には敏感なようだ。テーブルに広げた指名手配書を、また元どおりに折るとポケットにしまった。

「どうだ」

タクは山川に言った。

「おもしろそうだな」

山川は口端を引き上げ、ニヤリと笑った。

「乗るか？」

タクが訊いた。山川は右手をあげた。その手にぱちりとタクは手を重ねた。ケンはすねたようにそっぽを向いている。

「どうしたケン……。山川が入ることに反対なんか？」

「反対も何も、アイデアがなにもないじゃないか。なんにも考えとらへん間に、仲間が増えてもと思ったんや」

「俺も考える。革マルのシンパをやっているのが、本当のことを言うと少し怖い気がしていた」

山川はタクとケンの顔を見て言った。

「内ゲバが多いからな。山川だっていつケガするか、へたしたら殺されるかもしれんからな」

タクが言った。

「そのとおりだ。だから少し考えている」

山川は言った。大きい顔が少し小さくなったように見える。

「金をどう使うか。何をするか。相談しよう」

ケンが言った。

「あれ? ケン、ところで東大受験はどうするんや」

タクが皮肉っぽく言った。

「いいよ、その話は。まず金儲《もう》けや」

「飯、食いながら相談しようか」

山川が言った。

「そうだな」

途端に、タクの腹が鳴った。

3

「金貸しなんてどうだ」

山川が言った。

「金貸し？」

タクが訊いた。

「昔、東大生が光クラブという金貸し業をやって一世を風靡《ふうび》したことがある。金貸しは儲かるらしい」

「どうやるんだ」

ケンが興味深そうに訊いた。

「百万円をたとえば十万円ずつ十人に貸す。十日後に十一万円の返済をしてもらう。これで手元には百十万円になる。こんどは十一人に貸せるという算段だ。簡単なものさ」

「借りる奴はいるか」

「いるさ。質屋に行くのにもろくな質草がない。そんな奴はゴマンといる」

「お前、マルクス主義者のくせして、超リアルなことを考えているんだな」

タクは感心してため息を漏らした。

「貧乏人は返済できないぞ。それこそ『罪と罰』のラスコーリニコフのような奴に襲われるぞ」

ケンが臆病《おくびょう》そうな目をした。

「ドストエフスキーを持ち出すか。ケンの方が、俺よりよっぽどマルクス主義者だな」

「しかしケンの言うとおりだ。返せない奴はどうするんだ」

「田谷って男はヤクザだろ。きっとそうだ。そいつに取り立てをやらせればいい。返せない奴は締めあげられる」

山川は含んだような笑いを浮かべた。

「俺は反対だな」

タクは言った。

「なぜだ」

山川が言った。

「なぜって俺たちと同じ貧乏学生を利用するというのが、ちょっとな」

「お前、安っぽいヒューマニズムに溺《おぼ》れていると東京では生きていけないぞ」

「山川、お前の話は、新左翼のシンパとは思えんな」

タクは呆《あき》れた顔で言った。

「新左翼だから、貧乏人の弱みを知っているのかもしれないぜ。弱みは金だとね」

「俺も金貸しは嫌だな。そんなことをするくらいだったら、東大を受験するよ」

ケンが言った。

山川が金貸しと言った理由もわからないではない。七月に田中角栄が「日本列島改造論」を引っさげて首相に就任して以来、物価はあがり続けていた。拝金主義者の田中角栄が首相にまで昇り詰めたのがいけなかった。多くの国民の間に、努力すれば、角栄になれるという幻想が生まれたのだ。金に執着する者がそここに現れ出した。国中で分相応という美風が壊れ出していた。

「わかったよ。金貸しのアイデアは下ろす。実は俺、金貸しに恨みがあるんだ」

「苦労したのか」

タクが訊《き》いた。

「子供の頃、オヤジが事業に失敗して、家財も何もかも売り払ったことがある。その後、なんとか盛り返したが、取り立てに来た銀行野郎の顔は小さいながらも覚えている。悔しくてな」

山川は顔を歪《ゆが》めて言った。

山川は幼時体験で金に苦労したために金貸しなんてアイデアを出したのだ。新左翼のシンパになったのも幼時体験のせいなのだろうか。

タク自身にも覚えがある。まだタクが小学校にもあがっていない頃、暗い部屋で父母が頭を抱えていた。重苦しい雰囲気。時折、洩《も》れるため息。タクは近寄り難い雰囲気がして、襖《ふすま》の陰から覗《のぞ》いていた。その姿に母が気づいた。先ほどまで泣いていたのだろうか、赤い目をして、少しばかり驚いた顔をした。しかしすぐに気を取り直したらしく、笑みを浮かべて手招きする。タクはその手に誘われるまま、母に近づいた。母はタクを膝《ひざ》の上に乗せ、抱き締めた。息苦しく、決して気持ちのいいものではなかった。

「心配せんでええよ」

母は小さく耳元で囁《ささや》いた。

何を心配しないでいいのかわからなかった。ふと見ると、畳の上に数枚の百円札や千円札が落ちている。ああ、金のことで相談してたんだな、とわかった。

後で訊くと、その当時は、祖父が残した借金で首が回らないような状態だったらしい。母はあちこちに借金をしては家計をやりくりしていた。それがもう極限に達しようとしていた。

この事態をどう父母が切り抜けたのかは知らない。昭和三十年代の中頃だった。その後、高度成長がスタートするから、世間の好景気に合わせて家計も豊かになっていったのだろう。

ケンだってみんなそうだ。東京の大学にやって来たが、決して家計が楽な中で進学してきたわけじゃない。貧乏な親の代わりに東京に来たのだ。極端な言い方をすれば、親の代わりに稼いで来いということだった。あるいは学歴だけはやるから、後は自分で生きていけと言われたようなものだ。

勉強もせず、莫迦《ばか》なことばかりやっているが、みんな親の苦労は見てきている。山川だって、先ほどの話を聞くかぎりではただの金持ちのボンボンとは違う。そう思うと、その山川に親しみが持てるし、妙につっぱっているのもわかる気がしてきた。

「いいアイデアが出てこないな」

ケンが退屈そうな顔をした。

タクは時計を見た。午後の二時を回っていた。

「家庭教師の時間まで、まだ少しあるな」

タクが呟《つぶや》いた。

「それだ！」

山川が目を輝かせて叫んだ。

「どうした、突然」

タクが訊いた。

「その家庭教師だよ」

「家庭教師がどうしたんだ」

「塾をやろうよ。塾なら学生らしくていいだろう」

　山川は息せき切って言った。

「塾か……」

　タクは、悪くないと思った。

「山川はいろいろ考えるなぁ。新左翼にしておくのは勿体《もったい》ない」

　ケンが笑って言った。

「俺、賛成する」

　タクが真っ先に手をあげた。

　店員が近づいてきて、

「ご注文の追加ですか」

　タクは慌てて、

「違います。違います」

　と否定した。

　店員は訝《いぶか》しげな顔をして引き下がった。

　タクはケンと山川と顔を見合わせて、声に出して笑った。

「塾なら、やれるぞ。俺は数学が得意だ。でも三人じゃできないな……」

山川が言った。

4

コンクリートのキャンパスを歩く。塾というアイデアがタクの心を高揚させていた。頭の傷も痛まなくなっていた。今日は仕方ないが、明日には包帯も取れるだろう。ケンも足は引きずっているが、昨日よりはましのようだ。山川は周りを少し警戒気味に歩いている。


正門からキャンパスに入る。立て看板だらけだ。ベトナム戦争、学費値上げ、反対反対ばかり。演説している奴はいないが、まるで立て看板に不法占拠されたようだ。

キャンパスの真ん中に大隈重信《おおくましげのぶ》の像がある。この像を右に曲がったところが五号館だ。銀杏《いちょう》並木を五号館に沿って歩くと地下に続く石段が見える。

「あそこだ」

タクが指差す。

石段の先にドアがある。タクが先頭で降りる。ドアを開けると廊下になっていて左右に小さな部屋が並んでいる。その中のひとつをタクたち三組のクラスルームに使っていた。これらはどれもこれも不法占拠だった。大学事務局に無届けのサークルばかりだ。届け出て、大学に認知された方が、資金援助があるのだが、どこも届け出ていない。大学のサークルは革マルに牛耳られていたからだ。公認サークルとして大学の補助金を貰《もら》うためには、革マルの支配下にある「学生の会」という上部機関に参加しなくてはならない。それを潔しとしない未公認サークルが沢山あった。早稲田はいい加減だった。なんだって放置してくれていたのだ。

山川にとっては、無届けサークルなどは許し難い存在なのだが、彼もまたいい加減だった。特に拘《こだわ》るところもなく、適当に出入りしていた。

「よくこんなところを占拠できたな。たいしたもんや」

ケンが感心して言った。廊下には所狭しと、ベニヤ板や角材、机や椅子が放置されていたり、積みあげられたりしていた。

「以前、宗教系のサークルが使《つこ》うとったんや。それを追い出したわけや」

「宗教論争を吹っかけたんか」

「そんなん言うたら相手の思う壺《つぼ》や。すぐ改宗させられてしまうがな。これや」

タクは腕を折り曲げ、力こぶのところをもう一方の手で触った。

「力ずくなんか」

ケンが驚いた顔をした。

「そんなもんやな」

タクは山川と視線を交わした。お互い笑いあった。そのときの騒ぎを思い出したのだ。占拠できたのは、偶然が幸いした。タクたち数人で何処かクラスルームに適当な部屋がないかとこの地下室をうろついていた。たまたま誰もいない部屋があった。宗教系のサークルの部屋だとわかったが、すぐに、

「鍵《かぎ》買って来い」

と誰かが叫んで、部屋の物を何もかも外に放り出し、鍵《かぎ》を取り替え、中に立て籠《こ》もった。宗教系のサークル員が入れ替わり立ち替わりドアを叩《たた》いたが、絶対に開けなかった。

それからしばらくその部屋を交替で占拠し続けた。小競り合いが続いたが、そのうち彼らの方が諦《あきら》めた。

ドアを開けた。

「おう！」

中から大柄な男が太い声をかけてきた。黒い学生服を着て、度の強い眼鏡をかけている。もう一人、頬がふっくらとした少女のような女性が座っていた。

タクが嬉《うれ》しそうに、

「滑川《なめかわ》さんに、宏美《ひろみ》ちゃん」

黒い学生服の男は滑川隆一《りゅういち》。女性は渡瀬《わたせ》宏美。

「どうした。頭に鉢巻きなんか巻いて」

滑川が言った。

「鉢巻きじゃありませんよ。包帯ですよ」

タクが答えた。

「中島くんをデモに誘いましたね」

滑川が、山川を責めるように言った。

「反戦デーのデモに出ました。こちらの彼も一緒です」

山川がケンを振り返った。

滑川はクラスメイトなのだが、とても同級生には見えない。バンカラ風だ。年齢は分からない。相当、年上に違いない。文学に造詣《ぞうけい》が深くて、三島由紀夫と一緒に自決しようかと考えたくらいの男だ。

ケンが山川の後ろからおずおずと顔を出した。

「米本謙一郎と言います。中島と同じ田舎で、五組です」

「そうですか。中島くんと同郷ですか。すると猪が友達だった訳ですね」

滑川は楽しそうに声をあげて笑った。

「そんな訳ないですよ」

ケンが苦笑した。

「まあ、どうぞお入りなさい」

滑川が室内に入るように勧めた。まるで自分の家のようだ。

山川も滑川には頭があがらない。大人しく室内に入る。

「食べてよ」

宏美が言った。女王様と呼ばれる利奈と並んで数少ないクラスの女学生だ。宏美は可愛いタイプだ。都内の有名校を卒業しているが、気取ったところはない。

「それは？」

タクはテーブルの上にあるクッキーを見て、訊《き》いた。

「わたしが焼いたのよ。食べてね」

宏美は、顔をほころばせてクッキーを載せた皿をタクの目の前に差し出した。

タクは一枚を取って、口に入れた。ほんのりにがみがある粒チョコレートの入ったクッキーだった。

「美味《おい》しいよ。これ」

タクはケンに言った。

ケンもクッキーを摘《つ》まんだ。

「こういうことができるんだ。本当に宏美ちゃんが焼いたの？」

タクは宏美に訊いた。

「莫迦《ばか》にしないでよ。わたしだってこれくらいのことはできるのよ」

宏美は色白の頬を膨らませた。

「みんなは？」

タクが訊いた。

「さっきまでいたけど、授業に出たようだよ。ところで山川と中島くんが一緒で、何を企《たくら》んでいたのですか」

滑川が興味深そうに訊いた。

「塾、やりませんか？ 学習塾ですけど」

タクが言った。

「ほほう、話、聴きましょうか」

滑川がクッキーを口に放り込んだ。

5

「ぼくは今、家庭教師をやっていますけど、時給二千円です。一回二時間で四千円。週に一回、月四回で一万六千円です。生徒一人分の費用です。これを二人で割るなら八千円になります。四人なら四千円です」

タクは学習塾のアイデアを滑川に説明しているのだ。滑川が賛同してくれたら、成功疑いなしという気がしていた。タクにとっては滑川の意見は大人の意見を拝聴するという感じなのだ。

「中学生相手の家庭教師のニーズは多い。家計の負担は重い。ここを攻めれば絶対に成功する」

山川が自信を持って言った。

「中島くんの同郷の友人が世話になっている田谷さんという人が百万円出す。だから学生で金儲《もう》けをしたらどうかというのだね」

滑川はじっくりとした口調で言った。タクの顔を食い入るように見つめた。

「友人は神戸という奴ですが、俺とタクとは、幼い頃からの親友です。そいつが世話になっている人だから信用できる話かと思います」

ケンが言った。

「なぜ、学習塾をやろうとしているの？」

滑川が訊いた。滑川の視線はタクをしっかり捉《とら》えている。

「そりゃ、ニーズがあると思うし、学生らしいし、儲かるんじゃないかと……」

タクは、滑川の視線の強さに圧倒されていた。なにか後ろ暗いことを話しているような気にさえなっていた。

「その田谷って人は、世の中は金だと言ったのですか？」

「ええ、まあ」

「それは大きく間違うと思う。世の中お金ばかりで推し量れない」

「そりゃ、もちろんです。そんなことはわかっています」

「いや、わかっていない気がする。中島くんも山川も、米本くんも、儲かるから学習塾をやろうとしているのだからね。まるでその百万円が欲しいようだね」

滑川がにんまりと笑った。

「儲かることだけを考えている訳じゃないけど」

タクが言い訳めいて言った。

「ぼくは金儲けで教育を弄《もてあそ》ぶのは賛成しない」

滑川は難しそうな顔をした。

「わたしも予備校に通った口だけど、たくさんの生徒に平等に授業するのは大変よ。家庭教師とはちょっと違うわ。先生だってどうするの」

宏美が言った。

「先生は、クラスのみんなに得意科目を持ち寄ってやってもらうことにする。俺は数学を受け持つ」

山川が言った。

「邪魔はしないけれど、ぼくは協力はできないな。教育は金儲けの手段じゃない。それに世の中を金だと言い切る人を信用できない」

滑川は、優しく説諭するような口調で言った。

「タク、いいじゃないか。俺たちでやろう」

ケンは決して賛成ではなかったのだが、滑川に反対されて、ちょっと意地を張っているようだ。

「なんか水をさされたような気分だな。金貸しっていうアイデアもあったのですよ」

「割り切ってやるのならまだ金貸しの方がましかな。金儲けという感じがする」

「滑川さんは哲学的すぎると思う。金貸しの方がいいなんて、おかしい」

ケンが反論をした。

「きみたちを邪魔する気はない。だけど金儲けだけを考えるのだったら、金貸しの方がリアリティがあっていいと言ったんだ。金儲けにも哲学は必要なんじゃないか。そうでないと餓鬼道になる」

滑川は真面目な顔で言った。

「よくわかりました。滑川さんの言うとおり、学習塾をやるときには教育は金儲けじゃないということを心してやります」

タクは少年ぽい笑顔で滑川を見た。

「そうしなさい。その方が成功すると思う」

滑川は笑みを浮かべた。

「神戸と田谷さんになるべく早く返事をしなくちゃならないんです。何もやりませんじゃ莫迦《ばか》にされてしまう」

ケンが滑川に言った。

「情けない奴やなぁ、とがっかりさせることにはなると思うわ」

タクがケンに言った。どうもケンと話すときだけ訛《なま》ってしまう。

タクは滑川の顔をもう一度見た。大人の顔だ。彼に感謝した。金儲けだけを考えていたら、失敗する、哲学が必要じゃないか、という問いかけは大切なことだった。田谷から提案された百万円に目が眩《くら》んで、儲けることだけを考えていた。ケンは滑川のアドバイスをうるさいと受け止めたようだが、タクは違った。滑川の言うとおりだと思った。

「ぼくは行く」

滑川は立ちあがった。見あげるほど大きい。百八十センチは優にある。しっかりした黒革の鞄《かばん》を手に提げた。

「授業ですか」

「中島くんも取っているんじゃないか。国際政治学だ」

滑川の真面目な目がタクを捉えた。

「今日は休みます」

タクは申し訳なさそうに言った。

「俺も休講にします」

ケンと山川が声を揃えた。

「勉強をしないとだめだよ。じゃあね。成功を祈っている」

「わたしも行くわ」

宏美が立ちあがった。

「クッキー食べていいわよ。もしわたしにできることがあったら言ってね」

宏美は、明るく言い残すと滑川と連れ立って出て行った。

部室内にはタクとケンと山川が残された。

「なんやねん。あの人？」

ケンが不満そうに言った。

「なんやって？」

タクが尖《とが》った顔でケンに訊《き》き返した。

「偉そうに金儲けには哲学が必要やなんて言わんでもええやろ」

「あの人はすごい人なんや。文学にも詳しいしな。言っていることはもっともなことや。ただ金が欲しいだけというのはアカン」

「やるのか、やらないのか」

山川がタクに迫った。

「やるよ。マサのこともあるしな。それに大学に来た意味を探るためにも何かしなくちゃと思うから」

タクは真剣な顔でケンや山川を見つめた。

「事業プランを検討しようぜ。その田谷っていう奴にいつ会うんだ？」

山川が訊いた。

「明日、会おうと思う」

タクは答えた。

「じゃあ始めようか。うまくいったら、滑川さんも仲間に入れたらいい」

タクが言った。

「入れるもんか。あんなに言われたんや。仲間になんか絶対に入れへんわ」

ケンは怒っていた。滑川の反対に真剣に腹をたてたようだ。

「事業プランは学習塾でいいな。対象は中学生でどうだ」

山川がタクとケンを真剣な目で見つめた。

「そうだな。小学生は案外難しい。高校生を教えるほどにはこっちも実力がない。中学生くらいが適当だな」

ケンが言った。

「場所はどうする?」

タクが質問を投げる。

「大きい場所を借りるか」

ケンが豪気なことを言った。

「金が相当かかるぞ」

タクが心配そうな顔をした。

「百万、あるからいいじゃないか」

山川が田谷の金を当てにした発言をした。

「やっぱり早稲田の近辺がいいだろうな」

タクが賛成を求めた。

「そうだな。多少出来は悪くとも早大生が教えるというのが、売りになるはずだからな」

山川が言った。

「出来が悪いというのはないだろう」

タクは少し怒った。

「教科書は？」

ケンが訊いた。

「授業の補習を中心に据えれば、こちらでは市販テストを買うぐらいでいいんじゃないか。生徒に教科書を持ってこさせればいい。この間日教組が知識詰め込み偏重だと言って市販テストを批判していただろう。公立学校じゃ市販テストを使わなくなる可能性がある。俺たちは思い切ってそれを偏重して使えばいいじゃないか」

山川が情報のあるところを披露した。

「そうだな。受験に勝ち抜くとかなんとか言って、莫迦な親を手玉にとるんだ」

ケンが嬉《うれ》しそうに言った。

徐々に興奮が三人を包み始めた。興奮は冷静な判断を失わせた。三人はすぐにでも学習塾が大成功し、大金持ちになるような気になっていた。三人の頭の中から完全に欠落していたのは、彼らに教えられる生徒たちのことだった。滑川の忠告はすぐに忘れられてしまった。

6

「先生、お食事になさいますか」

階下からタクを呼ぶ声がする。タクが家庭教師をしている佐山克己《さやまかつみ》の母親、友里恵《ゆりえ》の声だ。鼻にかかったような甘い声。タクはケンと山川の三人で学習塾のプランを検討した後、この佐山家に家庭教師に来たのだった。

毎週一回この佐山家に来ている。生徒の克己は少し肥満気味の小学五年生だ。性格は大人しくて、扱いやすい子供だが、勉強の出来はあまりよくない。集中力がないのだろう。

大学の学生課の掲示板でこの募集を見つけた。三ヶ月前のことだ。場所は高田馬場に近い落合《おちあい》と呼ばれる高級住宅街の中にあって大学からも通いやすい。それになによりも魅力的なのは勉強が終わるのが七時ころで、必ず夕飯が出ることだった。旦那《だんな》は東《とう》商《しょう》岩川《いわかわ》という大手商社の部長らしい。克己はその一人息子だった。

「先生、ご飯だよ。一緒に食べよう」

克己がころころした身体を擦り寄せてくる。算数の計算問題をやっていたのだが、飽きたようだ。

「もう少しでこの問題が終わるから、最後までやった方がいい」

タクが克己を少し厳しい目で睨《にら》む。

「ご飯が終わったら、ぼく、やっておくから。さきに食べようよ」

克己が甘えてくる。

「仕方がないな」

タクは克己のおでこを人差し指で弾《はじ》いた。克己は椅子からばね仕掛けの人形のように飛び跳ね、またたく間に階段を駆け降りた。

タクは机の上に散乱したノートや鉛筆を片付け、克己を追いかけて階下に降りた。

「何もないんですよ」

友里恵がテーブルに皿を並べながら視線だけをタクに送ってくる。料理は克己の好きなハンバーグステーキやサラダなどだ。

友里恵は目鼻立ちのはっきりした派手なタイプだ。

夫の佐山雄一《ゆういち》は、毎晩遅い。だから普段は友里恵と克己だけの夕食なのだが、タクが来る日だけは三人になる。いつもよりにぎやかなので克己も活《い》き活《い》きとしている。

「中島先生がご一緒だと克己は喜ぶのよね」

友里恵がにこやかに言う。

「ありがとうございます。ぼくも克己くんは大好きですよ」

克己の顔を見る。目の前の皿に載ったハンバーグステーキをじっと見つめている。頂きますの合図を待っている。こんなに子供に慕われるなんて、こんどの学習塾のプランは成功間違いないように思えてきて自信めいた気持ちが湧きあがってくる。

友里恵は胸を強調した白のブラウスにぴったりとしたスカート。普段はどうか知らないのだが、今日は化粧が濃いようだ。唇の色もいつもより赤く見える。

「先生はここ」

克己が嬉しそうにタクの座る場所を指差す。

「ここはお父さんの座っている場所だろう。いつもここでいいのかな」

タクが困ったような顔で克己と友里恵を交互に見た。

「いいよ、パパ、帰ってこないし……。ねえ、ママ」

「どうぞ。ご遠慮なく。中島先生がそこに座って下されば克己も喜んで食事をするんですよ」

友里恵は赤い唇を手で覆った。

「そうですか……」

タクはまるで一家の主人になったかのように雄一の場所に座った。目の前には克己、その隣には友里恵がいる。

「どうぞ」

友里恵が、しなを作ってビールを注ごうとする。香水の香りが鼻腔《びこう》を刺激する。タクはグラスを取る。食事の前にビールが出る。これも楽しみのひとつだった。最初は遠慮がちだったが、最近は慣れてきた。

タクのグラスにビールが注がれる。見るからに美味《うま》そうだ。グラスに口をつけ、一気に空《から》にする。気持ちのいい苦みが喉《のど》を通過する。ゲップが洩《も》れそうになるのを必死で堪える。

「美味いなあ」

タクは思わず声を出す。

「先生はまだ二十歳になっていないでしょう。本当はアルコールだめなのよ」

友里恵が軽く睨みつける。

「ええ、まあ」

タクはあいまいに返事する。だめだと言いながらアルコールを出しているのは、そっちだろうと言いたくなった。

「その頭はどうしたの」

友里恵がグラスに再びビールを注ぎながら訊《き》いた。

「これですか？」

タクは頭の包帯を触った。もう痛みは取れていた。外したって大丈夫だろう。しかしなんて説明したらいいのだろうか。デモに出て機動隊に殴られたなんて言ったら、家庭教師をクビになるかもしれない。

タクは友里恵を見ないようにして、

「ぼんやり歩いていたら、電信柱と大喧嘩《おおげんか》しまして……」

と頭をかいた。

「先生もぼんやりすることがあるんだ」

克己が嬉しそうに言った。

「気をつけて下さい。お酒は傷に悪いかしらね」

友里恵がビールを抱えて、迷った顔をしている。

「大丈夫です。呑《の》みます」

タクはグラスを差し出した。

食事は楽しく進んだ。肉汁が溢《あふ》れるようなハンバーグステーキは学食のぺらぺらハンバーグとは全く別物だった。

「このハンバーグ、本当に美味《おい》しいですね」

「嬉しいわ。そう言って食べてくれて。主人なんか、家で夕食たべることなんかないんですもの」

「パパはいつも外で食事するんだ」

克己が寂しそうに言った。

「そうね。パパは外で美味しいもの食べているのかな」

タクは克己を見ていると少し憐《あわ》れになった。自分の子供のときは、父も母も四六時中、側にいた。朝食も夕食もいつも家族は一緒だった。田舎ではどこでもそうだった。そのことに特別有り難みも感じなかったものだが、克己からすると信じられないことなのかもしれない。

「もうお腹一杯です」

タクは箸《はし》を置いた。

「遠慮はいらないわよ」

「遠慮なんかしていません。もう十分です。ご馳走《ちそう》さまでした」

いつの間にか、友里恵がタクの側にきていた。タクも友里恵にビールを注ぐ。友里恵は一気にグラスを空ける。目が赤らみ、息が生温かくなる。ちらりと白いブラウスの襟の所から胸の谷間が覗《のぞ》く。白い肌。ぞくりとして目をそらす。

克己は食事を終え、ソファに座ってテレビを見ている。

「ウイスキー呑む？」

友里恵がタクの耳に息を吹きかけるように囁《ささや》く。くすぐったい気分でタクは友里恵に視線を送る。友里恵はタクの返事を待たず、サイドボードに向かう。時折、友里恵は夕食時に妙な色気を撒《ま》き散らすが、今日は特別だ。

「いえ、もう十分です」

タクは答える。

「遠慮しなくてもいいわよ。ジョニ黒よ」

ジョニ黒と聞いて、思わず喉が鳴る。そんな高級ウイスキーは呑んだことがない。ウイスキーにはランキングがあった。サントリーのレッド、ホワイト、角、だるま（オールド）、その上にはリザーブがあった。だがたいていはリザーブまで行かず、とにかくだるまが呑めれば最高だった。

ジョニ黒なんてのは、出会うことさえ稀《まれ》なウイスキーだった。友里恵がそのジョニ黒を持ってきた。

「さあどうぞ」

友里恵がボトルを見せた。有名な黒ラベルが目に入る。

「触らせて下さい」

タクは言った。

友里恵は、小さく笑ってボトルをタクに差し出す。タクはボトルを受け取ると、興奮して頬擦りをした。

「さあ、呑みましょう」

友里恵がグラスを二つ持ってきた。タクはボトルの封印を取る。キャップを外すと、強い香りが鼻腔を刺激する。グラスに琥珀《こはく》色の液体を注ぐ。上目遣いで友里恵を見る。友里恵が軽く頷《うなず》く。タクは自分のグラスに多めに注ぐ。友里恵がそれぞれのグラスに氷を入れる。

「乾杯」

友里恵がグラスをあげた。タクもあげる。カチッ。グラスが当たる。

友里恵は、赤い唇をグラスにつけた。見る間にグラスの半分を呑んでしまう。タクも口をつける。さすがに高級だ。舌先に痛いようなしびれはない。心地よい香りに心が緩んでくる。

「本当は、主人が大事にしているお酒なのよ」

友里恵が身体を擦り寄せてくる。

「叱られませんか」

「いいわよ。平気」

友里恵の香水と体臭とアルコールの匂いがない交ぜになってタクを刺激してくる。ついグラスを重ねてしまった。

まずい。変な感じだ。ボトルがほとんど空いている。友里恵の顔はもう半分以上眠っているように見える。瞼《まぶた》が重く閉じ始めているようなのだが、その目はしっかりとタクを捉《とら》えている。タクは友里恵の顔を見る。友里恵がうっすらと笑う。美人に見えてきた。

ソファに座っていた克己はいつの間にかそのまま寝入ってしまっている。寝息が聞こえてくる。

「克己くん、眠ったみたいですね」

「そうね、風邪気味だったから、眠いのかもね」

「克己くん、風邪をひいてました？」

「うふっ……」

友里恵がタクを見つめ、息を抜いたようなため息を漏らした。

「あっ」

身体がこわばる。手に持ったグラスを落としそうになり、慌ててテーブルに置く。グラスからウイスキーがこぼれた。友里恵の手が突然、タクの股間《こかん》に伸びてきて、ズボンの上からタクの性器を握ったのだ。情けないことに、握られた瞬間に、タクの性器は石のように硬くなってしまった。頭の傷がうずき始めた。身体の血が頭の傷と性器の先端部分とを激しく行き来している。

「ちょっと、ちょっと」

タクは友里恵の腕を摑《つか》んで、股間から引き離そうとする。痛いのか、気持ちがいいのか分からない。本当に引き離したいのかも分からない。
女の人に股間を握られたのは初めての経験だ。タクは焦った。

7

タクはまだ女とのセックスの経験がなかった。キスの経験さえなかった。オナニーの経験はあった。それを初めて覚えたのは中学二年のときだった。突然、布団が重く感じて、性器がぐんぐんと大きくなり、破裂しそうになった。タクは性器に手を添えた。それは物凄《ものすご》く熱くなっていた。途端に、その中から精液が噴き出してきた。とめどなく噴き出してきた精液はタクのパンツをベトベトに汚した。快感が脊髄《せきずい》を走った。母親にパンツの汚れを叱られると思ったが、その快感には勝てなかった。タクは思いっきり性器を両手で握って、上下にしごいた。何度も眠りに落ち、また目が覚めてはしごいた。あまりの気持ちの良さに性器を覆う皮が赤く痛くなるほどだった。終わったあと、激しい罪悪感に襲われた。なんて奴だ。なんて汚らしい奴だ。タクは自分を激しく責め、ののしった。

ところがその罪悪感とは裏腹にタクはその夜から毎夜オナニーに耽《ふけ》った。ただ問題が一つだけあった。雑誌の中から女優の写真をこっそり切り抜いて、それを見ながらオナニーをするのだが、肝心の女のあの部分だけは見たことがない。いつも想像の世界で、それが限界だった。女の股間だけはいつも真っ暗だったのだ。

タクは今から何が始まろうとしているのかは理解していた。これがいいことか、悪いことかも理解していた。決していいことではないと思う気持ちもあった。後から罪悪感に苦しめられるに違いないという気もしていた。だが、友里恵に抵抗する力は失っていた。ただ上を向いて、息を激しく吐き出していた。

友里恵は椅子からすべり落ちるようにして床に膝《ひざ》をつくと、タクの股間に顔を埋め、ジーンズの前ボタンを外した。タクの性器は待ち切れないとばかりにブリーフを突き破って飛び出し、友里恵の鼻に当たった。

タクは猛烈な恥ずかしさがこみあげたが、なすすべもなく腕を友里恵の肩に回したままだった。

「元気ね」

友里恵はひとこと呟《つぶや》き、それを口に咥《くわ》えようとした。その時だった。放水のようにタクの性器から友里恵の顔に向かって精液が飛び出した。全身にしびれるような快感が走り、思わず目を閉じた。目を開けると、友里恵の口の周りはタクの精液でヌルヌルしていた。

「す、すいません」

タクは慌てた。

「いいのよ」

友里恵は泰然として、手で口の周りについた精液を拭《ぬぐ》った。

タクの性器は精液を放出しても屹立《きつりつ》したままだ。痛くて痛くて我慢できないほど硬くなっている。友里恵は立ちあがってスカートの中に手を入れると下着を取った。小さなパンティが手首に巻かれた。タクは友里恵の顔を見ていられなかった。その目は真っ赤になっていた。

友里恵が椅子に座ったままのタクの手を取る。タクの心臓はもう破裂しそうだ。タクの手を友里恵が下腹部に導く。タクは抵抗しない。

「やさしくね」

友里恵が耳元で囁く。陰毛に手が触れる。ごわごわとした感触だ。悪い気はしない。指を立てる。

「ここよ」

友里恵がタクの指を股間に挿し入れる。タクの身体がぐっと硬くなり、指先に集中する。人差し指がぬめぬめとした感触にからめ捕られる。なんとも表現の仕様のない感覚がタクの全身を包む。

「うっ」

友里恵は顎《あご》をあげ、目を閉じる。

友里恵の両足がタクの股間を跨《また》いだ。ぴったりとしたスカートが腰までまくれあがった。黒々とした陰毛が目に入る。その陰毛の部分がそそり立ったタクの性器をゆっくりと咥えた。タクは目をつぶる。とてつもない初めての感覚が全身を捉える。永遠に続いて欲しいと願いたい心地よさだ。友里恵の身体が、重なりあった一点で支えられ、静かに静かに上下する。

「お、奥さん……」

「何も言わなくていいのよ」

友里恵の歯がタクの耳をかむ。

タクは身体が爆発したのかと思うほど激しく友里恵の中に放出した。自分の意識とは全く別に性器が勝手に動いていた。

友里恵は押し殺したような呻《うめ》き声をあげた。声をあげそうになるとタクの背中に回した手を解きはなって、自分の口を塞《ふさ》いだ。

どれくらいの時間、タクと友里恵は繫《つな》がっていただろうか。ずっとこのままでいたい。こんな気持ちのいいことは初めてだった。しかしなんてことだ。なんてことをしてしまったのだ。こんな形で童貞を失うとは思っていなかった。

友里恵がタクの身体から離れた。タクは友里恵の目を見ることができなかった。

「帰ります」

タクはジーンズのボタンを急いで留めた。

「また、来週お待ちしています」

友里恵は、タクに背を向けて手首に巻き取っていたパンティを身につけている。スカートがまくれあがり白く丸い尻《しり》が見えた。タクの性器がまた硬くなった。あの奥をまだ覗《のぞ》いていない。覗きたいという強烈な欲望に囚《とら》われそうになった。そういう自分に恐ろしくなって、

「帰ります」

タクは大きな声で言った。

佐山家を逃げ出すように飛び出した。

8

銀座の街を夕暮れが染め始めていた。まだ道行く人はそれほど多くない。和服に身を包んだ女が時折、人待ち顔で歩道に立っている。一緒に店を入る客を待っているのだろうか。

デモで傷つき、這《は》いつくばるように逃げてきたのが、嘘みたいだった。タクは、周

りの景色を余裕を持って眺めていた。この心境の変化はどうしてなんだろう。今から行く先にマサという幼馴染《おさななじ》みがいるということだけで銀座の街との違和感がなくなってしまったのだろうか。

そうじゃないだろう。美奈のことを思っているからだ。彼女のことを思うと、この銀座に足を運ぶだけで弾んだ気持ちになるのだ。

しかし昨日の佐山家での出来事……、佐山友里恵とのことが、深い後悔の気持ちを伴って蘇《よみがえ》ってくる。なんてだらしないことをしてしまったのだろうか。来週の家庭教師はどうするんだ。行けなくなってしまうじゃないか。そうなると収入がなくなってしまう。

まずいことになったなぁ……。

タクはぶつぶつと憂鬱《ゆううつ》そうに呟きながらも、そっと股間に手をやった。そこはどうしようもなく大きくなっていた。昨日の感触、初めて経験した感触を求めて、勝手に蠢《うごめ》いている。頭では反省しているのに、そこだけは頭とは違う欲望のままに動いている。勝手にしやがれとは思うのだが、自分の身体の一部だけにやっかいだ。そこが勝手な行動をしないように、監視しなくてはならない。

「クラブひかり」の看板が見えた。タクは立ち止まって息を整えた。田谷に会って、事業のプランを説明しなくてはならない。プランと言ったって、単に塾をやりたいということだけなのだが、それでも練りに練ったプランには違いない。

ケンが一緒に来るはずだったのに、下宿で待っていても来なかった。待っていたら、あまりに遅くなってしまうので、そのまま出てきてしまったが、まったくいい加減な奴だ。

地下への階段を降りる。まだ開店までは時間があった。昨日、マサに連絡すると、田谷は六時過ぎには来るという話だった。今日はドアが閉まっている。この向こうにはこの間のように花畑が広がっているのだろうか。

タクはドアを叩《たた》こうと手をあげかけて止めた。そしておもむろに手を顔に近づけると、その匂いを嗅《か》いだ。手に友里恵の匂いがついていないか、確認したのだ。もし彼女の匂いなどしたら、美奈に嫌われてしまう。

大丈夫だ。

タクはドアを叩いた。中から開いた。間から顔が覗く。大きくくっきりとした目だ。美奈だ。

「中島です」

「タクくん？」

「そうです」

美奈が笑みを浮かべ、ドアを大きく開いた。まだ化粧をしていないが、その方が新鮮な感じがして可愛い。

あれ？

タクは美奈の背後に背中をこちらに向けている男がいるのに気づいた。

ケンじゃないか？

タクは目を凝らした。ほっそりしたなで肩は間違いなくケンだ。

男が振り向く。ほっそりした顔がにっと無理に笑っている。コノヤロウ。なにが「にっ」だ。人をさんざん待たせて、本人は先に来ているなんて、どういうことだ。

「ケン、お前、どないしたんや」

「悪い、悪い、勘違いしたんや」

ケンは目を細めて頭をかいた。

「何、勘違いや。待ち合わせは鶴巻町の俺の下宿やったやろ」

タクは怒った口調で言った。

「だから、勘違いしたんや。ここで待ち合わせやと思ったんや」

美奈がケンの前に座った。

「タククんもここに座って。もうすぐマサくんと田谷さんが来るわ」

タクは、分かったと言って、美奈が言ったとおり、ケンの横に座った。ケンの前に、コーヒーがあった。コーヒーは半分以上なくなっていた。ケンは相当、早く来たようだ。改めてケンの顔を見た。さっきタクに謝ったことなど、すっかり忘れて、美奈に話し掛けている。

「ふーん、結構、苦労したんだね」

　ケンが口元をほころばせている。

「なに、話しとんねや」

　タクは不機嫌そうにケンに訊《き》いた。

「美奈ちゃんの小さい頃の話を聞いとったんや。若いけど、結構、苦労してんねや」

　タクを見る目がなんとなく自慢そうだ。

「苦労なんてしてないわよ」

　美奈は明るい声で言った。

「美奈ちゃんは千葉で生まれて、幼い頃、両親が離婚したんや。その後は、お母さんの実家がある北海道で暮らした。高校出て、すぐすすきのという有名な札幌の繁華街で働き始めた。そして今年の春に東京に来たというわけや」

　ケンは一気に話した。どんなもんだという顔をした。その顔を見ていると、美奈が汚されたような気がしてきた。腹が立ってきた。

「もうええよ。そんなこと、聞かへんでも。そんなことより、約束を破ったことをちゃんと謝れ」

「タク、何を怒っとんねや。それに言っとくけどな、約束を破ったんと違う。勘違いしたんや」

「せやけど遅れたのは事実や。俺は待っとったんや。それを美奈ちゃん、美奈ちゃん言うて、何やそれは！」

タクは思いっきり渋い顔をケンに向けた。

「は、はあん、タクはやきもち、焼いとうな」

ケンはニヤリとした。

「何が、やきもちや。そんなもん知らん」

タクは顔が赤くなるのがわかった。

「お前、なんか苛々《いらいら》しとるな。疲れとるのと違うか」

ケンが顔を覗き込んだ。タクは横を向いた。顔を見られるのが嫌だった。昨夜の友里恵とのことを見抜かれるような気がしたのだ。

「喧嘩《けんか》、しないの。莫迦《ばか》ね」

美奈が仲裁に入った。

ドアが開いた。田谷とマサが入ってきた。

9

田谷を目の前にすると、タクは自然と身が締まる思いがする。簡単なことだ。とにかくゴツイ。修羅場で人の生き死にを、平気で見てきたような印象なのだ。特に頬の傷なんかを見ていると、莫迦なことは言えないなという気がしてくる。

マサが彼の隣にいる。早稲田大学に入ったものの、マサが田谷の隣に座っているのを見ると、一歩も二歩も置いていかれたようで、情けない。

「どうだ。何かいい考えを思いついたか」

田谷が野太い声で訊いた。

「何もないのか」

田谷が催促する。タクは覚悟を決め、

「塾をやります」

と答えた。

「ほほう、塾か……」

田谷は頬の傷をピクリと動かした。

「いろいろと考えましたが、一番学生らしいこと、これからますます受験戦争は過熱するだろうということ、仲間も募りやすいこと、などが塾をやろうとした理由です」

タクは話し終えると、大きく息をした。緊張をほぐすためだ。

田谷は、「ほほう」とため息を漏らしたきり、腕組みをして、右手で盛んに顎《あご》をなでている。隣のマサの方に顔を向け、

「どうだい？　お前の友達の案は」

と訊いた。

「いいんではないでしょうか。大学生らしいと思います」

マサは答えた。

「大学生らしいか……」

田谷は、呟《つぶや》きながら、笑った。

マサから大学生らしいと言われると、大学というものが小さく感じられた。マサは大学を選択せず、家出同然で、夜の世界というか、別の世界に足を踏み入れている。そこはタクの知らない世界だし、タクの住む昼間の世界とは隔絶されている。

「そっちのお前、お前はどうなんだ」

田谷がケンに向かって訊いた。ケンは、目をフワフワと動揺させた。

「ぼ、ぼくも塾に賛成です」

ケンは慌てて言った。

「そうか。なら塾をやってみろ」

田谷はあっさりと言った。

「いいんですか」

タクが訊いた。

「いいもなにも、お前たちがやりたいというものをやるのが成功の秘訣《ひけつ》だ」

田谷は太い声で言った。そして鋭い目でぐいとタクとケンを睨《にら》み、

「革命だなんだとフワフワした考えを持ちながら東京で暮らすな。特にお前たちのような田舎者が東京で暮らすことは大変なことだ。これから東京はますます拡大するぞ。大学に行きながらビジネスをやるんだ。必ず役に立つ」

田谷の強い口調に、タクもケンも黙って頷《うなず》いた。

「マサ、お前はどうする？　お前にはそろそろ不動産を勉強させようと思っているが……」

田谷がマサに訊いた。

「不動産ですか」

「田中内閣になったせいで、各地の不動産の値上がりが激しい。東京でもだ。これは勉強しておいて損はない」

「わかりました。不動産の勉強をさせていただきます。ですが、タクやケンを少し手

伝ってやりたいと思いますが……」

「手伝いか。まあお前も大学生と付き合っておくのもいいだろう」

田谷はマサに微笑んだ。マサは田谷の信頼を得ているようだ。たいしたものだとタクは思った。すっかり大人になっている。

「わたしも」

美奈がソファから立ちあがった。

タクは美奈を見あげた。田谷が笑っている。

「美奈、お前もか？　店に出ないと、客が怒るぞ」

「大学生と仕事するなんて楽しそうだから。ちょっとお願い」

美奈は片目をつむり、両手を顔の前で合わせた。

「仕方のない奴だな」

田谷は笑って言った。

「美奈ちゃんも一緒か。やるぞ」

ケンが舞いあがった。

「お前は、ほんとうは何がやりたいねん」

タクが憤慨して言った。険しい顔になった。

「そんなん簡単にわかれば苦労はない。何がやりたいのか、今、探してるとこや」

ケンが開きなおった。

タクとマサの視線が合った。お互い目で頷いた。

「やるぞ。田谷さん、百万円、百万円」

急に元気になったケンが、甲高い声を発した。

第四章　事　業

1

クラスルームにタク、ケン、山川そしてマサ、美奈が集まった。マサはどことなく落ち着かない。大学のキャンパス内に初めて足を踏み入れたからだ。

「えらく人が多いな」

マサが目を見開いて言った。

「全学、四万って言うからな」

山川が真面目な顔で答えた。このセリフは革マルがアジ演説するときによく使う言葉だった。

「それにしても汚いわ」

美奈がぐるりと部屋を見渡した。

「ほんまや。大学生ってのはだらしないんと違うか」

マサが同調した。

確かに言われるとおりで部屋の中には、吸い殻が山となった灰皿、ジュースやコーヒーの缶、日本酒の空き瓶、雑誌などが散乱していた。ここに集まるクラスメイトに整理整頓《せいとん》という観念はないのだ。

マサが片付け始めた。

「いいよ。そんなことせんでも」

タクは慌てて言った。しかしマサは手際がいい。

美奈はマサが片付けるのを、笑みを浮かべて見ている。一見したところ、女主人のようだ。この二人の関係は、どういう関係なのだろうか。恋人ではないと美奈は言っていたが。タクは美奈がいつもよりまぶしく見えて、視線を外した。家庭教師先での出来事、友里恵と関係を持ったことが罪悪感になっていた。

部屋は見る間に綺麗《きれい》になった。

「たいしたもんやな」

ケンが感に堪えないように言った。

マサは胸を張って、手をパンパンと二度叩《たた》いた。

「さあ、始めよう」

山川が促した。

「タク、金、出せや」

ケンがぬめっとした光を放つ目でタクを見た。タクにはその視線はあまり気持ちのいいものではなかった。ケンのどこか屈折した気持ちが覗《のぞ》き見えるような気がした。

「百万円なんて見たことがない」

山川が浮《うわ》ついた声で言った。

タクは通学に使っている布製の鞄《かばん》の中から封筒を取り出した。ずしりと手に重い。厚みがある。タクの手には実際の厚みより、何倍も厚く感じられた。

封筒を机の上に置く。

「はよう、中身、見せえや」

ケンがはしゃいだ声で言う。

「うるさいな。ちょっと黙っとけや」

タクは苛々《いらいら》した顔でケンを睨む。

「おお、こわ」

ケンが大げさに首を引っ込める。それを見て美奈が笑った。

タクが封筒から百万円の束を取り出す。それは信用金庫の帯封に束ねられ、ピンという音が聞こえるほど緊張して張り詰めた姿勢の正しい札束だった。注意しないと指が切れてしまいそうなほどだ。

タクはそれを机に置いた。机はさきほどマサが綺麗に拭《ふ》いてくれていたから、汚れはなかった。百万円を置くのに相応《ふさわ》しい机になっている気がした。

ケンが触ろうとした。

「触るな」

タクは思わず叫んだ。ケンが驚いたように目を剝《む》いた。余程大きな声だったのかもしれない。

「なんやねん。タク」

「勝手に触るな、言うとんねや」

「触ったって減るもんやないで」

「せやけど、それはもらったもんやない。言うたら預かりもんや。田谷さんから借金したんやからな」

机の上でまぶしいばかりの存在感を主張して鎮座する百万円の束は、タクの言うとおり田谷から借りたものだった。

「ほい、これ」

田谷はタクとケンの目の前に無造作に札束を投げ出した。

「百万ある。これを元手に商売をしろ。貸してやる。くれてやれば、お前ら甘くなるからな。ただし金利は取らない。一年後に返し方を相談しよう。その時、お前らの始めた事業が儲《もう》かっていたら、その配当もな」

田谷は笑ったのか、口を歪《ゆが》めただけなのかわからない顔をした。

タクもケンもその札束を見て、唾《つば》を音が出るほど呑《の》み込んだ。

「マサ、借用書もってこい」

田谷はマサに命令した。マサは黙って頷くとその場から消えた。じっと沈黙したままマサの帰りを待っていると、ほどなくマサが現れ、田谷にＢ４判くらいの大きさの紙を渡した。

田谷はその薄い半透明の紙をしばらく眺めてから、テーブルにそれを投げ出し、

「サインしろ」

と言った。目が怒っているように強い光を放っていた。

タクは田谷の言う「サイン」という単語が理解できなかった。もちろん、英単語で、そのスペルは受験を経験した直後でもあり、sign であることはわかる。しかし理解ができないのだ。

「どうした？」

田谷がニヤリと笑った。

「はあ？」

タクは気が抜けたような声を発した。

「サインしろと言っているのだ」

田谷は強く言った。

タクは、テーブルの上の紙を手に取った。そこにはなにやらこまごまと文字が印刷してあった。慌てているのか文字が目の中で躍っている。なにが書いてあるのかよく理解できない。かろうじてヒャクマンエンの漢字が見える。

「タク、なにをやっとんねん。はようサインせんかい」

ケンが札束をじっと睨《にら》んだまま、怒ったように言った。

「あほう、借用書にサインなんかやったことはない。緊張すんのが当たり前や」

「タクがサインせえへんねやったら、わしがするわ」

ケンは書類を自分の手元に持ってくると、

「どこですか？　どこにサインしたらええんですか」

と田谷の顔を見た。田谷は、僅《わず》かに苦笑を浮かべながら、

「そこにお前の名前を書け」

と落ち着いた低い声で言った。

「なんか書くもん貸してくれ」

ケンはタクに言った。タクは鞄の中からボールペンを取り出して、ケンに渡した。

ケンはそれを奪い取るようにすると、シメイという欄にさっさと米本謙一郎と書いた。

思った以上にうまい字だ。

「さあ」

ケンがボールペンをタクに渡した。タクにも早く書けと目が騒がしく喋《しゃべ》っている。

タクはケンからボールペンを受け取って、書類を睨んだ。シメイの欄が大きくなった。そこにケンの名前が書いてある。その横はブランクだ。タクは、ふうと息を吐くと、自分の名前を書いた。中島卓二。あまりうまい字ではない。

「はい」

タクは書類を田谷に渡した。田谷はそれをまともに見ないで、マサに渡した。マサは真剣な顔でその書類を見ていた。要件を点検しているようだ。そしてきちんと畳んだ。

「契約成立だ」

田谷は笑って、手を叩いた。ケンの笑い声が耳に入った。タクは、なんだか重苦しい気持ちになった。度胸がないのかもしれない。初めて他人から借金をした。それも百万円だ。タクにとってそれは途方もない金額だった。なぜ田谷はこんな見ず知らずのチンピラ学生に金を貸すのだろうか。単なるもの好きなのだろうか。タクは煙草のヤニで黒ずんだ田谷の歯を見ていた。

田谷は、マサに赤ワインをグラスに入れて、持ってこさせた。そして煙草に火を点《つ》けた。田谷の口から、白い煙が吐き出された。満足そうに目を細めた。そして赤ワインを一気に呑み干した。

そのワインは血のようにタクには見えた。美味《うま》そうに喉《のど》を鳴らす田谷の顔を見て、タクは後悔に似た気持ちが湧き起こった。しかしそれを口には出せない。

「それにしてもよく金を貸してくれたな。俺たち学生に」

山川が金を見ながら言った。

「投資だよ」

マサが、感情を交えず言った。

「投資ね」

ケンが、ふんと鼻を鳴らす。

「さあ、この金を見ながら、具体的なプランを考えようやないか」

タクが緊張気味に言った。

2

「まずどこで開業するかだ」

タクが言った。

塾を始めるということは田谷に説明したとおり、タクたちの間で合意していた。どこで始めるかが重要だったが、それはまだ決めていない。開業場所に生徒はいるか、費用は、などと考えるべき課題は多い。

「早稲田の近辺で始めるのがいいとは思うが、教室用の部屋をその辺で借りると幾らくらいかかるんだ？　誰か調べたか」

山川が言った。

沈黙。誰もなにも答えない。不動産コストの基本的な調査さえしていない。

「俺の下宿は毎月八千円やけど敷金や礼金をいれたら結構かかるな」

タクが沈黙を破る。

「百万円もあるんやから、なんでも借りたらええやんか」

ケンが大げさに身振りを交えた。

「値段も調べないでいい加減なこと言うな」

山川が怒った。

「いい加減とはなんや。金を目の前にしたら、みんな急に現実的になりよった、なんや夢がしぼんだわ」

ケンがふてくされた。

「場所が決まらんようじゃスタートでけへん。俺。塾を始めて、家庭教師辞めようと思とったのに……」

　タクが頭を抱えた。

「タクくん、家庭教師をしているんだ。偉いね」

　美奈が優しげに言った。タクは美奈を見つめて微笑んだ。しかしすぐに友里恵を思い出して視線を避けた。

「なんやタク、家庭教師辞めるんか？　やりやすい家や言うとったやないか」

　タクはケンの問いに何も答えず、ケンを睨んだ。

「わたし、勉強、教えて貰《もら》おうかな」

　美奈が言った。

「タクより俺の方が、勉強、できるんやで」

　ケンが大きな声を出した。美奈は困惑した表情を浮かべた。

「ケンはお呼びじゃないって」

　マサが笑った。

「おい、おい、やる気、あんのかよ」

　山川が怒って、ポケットからハイライトを取り出し、吸い始めた。尻《しり》で押し潰《つぶ》されていたのか、煙草の先がひしゃげていた。山川は、胸いっぱいに煙を吸い込むと、勢いよく、ぷーっと音をたてて吐き出した。

クラスルームのドアが開いた。中にいた全員が入り口を見た。滑川の大柄な身体が入り口を塞《ふさ》いでいた。

滑川はゆっくりとした動作で右手をあげ、

「諸君！　謀議ですかな」

と時代がかった口調で言った。

そして、

「うっ」

と言葉に詰まったような声を発し、机の上の百万円に目を見開いた。

ケンが滑川の視線を感じ取って、慌てて百万円の上に身体を乗せて隠した。

「金は借りてはならず、貸してはならず。貸せば、金を失い、友も失う。借りれば倹約が莫迦《ばか》らしくなる。昔の人はいいことを言うね」

滑川は言った。

「昔の人って、誰？」

美奈が微笑した。

「シェイクスピアさ。聞いたことがあるだろう」

滑川の言葉に、美奈が頷《うなず》いた。

「大学に来たっていう雰囲気だわ」

美奈が弾んだ声で言った。

「そんな都合のいい言葉をシェイクスピアが本当に言ったの？」

山川が苦い顔をした。

滑川はゆっくりとした足取りでケンに近づいた。机の上に、へたった蛙のように腹ばいになっているケン。恐怖に顔をひきつらせながら、滑川を見つめている。滑川はケンの身体に腕を伸ばす。太い腕だ。剣道をやっていると聞いたことがあるから、そのせいかもしれない。伸びた腕の先に、太い指の大きな手がある。それが思いっきり開き、ケンのわき腹の肉を握った。一番、鍛え難《にく》い部位だ。ケンのわき腹は滑川の太い指で鷲掴《わしづか》みにされる。ケンの顔が苦痛に歪《ゆが》む。タクや美奈、山川、マサ、みんなじっと見ている。ギーッという深山の鳥の鳴き声みたいなケンの悲鳴がクラスルームに木霊《こだま》した。ケンが跳びあがるように机から身体を離した。

みんないっせいに声を出して笑った。

「ひどいなぁ」

ケンが笑っているタクたちに抗議口調で言った。

「悪い、悪い」

滑川が指を開いたり、閉じたりしながらケンに謝った。顔は笑っているから、真剣に謝っているとは思えない。

「ぼく、握力が七十キログラム以上ありますからね」

滑川が得意そうに言った。

「すごいなぁ。プロレスラー並みやないか」

タクが驚いた顔をした。

「ホンマに痛いわ」

ケンがわき腹を擦《さす》りながら、さも情けないといった顔をした。

「大金ですねぇ」

滑川は机の上の百万円に手を伸ばし、顔の前に近づけた。

「百万円ある」

山川が真剣な顔で言った。

「ほう、これが例の百万円ですか」

滑川はしげしげと見つめる。そしてそれを元どおり机に置いた。

「よかった」

ケンがため息をついた。

「どうしました？」

滑川が不思議そうにケンを見た。

「取られても抵抗できないなと思って……」

「取りませんよ。輝くもの全て金にあらず、という言葉もありますから」

「またシェイクスピア？」

美奈が小首を傾げた。

滑川はにっこりと微笑んで、

「そうです」

と言った。

「こちらは？」

滑川が美奈を紹介するように求めて、タクに視線を合わせた。

「こちらが美奈ちゃん、あれ、苗字《みょうじ》はなんやった？」

「高島よ」

「そうか、高島美奈か……」

「お前、苗字も聞いとらへんかったんか」

ケンが莫迦にしたように言った。いつの間にか手にはしっかりと百万円が握られていた。

「このちょっと人相の悪い男は、神戸雅彦。前に話したことがあると思うけど、俺と同郷の家出人」

タクがマサを紹介した。

「家出人です」

マサが滑川に軽く頭を下げた。

「家出人だなんて……。マサくんは、わたしと同じ店で働いているのよ」

美奈が頬を膨らませた。わざと怒っている。

「店？　銀座の……その金を出した人の？」

滑川が訊《き》いた。

「そうや。田谷という人の店や」

タクが答えた。

「それでは皆さんで、この間、話されていた塾経営の相談ですか？」

「そう。滑川には、教育で金儲《もう》けするなと言われたけどね。始めちゃった」

山川が言った。

「そうや、滑川さんは、反対やったから。この金を見て、ひと口乗せろと言わんとってや」

ケンが百万円を抱きかかえた。

「あなたは面白い人だな。お金が好きなのですね。ぼくはあまり関心がないので、ご心配なく」

滑川は言った。

「おい、ケン、あまり金に拘《こだわ》ってると、カッコ悪いよ」

タクが言った。

「なんや。俺のこと、金の亡者みたいに言うなよ」

ケンが膨れた。

「話は進んでいるのですか」

滑川が、ぐるりとみんなの顔を見まわした。

「それが……」

タクが難しそうな顔をした。

「早くも問題発生ですか」

滑川が、ちょっとからかうように鼻の周りに皺《しわ》を寄せ、笑った。

3

「ほんまか！」

ケンが百万円を抱えたまま、大声を出した。

「ええ、本当ですよ」

滑川はゆっくりと言った。

「それはありがたいなぁ」

山川が、嬉《うれ》しそうに笑みを浮かべた。

滑川が自宅を貸してもいいというのだ。自宅と言っても離れの一室だ。今まで借りていた人がいたのだが、その人が出ていったので、そこを貸してもいいというのだ。

もちろん格安で。

「場所は、石神井《しゃくじい》公園の近く？」

タクが訊いた。

「そう。歩いてすぐに石神井公園に行くことができるよ。環境はいい」

滑川が答えた。

「離れ、ということはご家族が近くに住んでおられるの？」

美奈が訊いた。

「まったく別棟になっているので気にならないと思う。子供が来ても問題ない」

滑川が答えた。

「広さは？」

タクが訊く。

「八畳、六畳、四畳半の台所。八畳、六畳を教室に、四畳半を事務所にすればいい」

滑川が提案する。

「なぜ部屋を貸そうと思ったわけ？」

山川が疑い深そうな目で滑川を見つめた。

「べつに……。部屋が空いているし、ぼくも授業を持とうかなと思っている」

滑川は淡々と言った。以前、反対したことはもう忘れてしまったという感じだ。

「手伝ってくれんの！」

タクは思わず手を叩《たた》いた。

「この前は協力できないなんて言ったが、いざ百万円を目の前にすると、面白そうじゃないかと思ってね」

滑川は大柄な身体に似合わないはにかんだ笑みを浮かべた。

「滑川さんが、手伝ってくれるのなら千人力だ」

タクは美奈やマサを見て、喜んだ。

「千人力はオーバーだけどね。教師には登録してください」

滑川が頭をかいた。

「場所は滑川の自宅を借りよう」と山川は言い、「家賃は？」と滑川に訊いた。

「いいよ。幾らでも」

「だったらタダで」

ケンが揉《も》み手をした。

「あほ。タダっちゅう訳にはいかへんで。なんぼなんでも」

「月、八千円でいいよ。敷金、礼金なしだ」

「オーケーや。もう決まりや」

ケンが札束で手を叩いた。

「いいと思うけど。場所を一度見せてくれ」

山川が言った。

「今から、行こうか？」

滑川が言う。

「今から？」

山川が訊き返す。

「賛成！」

美奈が胸の前で手を合わせて、顔いっぱいに笑みを浮かべた。

ケンが美奈の喜ぶ顔を見て、

「行こう、今から石神井公園へ！」

と右腕をつきあげた。

「ケンの足はもう大丈夫なんか」

マサが訊いた。

「こんなもんや」

ケンは負傷した足で床を何度か強く踏み鳴らした。もう痛みはないようだ。

「タクは？」

マサがタクを見た。

「もう大丈夫みたいや」

タクは上目遣いに頭を見て、鉢巻きのように巻いていた包帯を取った。

「ケン、あんまり調子に乗らずにノブの分まで勉強せなあかんで」

マサが諭すように言った。

「わかったよ。あんまりノブ、ノブって言うな。気分悪い」

ケンが、口を尖《とが》らせて抗議した。

「気分悪いとは、なんて言い草だ」

マサが僅《わず》かに目を吊《つ》りあげた。

「どうしたのですか？　急に？」

滑川が訊いた。

「なんでもないよ。俺が悪い。ちゃんと勉強します」

ケンが頭を下げた。

「じゃあ、公園で相談するか。今日は、全面的に授業、サボりだな」

山川が言った。

「君たち、目的をはき違えていないか。目的は、ぼくの家の離れが教室に使えるか、どうかだろう」

滑川が苦笑を浮かべた。

「もちろん、滑川さんの家に行く。ぼくたちの目的は事業を始めることなんだから」

タクが真面目な顔で言った。

全員がクラスルームを出て、高田馬場駅に向かった。

そこから石神井公園のある西武新宿線上石神井駅までは十分足らずだ。

4

石神井公園は、石神井池と三宝寺《さんぽうじ》池の二つの池を擁する十八ヘクタールもの広い公園だ。春になると満開の桜でことに美しい。秋の紅葉も見ものだったが、十月の終わりでは、木々もまだ色づいてはいない。緑が多い分、空気が澄んでいるように感じる。

滑川の家を見る前に、公園の中を散策することに相談がまとまった。タクは木立の中を歩いていると不思議に気持ちが落ち着いてきた。東京にも緑の多いところがあるのだ、と新鮮な気持ちになった。田舎と同じというわけにはいかないが、安らかになる。毎日、毎日、コンクリートやアスファルトなど土以外の上を歩いていることに気づいて愕然《がくぜん》としたことがある。それは単に驚きではなく、恐怖に近い気持ちだった。今日、一回も土の上を歩かなかった。そう気づいて下宿の周りを土を探して歩き回ったことがある。ようやく小さな公園を見つけて、そこに立ち、気持ちを落ち着かせることができた。

石神井池の前に着いた。

「ボートに乗ろうか」

山川が言った。

「乗ろう、乗ろう。美奈ちゃん」

ケンが美奈を誘った。

「ねえ、乗ろう」

美奈が、突然、タクの手を引いた。

「あっ、なにぃ」

ケンが情けない声を出した。

美奈が微笑しながら、

「バスの中で約束したんだもの」

と甘えた声を出した。嘘だった。バスの中で美奈とボートの話なんかしていない。

美奈はタクの手を強く引いた。

「ちぇっ、俺が美奈ちゃんの側に座るんやったな」

ケンは舌うちをした。

タクは自分の手に繫《つな》がれた美奈の手を見た。白く細く、最初に美奈と会ったときに感動したのと同じ手だ。少し冷たい。美人の手は冷たいものだと相場が決まっている。この手が、ふんわりと温かければ、それは美人の要件を満たさない。

「行こう、タク!」

美奈が微笑みかける。タクのことをタクと呼び捨てにした。なんていい響きなんだろう。タク!

「はい!」

タクはまるで子供のように、甲高い返事をした。美奈は、その返事の真面目さを、くすりと笑った。

「俺も行く!」

ケンが叫び、山川を振り返り、

「山川、乗るぞ!」

と叫んだ。

「いいコンビだ」

滑川が大きく口を開いて笑った。

公園池でボートに乗ろうとしているのは、タクたちだけだった。岸辺の木製ベンチには滑川とマサが座っている。タクはボートを借りた。先にタクがボートに乗り、美奈の手をとりエスコートする。美奈は恐る恐るボートに足を踏み入れる。

「おい、揺らすなよ」

山川の大きな声に、横に視線をずらすとケンがボートを揺らしていた。

「タク、よそ見しないで」

美奈が言った。

「ごめん」

美奈が完全にボートに乗り移った。その時、ぐらりとボートが揺れた。キャーッと美奈が悲鳴をあげ、しゃがみ込んだ。タクが立ち位置を変えようとして、バランスが変化したためだ。

「大丈夫だよ」

「脅かさないでよ。びっくりするじゃない」

美奈は唇を尖らした。

美奈はボートの後方に膝《ひざ》を立てて座った。タクは進行方向に背を向けて、前方に座り、オールを握った。

「出発進行！」

美奈が右手をつきあげた。

タクはオールを持つ手に力を込めて、水をかいた。美奈は岸辺にいるマサに手を振った。マサはにこやかに笑みを浮かべている。

ボートは静かに波を切って進んでいく。ケンと山川のボートは、遥《はる》か先を進んでいる。進む度に頬を風が横切る。少し冷たい。

「タク、ボートうまいね」

美奈とこうして正面で見つめ合うのは初めてだ。まぶしくて、タクは思わず視線を外す。

「昔、香住《かすみ》の海で漕《こ》いだことがあるよ。中学のとき……」

「香住って？」

「日本海の小さな漁村だよ」

「タクの故郷じゃないでしょう？」

「ああ、故郷じゃない。友達がいたから遊びに行った。俺の故郷は海がない」

「海がないの？」

「山に囲まれている盆地の中だからね。でも秋が深くなり、十二月ごろになると霧が出るんだ。そうすると霧の海の中に暮らすことになる」

ボートは静かに進む。波の音さえしない。公園池はいつの間にか神秘な湖に変わり、周囲には誰もいない。遠くで鳥の鳴く声がする。

「幻想的な村なのね」

美奈が言った。

「小さくて、古臭い村だ」

タクは答えた。

「わたしはね……」

美奈は右手で池の水をすくった。白い手からしずくがこぼれた。

「千葉で生まれて、北海道に行ったの。そこが母の故郷だったから」

そう言えば、ケンがそんなことを言っていた。

タクはオールに力を入れた。ボートが勢いを増して進む。

「母が亡くなるとき、東京に田谷っていう人がいるから、その人を頼って行くようにと言われたの」

「お母さんも亡くなったのか」

タクは沈んだ声で言った。

「そう」

美奈が笑みを浮かべた。

「札幌でクラブに勤めていたって聞いたけど……」

「少しね」

美奈が俯《うつむ》く。

「でも偉いな……。一人で働いて、生きているなんて」

タクは言った。

「そんなことないよ」

美奈は遠くを見つめた。

震えるほど綺麗《きれい》だとタクはその横顔を見て思った。でも……。友里恵とのことが引っかかっていた。友里恵とはあれっきりにしなくてはいけない。でないと美奈の前に立つ資格を失う。だが、家庭教師をしないと生活は困難になる。なんとしても塾を成功させ、友里恵から逃げなくては。タクは美奈を見つめながら、強く思った。

「おーい」

滑川が手を振っている。もうあがれ、と言っているようだ。

「呼んでるね。行く？」

タクは美奈に訊《き》いた。

「このまま、どこか遠くに行きたい気分ね。池が海に繋がっているといいのに」

美奈が呟《つぶや》いた。タクはこの瞬間に美奈を愛していると思った。

「美奈ちゃん。付き合ってよ」

タクは言った。

美奈は、小さく頷《うなず》いた。タクは嬉《うれ》しくて、嬉しくて、叫びたい気持ちになった。

「たまにデートしてくれる？」

タクは訊いた。

「たまにね」

美奈は笑った。

タクはオールで深く水をかいた。ボートはぐいっと勢いを増した。

5

滑川の自宅の離れは、木立に囲まれた静かな佇《たたず》まいだった。まるで隠者が暮らしているような感じがする建物で、母屋からは完全に離れている。間取りは滑川の説明どおり、八畳と六畳間に台所がついていた。

「少々うるさくしても外には聞こえないね」

タクが滑川に訊いた。

「ああ、大丈夫だよ。子供たちの声は母屋にまでは聞こえない。当然、出入り口も別だから、子供たちが出入りしても気にならないよ」

滑川が、自慢げに答えた。

「滑川さんの家は立派ね」

美奈が庭を見て、感心したように言った。確かに先ほどまで遊んでいた石神井公園を思わせる風情だった。

「この辺りは、東京と言っても田舎だったからね」

滑川が言った。

「しかしこんな広いと相続税とか大変ですね。いずれ開発されていくんでしょうね」

マサが口を開いた。

マサの質問に滑川が感心したような視線を向けた。

「神戸くんはさすがに世事にたけていますね。そのとおりです。この辺りも地価があがっています。いずれ開発が進んで、相続税対策でバラバラにされるのでしょう。その時はよろしく」

「そんなつもりでは……」

マサが顔を赤くした。

「これ、なんですか?」

タクは机の上に瓶を見つけた。その底には錠剤が溜《た》まっていた。

「ああ、それ」

滑川がタクから瓶を取り上げた。

「睡眠薬だよ」

滑川は事もなげに言った。

「睡眠薬？」

タクは驚いて訊き返した。

「そうだよ。頭が疲れたときに、呑《の》むのさ。それにこれだけあればいつでも死ねるからね」

「おいおい、ちょっと待って下さいよ」

ケンが驚いて、滑川から瓶を取り上げた。

「死ぬなんてこと、考えたらあかん」

「ときどきね。眠れなくなる夜があるだろう」

滑川がにんまりとした。

「見せて！」

美奈がケンから瓶を奪った。ケンは少し抵抗したが、瓶は美奈の手に渡り、美奈は興味津々といった感じで瓶を見つめた。

「これが睡眠薬なんだ」

美奈は呟くと、蓋《ふた》を開けた。瓶を斜めに倒した。美奈の手の上に二粒の白い錠剤が載った。美奈は、その手を口に運んだ。

「あっ、ダメ！」

タクは美奈の手に飛びついた。間に合わなかった。美奈は、目を閉じて錠剤を呑み込んだ。

「なにすんねんや」

タクは美奈から瓶を奪い取った。

美奈は、青い顔になった。タクの剣幕に圧《お》されたのだ。そして、

「眠くなったわ」

と膝《ひざ》を折って、その場に崩れるように倒れた。

「美奈ちゃん！」

タクは美奈に駆け寄った。ケンも慌てた。マサも、青い顔をして美奈の側に行った。

滑川は、呆然《ぼうぜん》とその場に立ち尽くしている。

「滑川、お前が、余計な物をそのままにしているからだぞ」

山川まで必死の形相で、滑川を責めた。

「まいったなぁ」

滑川はその大柄な身体を折り曲げるようにして、横たわっている美奈を覗《のぞ》き込んだ。

「なにがまいっただよ」

タクが滑川を睨《にら》んだ。

「おかしいな」

滑川が首を傾げた。

「なに言ってるんや」

ケンが怒った。

「いや……、それ、栄養剤なんだけどな。エビオスみたいなものだ」

滑川が困惑している。

「えっ」

タクは滑川と美奈を交互に見た。

「栄養剤。エビオス？」

エビオスというのはビール酵母で作ったという栄養補助剤だ。

「そう。栄養剤」

滑川はタクの顔を見た。

「と、いうことは……」

「そう、睡眠薬じゃない」

滑川は笑った。

「えへへ」

顔を伏せた美奈から、くぐもった笑い声が聞こえてきた。

「美奈ちゃん」

タクは美奈の身体を揺すった。

「ごめん」

美奈ががばりと起きあがった。

「美奈ちゃん！」

タクは叫んだ。ケンもマサも立ちあがった美奈を驚きの顔で見つめた。

「驚くやないか。なんや嘘か」

タクは呆《あき》れた顔で美奈を見た。

「美奈、人が悪いぞ」

マサが、怒った。

「ごめん」

美奈がぺろりと舌を出した。

「美奈ちゃんは、ユーモリストだね」

滑川が笑いながら言った。

「ありがとう」

美奈はぺこりと頭を下げ、

「だけどこんなに早く効く睡眠薬なんてあるわけないでしょう」

と真面目な顔で言った。

「よく言うよ。心配させといて」

タクは美奈を睨んだ。

「さあ、遊んでいないで、打ち合わせやるよ」

山川が大きな声を上げた。みんなに発破をかけたのだ。このままだと無駄な時間が経つばかりだ。

「ビールを持ってきたよ」

滑川が脇に何本かビールを抱えて来た。

「どうした？　ビールなんか持ってきて」

山川が嘆くように言った。

「さっきの睡眠薬のお詫《わ》びさ」

滑川がビールを机の上に置いた。

「呑もう！　コップは！」

美奈がはしゃいだ。

「台所にあるよ」

滑川が答えた。

「取ってくる」

美奈は台所に走った。

「ビールを呑んでも、話し合いは真剣にな」

山川が釘《くぎ》を刺した。

美奈が人数分のコップを机に並べた。ビールが注がれた。みんなでコップを高く掲げ、乾杯、と叫んだ。

「さあ、やるぞ。事業開始！」

タクが明るく言った。

6

検討会は、行きつ戻りつしながら深夜にまで及んだ。ビールに、サントリーのレッドまで呑み干してしまった。

決まったことと言えば、極めていい加減なことばかりだった。チラシを作成し、石神井辺りの家庭に撒《ま》くこと。教える教師はクラスの仲間から募ること。滑川に渡す家賃は毎月八千円、もし塾が軌道に乗れば増額を検討すること。名称は、早稲田天才アカデミー。なんだか最初から詐欺みたいな名前だ。代表には山川が就任した。経理はケンだ。タクは営業を担当することになった。

マサは特に役職にはつかなかった。塾が立ちあがるのを見届けたら、また田谷のところに帰るつもりだからだ。タクたちがきちんと金を使って商売するかどうか、見届けるのが役割だ。美奈にも役割はないが、チラシの作成や営業を手伝うと自分で名乗りをあげた。

一番、もめたのは経理担当だ。なにせ百万円の金を管理するのだから、しっかりした者が担当しなければならない。しかしみんな金の管理は嫌がった。なり手がないのだ。それで呑んでいるうちに、山川が、

「ケンが一番、数字に強そうだから、やれよ」

と言った一言で決まった。ケンは真面目な顔で、「わかった」と返事をした。

「銀行に口座を開設するんやで」

タクはケンに言った。

「俺の仕送り口座に入れといたら、あかんのか?」

ケンが言った。

「そんなんあかんのに決まっとるやろが……。自分の金とごちゃごちゃになるやろ」

「口座はどこに作る?」

「高田馬場には、三菱《みつびし》銀行や富士銀行がありますから、そこに早稲田天才アカデミーの口座を作ればいいですね」

滑川が助言した。

「明日、高田馬場にある銀行で口座を作っとくで」

ケンは、百万円を鞄の中にしまった。

「机なんかは、どうする？」

山川が言った。

「そら、買わなあかんわ。でも結構するやろな」

タクが言った。

「百万円の中から出したらええがな……」

ケンが言った。

「印刷は？　どこかに頼むの？」

美奈が訊《き》く。

「自分たちの手で作った方が、手作り感があっていいかもしれない」

滑川が言う。

「いつからスタートする？」

山川が訊いた。

「十一月になるやろな」

タクが答えた。

「もう真っ暗や……」

マサがガラス戸を開けた。

夜になっているのはわかっていたが、戸を開けると、外は闇が広がっていた。庭が鬱蒼《うっそう》としているだけに、余計に暗い。十月の終わりともなると、ひやりとした空気が部屋の中に流れ込んでくる。夜の闇を眺めていると、心が静まってくる。部屋の中には、ビールやウイスキー、菓子パンの袋などが乱れていた。みんな庭を眺めて、沈黙した。

「瀬戸は、日暮れて、夕波、小波……」

美奈が、急に歌い出す。透き通ったいい声だ。小柳ルミ子の「瀬戸の花嫁」だ。タクは美奈を見つめた。彼女の小さな口から、きれいな歌声が流れていく。

「美奈ちゃん、歌、うまいなぁ」

山川が、感心したように言って、

「いつものよぉぉに、幕が開き……」

と、ちあきなおみの「喝采《かっさい》」を歌い出す。こっちは相当なダミ声だ。雰囲気を壊してしまう。

「山川、黙れ！　山川、止めろ！」

ケンがシュプレヒコールを真似て、叫ぶ。右手の拳《こぶし》をつきあげる。

「なに！」

歌を中断し、笑いながら、山川がケンに飛びつく。まいった、まいったと言いながら、ケンが部屋の中を這《は》って逃げた。

その夜は、その部屋で全員が眠った。滑川が何枚かの毛布を運んで来た。お陰で寒くはなかった。美奈はタクとケンの間で横になった。美奈は寝顔をタクに向けた。タクの心臓が痛いほど高鳴った。寝息がタクの顔に当たる。息が当たるたびに、身体がこわばる。

あっ、と声を出しそうになった。美奈の手が伸びてきた。その手がタクの手に触れた。びりびりと電気が走る。美奈の手が冷たい。その手がタクの手を握る。タクも握り返す。美奈は目を閉じたままだ。

美奈は夢を見ているのか、それとも本当は眠っていないのか……。

タクは、美奈の手を握り締めたまま、固く目を閉じていた。

第五章　美奈と

1

タクは手提げの紙袋をチラシで一杯にしながら、住宅街を歩いていた。一緒に歩いているのは美奈だ。身体にぴったりとしたきつめのジーンズをはいている。スタイルのよさが際立っている。

チラシの内容は、早稲田天才アカデミーの広告だ。英語、数学、国語。それに早稲田らしく人生を教えるとたいそうなことが書いてある。

チラシの内容は、山川と滑川が考え、ケンが印刷屋に発注した。タクと滑川は、白黒で、ガリ版でいいんじゃないかと言ったが、ケンがそんな貧相なものじゃ信用されないと、主張した。山川も宣伝が大事だとケンに同調した。それで紙質もよく、多色刷りのチラシが完成した。

「いい出来栄えだ」

　ケンはクラスルームで刷り見本をしげしげと眺めながら呟《つぶや》いた。

「きれいね」

　美奈が言った。美奈もすっかりクラスメイトのように部屋に出入りしていた。

「いくらかかった？」

　タクが訊いた。

「とりあえず三千枚刷ったからな。紙代が、約一万円、版下やイラスト代、印刷その他で約三万円ってとこや」

　ケンが答えた。

「四万円以上使《つこ》うたんか。結構するな」

　タクが言った。

「初期投資やから、しゃあないわ」

　ケンは、チラシから目を離さない。

「いつから配るんや」

「チラシがもうすぐ、ここに来るさかい、そうしたらみんなで配ろうやないか」

　ケンが、山川の顔を見た。ここには滑川、マサはいない。滑川は授業に行き、マサは田谷に呼ばれて銀座に戻った。

「それより講師の手配は、どうなった」

山川が訊いた。講師の担当はタクだ。

「塾を始めるから講師を募集するってクラスのみんなに声をかけた。嬉《うれ》しい誤算だけど、意外に応募があったぞ。数学は、山川、菊池、藤原、江澤《えざわ》、国語は交易場《こうえきば》、滑川さん、俺。英語は、これが一番手薄なんやけどな……、藤本、鹿島《かしま》、板垣、伊藤、ケンってとこや」

「手薄ってのは？　人数はいるぞ」

「英語で、英語検定もっとる奴、おらへん」

「そんなものは必要ない。受験は文法だ。文法と単語を教えりゃいい」

山川は強引な口調で言った。

「わかったよ」

タクが答えた。

「それよりみんなスケジュールどおり来てくれるんか？」

ケンが厳しい顔で訊いた。

「そこのところは、心配ないと言い切りたいところやけど、ようわからんな。みんな一口、乗るとは言ってくれとんのやけど……」

「いざ、本番、いうたら誰もおらんようになることないやろな」

ケンがまた訊いた。タクが自信のない返事をしたからだ。タクは答えない。これじゃまるでケンに使われているみたいじゃないか。多少、腹立ちを覚えた。

「どうなんや、タク？」

ケンが訊いた。

「うるさいな。大丈夫やろ……」

タクは視線を外した。

「教師が集まらんかったら、お前のせいやど」

ケンがタクに向かって言った。

「なんや、その言い方は」

タクが睨《にら》む。

「まあ、まあ、始まる前から喧嘩《けんか》するな。ダメやったら、当面、俺たちがやればいいじゃないか」

山川が、その場を収めた。

「せやな、その時はなんとかせなあかんな」

ケンは、チラシに目を落とした。

その日、十月二十八日土曜日の午後一時に、石神井教室に集まってチラシを配ることが決まった。

ところが来たのは、自宅にいた滑川、タク、それに美奈だけだった。

「山川とケンはどうしたんやろ。なにか連絡はありましたか」

タクは滑川に訊《き》いた。滑川は渋い顔で、首を左右に振った。

「もう二時半よ。わたしたちで配ってしまいましょうよ」

美奈が立ち上がった。椅子がガタリと鳴った。

教室には、田谷の資金で購入した机や椅子が並んでいた。二十席が用意されていた。真新しい椅子や机が絨毯《じゅうたん》の上に並んでいると壮観だった。

「そうですね。待っていても仕方がありませんから、やりますか」

滑川も立ち上がり、白板に向かった。この白板も新しく買ったものだ。もう田谷の金をかなり使ってしまった。がんばって塾をやらざるを得ない。

滑川は、水性ペンを握ると、白板に『先に行く。待機せよ』と大きく書いた。

「これでいいでしょう」

滑川は、タクと美奈を振り向いて、微笑した。

「行きましょうか」

タクも仕方なく賛成した。しかし腹の中には怒りが充満していた。三つの紙袋には、千枚ずつチラシが入っている。美奈には重いが仕方がない。

「美奈ちゃん、半分寄越せよ」

「いいよ。大丈夫」

「いいから、俺が持ってあげるさかい」

タクは美奈の返事を、無視して、美奈の紙袋からチラシを半分、自分の紙袋に移した。

「さあ、行きましょうか」

タクは滑川を見つめた。

「行きましょう」

滑川がタクに応《こた》えた。

紙袋に入ったチラシがずしりと重い。その重さが、ケンへの腹立ちになった。

滑川は単独で、タクは美奈と組んで配ることにしたのだ。

「ケンはどないしたんやろ。ええ加減やな」

「なにか急用ができたんじゃないの」

美奈は気にする様子もない。まるで遠足気分で歩いている。

「美奈ちゃん、重くない？」

「大丈夫よ。タクくんこそ、大丈夫？」

美奈が、タクの紙袋を見つめて言った。

「大丈夫だよ」

住宅街に入ると、道端に紙袋を置き、何枚かを手に持ってポストに入れて歩く。時折、道行く人が、訝《いぶか》しげにタクと美奈を眺めていく。その度に、タクは頭を下げた。まだ、半分も配り終えないうちに、陽が傾き始めた。昼食をとっていなかった。タクは腹が減った。美奈の顔を見る。美奈は、疲れた様子も見せずに、手際よくチラシを折り、ポストに入れていく。

「美奈ちゃん、腹が減らないか？」

「そうね、ちょっと空《す》いたかな」

「なんか食べようか？　奢《おご》るよ」

美奈は手を腹に当て、

「行きましょうか」

タクに微笑みかけた。その瞬間に、タクの身体の疲れやケンへの腹立ちが霧消した。

2

タクは、石神井公園の駅前に小さな中華料理屋を見つけた。

客は、誰もいない。美味《うま》くないのかもしれない。不安になって、タクは美奈の顔を見た。

「いい？」

タクは気弱そうに訊く。

「いいわよ」

美奈は言った。壁に貼ったメニューを見る。カウンターの中では、主人が俯《うつむ》いて野菜を刻んでいる。

「いらっしゃーい」

主人は、ちらっとタクを見る。タクは美奈と店の隅にあるテーブルに向かった。

「ラーメンでいいかな?」

椅子に座りながら、美奈に訊く。

「いいよ」

美奈は言った。

太った若い女が、コップに水を入れて運んできた。

「何にします?」

女が訊いた。

「ラーメン、二つ」

タクは言った。一杯、二百円。

「なにも連絡よこさずに、来ないなんてケンも山川も最低やな」

「もういいよ。こうしてタクくんとラーメン食べられるんだから、ね」

美奈の笑窪《えくぼ》が可愛い。そのとおりだ。もしケンがいたら、こんな風にはならなかった。それにしても美奈の笑みを見るたびに、友里恵とのことが胸を締めつける。なぜあんな誘いに乗ったのか。

ラーメンが運ばれてきた。湯気が立っている。醤油《しょうゆ》仕立ての透明なスープに細い麵。ナルトが二枚。ほうれん草が載っている。タクは、スープを呑《の》み、麵を勢いよくすする。意外と美味い。

「いけるよ。なかなか」

タクが言うと、美奈も麵をすすり始めた。

「美味《おい》しい」

「大学の近くにはね、けっこう美味しい食堂があるんや」

「ふーん、学生食堂で食べるんじゃないの」

「ふだんはね。学食は、安いから。カレーなんて百円だよ」

「安い！」

「でもちょっと金があるときは外で食べるんだ。ラーメンならメルシーってとこが美味い。キッチンオトボケのジャンジャン焼き、三品《さんぴん》食堂の大盛りカツ玉牛、高田牧舎のクリームコロッケ、これは高級かな。後はね……」

タクは麵をほおばりながら、数えあげる。美奈がくすくすと笑っている。

「穴八幡神社の近くのスマトラのジャワカレー。これも絶品や。大隈商店街にはハンバーグの美味い店がある。大きくて、目玉焼が載っているんや」

「タククん食べるものばかり」

「俺、田舎やろ、食べもんがろくなもんなかったさかい、がつがつしとるんや。ハンバーグを初めて食べたときのこと、未《いま》だに感動を以《もっ》て思い出すしな」

「タクくん、可笑《おか》しい。授業は？　授業も出なくちゃだめよ。わたし、大学に行っていないから、羨《うらや》ましいな」

美奈は、レンゲでスープを呑み始めた。

タクは大教室での授業を思い出した。入学した直後は、全授業のノートを揃えた。科目もいっぱい登録した。そして午前早々から授業にきちんと出た。一週間は我慢した。大講堂での授業も真面目に聴講した。しかし一週間が過ぎて、ぴたりと授業に出なくなった。たまに出ても麻雀《マージャン》のメンツを探しに行っているようなものだった。

「大学の授業はおもろないで……」

タクは鉢を持ち上げてスープを呑んだ。

「せっかく入学したのに、もったいないよ」

「そうは、思うけどな、田舎のおふくろに悪いなって気にはなるで、せやけど授業に足が向かへんわ」

「どこに行っているの？」

「どこって……。『松村』っていう麻雀荘。ここにはいつも仲間がいる。『早稲田松竹』っていう映画館にもよく行くなぁ。そうそうこの間、高倉健主演の『昭和残侠伝《ざんきょうでん》』という映画を観たんやけどな。二年前の映画やけど」

タクは、身体を乗り出して美奈に話し始めた。美奈も興味深そうな顔をした。

「高倉健と池部良《いけべりょう》が殴り込みに行くねんや。カッコええで。藤純子ものすごう綺《き》麗《れい》や。思わず、ケンさん！　って声かけたら、後ろからうるさい！　言うて怒鳴られた」

美奈が笑う。

「映画がはねた後、そいつになんやと、ってケンさんみたいに凄《すご》んでみせたら、クラスの奴やった。みんな大学に行っとらへん」

「へんなの、大学って、勉強するためじゃなかったの？」

美奈は水を呑む。

「大学ばかりが勉強やない」

「それ、おかしいよ。変だと思う。大学に行っていないわたしからすると、タクくんの言い方は変」

美奈が睨《にら》む。睨んだ顔も可愛い。猛烈に抱き締めたくなる。

「今日、十月二十八日は、なんの日だか、知ってる？」

タクは美奈から視線を離さずに訊《き》く。

「なんの日？」

「そう、なんの日やろう？」

「わかんないわ」

「答え」と言って、タクは人差し指を天井に向かってつき立てる。美奈が、期待した目でその指を見つめる。タクはにんまりとする。

「ジャン！　パンダが来る日」

タクが叫ぶ。

「なんだ」

美奈が呆《あき》れたような顔になった。

「なんだはないんやないか。国民的関心事項やで」

「もっと政治経済的に大変なことかと思ったのよ」

「これは大変なことやで。今までは、アメリカと日本という関係だけで世界を見ていたらよかったけれど、これに中国が割り込んでくるんやから。よくなるのか、複雑になるのか、難しいところや」

タクが言った、パンダというのは、カンカン、ランランの二頭のことだ。ジャイアントパンダという世界でも珍獣と言われている熊が、日中国交正常化の記念として中国から日本に贈られて来た。日本中がパンダ歓迎ムードで、パンダブームに沸き返っていた。

「いつ一般に公開されるの」

「来月に入ってからやないか？　一緒に見に行くか？」

「連れて行ってくれるの」

美奈が目を輝かせた。

「うん。必ず」

タクは小指を差し出した。その小指に美奈が自分の小指を絡ませた。

「約束よ」

「必ず」

タクが力強く頷《うなず》く。

「行こうか」

タクは指を離し、立ちあがった。美奈も続いた。

「もうひとがんばりね。応募してくる人があるといいね」

「そうやな……」

タクは美奈に同意しながらふっと不安が過《よぎ》った。

「ここに代金、おいとくで」

タクは四百円をテーブルに置いた。

「ご馳走《ちそう》さま」

美奈が、頭を下げた。

3

タクは、チラシを配り終えて、美奈と教室に戻った。午後の六時を回っていた。結構、時間がかかった。教室に戻ったが、やはり誰もいなかった。

白板に滑川からの伝言がある。

「大学の図書館に行く。山川君、米本君、共に来たらず」

タクは、白板の伝言を消した。

「どうしたんやろうな。全く……」

タクは呟《つぶや》いた。気分が滅入《めい》る。

「今日は、どうするの？　これから」

「美奈ちゃんは？」

「店に行く気はしない。タクくんが決めてよ。それに従うわよ」

美奈が付き合ってくれる。タクはうきうきしてきた。

「そしたら、荻窪に行こか？」

「荻窪？　中央線の？」

「そう、いい店があるんや。スナックやけど。行く？」

タクの問いに、美奈が笑みを浮かべて頷く。

石神井公園から荻窪までは西武バスがある。

「バスで行こう」

タクは言った。

「バス、大好き」

美奈は、身体で嬉《うれ》しさを表現する。タクは、ますます美奈がいとおしくなってきた。

美奈も自分のことを悪くは思っていないはずだ、と思う。

もっと美奈のことを知りたい。そして自分のことも知って貰《もら》いたい。タクは切実に思った。荻窪に連れて行こうと思ったのもそのためだ。そこには仲間と一緒にときどき通うスナックがあった。

「バスが来たよ」

美奈が言った。荻窪駅北口行き。バスに乗る。並んで座る。美奈が景色を見ている。

横顔が綺麗だ。

「ねえぇ。タククん、もうすぐ冬だね」

美奈が景色を眺めながら、言う。タクには美奈の言う意味がわからない。外の景色は、ようやく秋めいてきたところだ。この景色を見て、冬？

「まだ、秋になったところや。冬はまだまだや」

「そう……」

「美奈ちゃんは、冬が好きなの？」

「寒くなるなって思って……」

「そうだね」

「本当に、パンダ見に、連れて行ってくれるの？」

「もちろんだよ」

タクの返事に美奈はにっこりとした。美奈の笑顔は、まるで小さな宝石のようだ。

「これからタククんたちは、大学を出て、エリートになるんだ。約束してもすぐに、わたしなんか相手にしてくれなくなるよね」

美奈はタクを見つめた。

「そんなことあるもんか」

と言った。タクにしてみれば、こんな美奈のようなかわいい子がガールフレンドでいてくれるだけで嬉しい。

美奈はまた窓の外に顔を向けた。

「わたし、夜、働いているから、こうして昼に出歩くって珍しいの。昼が長いのって嫌だった。だから早く冬になればいいって思ってた。冬は夜が長いからね。昼間のわたしって、夜に会うのとは随分違うでしょう」

美奈がタクを見つめる。

タクも黙って見つめ返す。昼間の美奈は夜に会った美奈よりもっと素敵だ。タクは、ますます美奈に魅せられていくのがわかった。

「着いたね」

バスが、荻窪駅北口ターミナルに入った。

みんなのたまり場になっているスナックは南口だ。

「こっちだよ」

タクは美奈を案内して、北口の階段を降りる。駅をくぐりぬけ、反対の南口に出る。南口商店街のアーケード。夕方の買い物客で賑《にぎ》わっている。

タクが百円の烏賊《いか》の足、いわゆるゲソの丼しか食べない寿司《すし》屋、古本屋、ねばって居座っても叱られない喫茶店などが並んでいる。

商店街を少し外れたところに、赤い看板がかかっている二階家がある。看板には、「珠仁屋」。ジュニヤと読む。

「ここだよ」

タクが立ち止まる。美奈が、興味深そうに看板を見あげる。店はもう開店しているようだ。戸を開ける。

「こんばんは」

「おお、タククん、久し振り」

マスターが声をかけてきた。マスターは店が開いたばかりなのに、もう酔っている。白い割烹着《かっぽうぎ》のママが、カウンターの中で忙しく働いている。店に他の客はまだいない。

マスターもママも五十代くらいだろうか。

二人ともいつもにこにことして、若い者の話し相手になっていた。

「いらっしゃい」

ママが、まな板から視線を上げ、タクを見て微笑む。

「美奈ちゃん、中へ」

タクが入り口のところで立っている美奈を中に入るよう促す。美奈が、そっと足を踏み入れる。

「へえ、今日は美人と一緒だね」

マスターが、グラスに入れたウイスキーを舐《な》めながら、目を見張る。マスターは美奈の顔を覗《のぞ》き込むように見ると、

「いや、本当に美人じゃないか」

と言った。

美奈は俯《うつむ》いた。

えへへ、とタクは意味のない笑いをこぼす。

タクは、カウンターの席に座る。美奈も側に座った。

「ビール、呑《の》む？」

タクは美奈に訊《き》いた。

「わたしは、ジンジャエールにしておくわ。でもタクくんもまだ二十歳になっていないでしょう？」

タクは、一瞬声を詰まらせたが、いいの、いいのと笑って、

「ビール、それにジンジャエール」

とママに言った。

ママが、お通しで、かぼちゃとサトイモの煮物を出してくれた。そしてビールとジンジャエールが運ばれてきた。

「乾杯」

タクは美奈とグラスを合わせた。美奈とこうして呑めるなんて。誰にも邪魔をされたくなかった。

「恋人？」

マスターが、訊いた。

「そんなんじゃないですよ」

タクが慌てて、否定した。ビールを呑む。

苦い液体が喉《のど》を通過する。隣の美奈を見ると、小さく笑っていた。

4

「母さんが、田谷さんを頼れって言ったのは、どうしてやろな。どんな知り合いやったんやろか」

タクはボートに乗ったときに聞いた美奈の話を思い出した。珠仁屋のママが野菜炒《いた》めを作ってくれた。野菜不足になりがちなのをわかっているのだ。

美奈は、タクの質問に、首を横に振った。

「でも、田谷さんに、母さんが死んだと伝えたとき、そうか、とだけ言ったわ。知り合いだったことは確かね。よくして貰っているわ」

「美奈ちゃんくらいかわいければ、面倒をみたくなるのは、当たり前や。これ食べてや」

タクは美奈の方に野菜炒めの盛られた皿を回した。

「こんな複雑な女は、タククん、嫌でしょう。頭も悪いし……」

「なに言ってるんや。そんなことあらへん」

タクは、激しく否定した。

「わたしね……、タククん、好きよ」

美奈は、ジンジャエールを呑みながら言った。タクは、顔がぽっと赤らんだ。頭の中にガンガンと音が響く。

タクは黙って美奈を見つめた。

「タククんといると、落ち着くの。タククん、素直だものね。マサくんもそうだけど、すれてなくていい」

美奈は、微笑をタクに向けた。美奈の微笑は、全てを包んでしまうような温かさがあった。タクも微笑した。美奈を守りたい、そんな思いが強く湧き起こった。

しかし同時に、マサ、の名前が出たことはタクの心をざわつかせた。

「マサくんとは、ほんとに何でもないわよ」

美奈は、タクの気持ちを先読みするように言った。タクは、目を見張った。

「マサくんは、田谷さんの仕事を吸収しようと必死になっているわ。タククんの素直さとは、また別の素直さよ。世に出たいという自分の欲望に素直なのかな。そういう意味ですれてないと言ったの……」

「俺は？」

「タクくんは、自分の気持ちに素直かな」

「素直ねぇ。そんなに素直じゃないよ」

「何か、隠してる？」

美奈が、小さく笑う。タクは、心臓が止まるほど衝撃を受けた。友里恵の裸が浮かんだ。

激しく首を振る。

「だから、素直だって、言ったの」

美奈が声を出して笑った。

「なんだい、からかって。人が悪いんやからなぁ」

「タクくん、すぐに顔に出るんだから」

「お話し中、悪いけど」

カウンターの中から、ママが声をかけてきた。小柄で、いつも笑顔を絶やさない女性だ。

「なあに、ママ」

「カレーを作ってみたんだけど、食べる？」

「食べる、食べる」

タクは、歓声をあげた。カレーは大好物だ。

「あなたは？」

ママが美奈に訊く。

「頂きます」

美奈が、笑みを浮かべる。

「おお、タクちゃん、もうカレー食ってるのかい」

ドアが開いて、洒落《しゃれ》た白のジャケットの中年男と、だぼだぼの太い毛糸で編んだセーターの若い男が入ってきた。

「中村さん、それに交易場、久し振り」

「隣の可愛い子は、お連れさん？」

中村が訊く。

中村は背がすらりと高く、二枚目だ。髪の毛に白いものが交じっているから、年齢は四十歳を過ぎているだろう。

「紹介します。高島美奈さんです」

「美奈です」

美奈が頭を下げる。

「中村です。タククんの友達です」

中村は微笑する。

「日大の建築の先生さ」

タクが紹介する。

「友達？」

美奈は首を傾げた。それにしては年が離れ過ぎている。

「こちらは？」

美奈がセーターの男を見る。がっしりした身体に大きい頭。目が異様に、大きく黒い。

「交易場修《おさむ》。クラスメイトや。今度の塾でも教師をやってくれることになっているんや」

タクが交易場を紹介する。

「交易場です。珍しいお名前ですね」

「美奈です。よろしく」

「鹿児島の生まれですよ。鹿児島の果て」

交易場が大きく口を開けて笑った。美奈もつられて笑った。

「修ちゃん、今日は、タクくんの連れはたいそうな美人だろ」

マスターが、わざとらしく大きな声で交易場に言った。

「ええ、すごいですね。珠仁屋にこんな美人が来るのは珍しい。マスターも嬉《うれ》しいでしょう」

交易場がからかう。

「嬉しい、嬉しい」

ドアが開いた。タクが振り向くと、

「みなさーん、元気ですか」

大きな声で口髭《くちひげ》の若い男が叫んだ。その横には小柄な、髪の毛を赤く染めた女性が微笑している。かわいい感じの女性だ。目も鼻も口もきりりとしている。

「徳永《とくなが》、それに前沢《まえざわ》さん」

タクが言った。

口髭のある背の高い若者が徳永好一《こういち》、赤い髪の女性が前沢ユリコだった。徳永は、クラスは違うが同級生だった。前沢は早稲田小劇場の女優の卵。徳永は福岡出身、前沢は東京出身。二人とも演劇をやっている。

「タク、久し振り」

「徳永、元気だった？　前沢さんも」

「生きてるわよ、ちゃんと」

「もう、呑《の》んでるんか？」

前沢は、徳永といくらか呑んできたようだ。顔が赤い。

「ちょっとね」

徳永が、前沢の肩に手を回した。

「徳永、待ってたよ」

店の奥から、交易場が声をかけてきた。

「おうおう、交易場、遅れてすまん」

徳永が大きな声で叫んだ。

「交易場と待ち合わせやったんか？」

タクが訊《き》いた。

「ああ、交易場に仕事斡旋《あっせん》してもらうんだ」

徳永が口髭を横に動かした。

「仕事？」

「そうさ」

徳永は、前沢の肩を抱いたまま、奥のテーブルに近づいていった。そこでは交易場と中村が、ママの手料理でウイスキーを呑んでいる。

「あれ？」

徳永が、美奈を見て、目を見開いた。

「すごい！　どうしたタク。紹介しろよ」

徳永が大きな声で言った。美奈が小さく首を傾げる。

「ああ」

「ああじゃないよ」

「こちらは高島美奈さん」

「徳永っす。よろしく。タクはいい奴ですから面倒よろしく」

「はい」

美奈がはっきりとした口調で言った。タクは、美奈の「はい」の意味を深く解釈したい気持ちだった。

「かわいい子ね」

前沢がしゃがれた声で言った。

「こちら、前沢ユリコさん。早稲田小劇場の女優さん」

タクが美奈に紹介する。

「女優じゃないよ。まだ卵なのよ。これがなかなかひよこにならないの」

前沢が照れた。早稲田小劇場は、演劇活動が盛んな早稲田の中でも特筆すべき存在感があった。正門に向かう通りの喫茶店の二階に独自の劇場を持ち、肉体を酷使する独特の舞台で多くの人を魅了していた。

「ところで仕事ってなんや。俺も塾をやるから、その教師をしてもらってもいいぞ」

タクは徳永に声をかけた。しかし実際のところ、徳永は気はいい奴だが、毎日呑んでいるようなところがあって教師に参加させるには、ちょっと不安だった。

「塾か？　いいな」

「今日も、オープンのチラシを配っていたところや」

タクは言った。そこへ交易場が近づいてきた。ウイスキーの入ったグラスを持っている。

「タク……」

「なんや？」

タクが交易場の顔を見る。

「申し訳ない」

「なに、謝るねん」

タクには交易場から謝罪を受けるような覚えはない。

「塾のことだ。今、徳永と塾の話をしているのを聞いて思い出した。すっかり忘れていた」

「講師になることか」

「そうだ。できなくなった」

交易場は、ウイスキーを一口、口にした。

「えっ」

タクは驚いた。

「悪い。どうせ当てにはしてなかっただろう」

「そんなことあらへん。当てにしとった。なんでや、理由は？」

「イランに行くんだ。俺も交易場も」

徳永が笑いながら言った。

「イラン？　なんやそれ」

タクは、徳永と交易場の顔をまじまじと見つめた。徳永がなにを言っているのかわからなかった。

「二人に、ぼくが建設しているイランの石油コンビナートの現場監督に行ってもらうのですよ。お金がいるというから」

中村が涼しげな笑みをタクに向けた。

「石油コンビナート！」

タクは、ますます訳がわからなくなった。

「世界的に石油が枯渇する危機が近づいています。日本は石油がなくなれば、致命的な打撃を受けます。それはわかりますよね。それでなんとか日本の力が及ぶ油田を中東に掘ろうということになったわけですよ。それでイランで採掘権を得た。そこにコンビナートを造ろうと五井《いつい》物産などが中心になって話をまとめたわけです。その工事が今、進行中なのですが、わたしも来月向こうへ行くものですから、交易場くんと徳永くんも誘った訳です」

中村は、テーブルに紙を広げていた。スケジュール表のようだ。もうかなり具体的に進行しているようだ。

「そういう訳だ。すまん」

交易場は頭を下げた。

「わかった」

タクは言った。美奈は、黙ってタクを見ている。

「じゃあ、今日は呑もう。俺たちの送別会みたいなものだ」

徳永が叫んだ。

なにが送別会だ。来月のいつ出発するかしらないが、それまでに何回送別会をやるつもりなのだろうか。タクは、塾の行く末に不安を抱いた。それを打ち消すように、交易場の手から、ウイスキーのグラスを取り上げると、ぐいっと一気に呑み干した。喉《のど》を熱いものが一気にかけ抜け、胃を焼いた。足下が一瞬ぐらりとした。

「イランに行くなんてね。変わっているのよ」

美奈の側にいた前沢が微笑んだ。

「そうね。みんな変わっているわ」

美奈が呟《つぶや》いた。

5

珠仁屋の二階は少し黴臭《かび》かった。中村が帰った後、タクは交易場や徳永とそのまま呑み続けた。美奈は前沢と一緒に帰った。送って行きたかったけど、美奈が大丈夫と言った。それにちょうど前沢も銀座方面に行く用があったのだ。

タクは徳永や交易場とウイスキーをしこたま呑んだ。徳永は酔うと人を殴る癖があった。あまりぼこぼこと頭を殴るので、タクは一発殴り返した。するとカウンターから徳永は、どうと音を立てて崩れ落ちた。それが終了の合図だった。徳永は、大丈夫か？　というタクに、はにかむような笑みを漏らすと、そのまま床で眠ってしまった。

結局なんのためにイランに行くのかはよくわからなかったが、相当なバイト代にはなるんだろう。

交易場が倒れた徳永を抱き起こした。

「マスター？　二階いい？」

交易場が慣れた様子で訊く。

「ああいいよ。使っておくれ」

マスターが答えた。

「徳永、寝るぞ」

交易場が肩を抱え、タクが腰を支えて、二階にあがる。二階には四畳半程度の部屋がある。マスターたち夫婦は、近くに部屋を借りて住んでいる。この部屋は、酔い潰《つぶ》れた客のためにあった。座布団しかない。少し寒い。徳永を畳の上に放り投げる。鈍い音がし、徳永は畳の上に転がった。膝《ひざ》を丸めている。

「どうする？」

タクは交易場に訊《き》いた。

「俺も寝ようかな」

交易場が応《こた》えた。

「マスター、俺たちもここで寝る」

タクは二階からマスターに声をかけた。

マスターは、

「いいよ。火だけは気をつけてくれ」

いたって気楽だ。

「ここで寝て、いいってさ」

タクは交易場に声をかけた。タクは座布団を枕にして横になった。交易場も大きく伸びをしたかと思うと、同じように座布団を枕にした。

「なんでイランなんかに行くんや？」

タクは交易場に訊いた。

「中村先生が誘ってくれたのが、直接の理由さ。もう一つは日当がすごくいいことだ。俺の実家はそう裕福でもないし、どうせ何かやらないといけないと思っていたから、徳永に話したら、俺もやるって……」

「危なくないのか？」

「中村先生の話だと、五井物産の現場だから危なくはないってさ」

交易場は気楽に言った。

「さっきの子、いい子じゃないか」

交易場が顔をタクに向けた。

「ああ、いい子や」

「恋人か」

「そんなんやあらへん」

「そうなるといいな」

「ああ、そうなるといい……」

タクは目を閉じた。目を閉じると、世界がグーンと広くなった気になる。宇宙に身体が浮いたような気分だ。日中、美奈と歩き回ったために足が軽くしびれる。寝息が聞こえてくる。身体が重くなり、畳の中に沈み込んでいくようだ。どれくらい時間がたったのだろう。いやまだほんの少ししかたっていないかもしれない。時間の感覚が薄れてくる。美奈、と声を出してみる。宇宙の中で彼女が笑っている。


「おい、起きろよ」

突然身体が揺すられる。タクは目を擦《こす》る。もう外は明るい。朝になったようだ。交易場が起きて窓を開けた。いい天気のようだ。

「今、何時や」

タクが訊いた。

「もう十一時だ」

交易場が言った。周りを見ると、もう徳永はいない。

「徳永は?」

「もうとっくにバイトに出かけたよ。あいつ今日は阿佐ケ谷《あさがや》のビルの現場に行くらしい」

「日曜なのになぁ。なにすんねやろ」

「砂利を運んだり、土台を造ったりするんじゃないかな。日当はいいらしい」

「意外と真面目なんだな」

タクは徳永の調子よさを誤解しているのかもしれないと思った。

「真面目だよ。酒さえやらなければね。さあ俺たちも顔を洗って、行くぞ」

交易場は階段を降りはじめた。タクもその後に続いた。一階のスナックは、饐《す》えた臭いが籠《こ》もっていた。交易場は炊事場に行き、水道の蛇口を捻《ひね》ると水を出した。

「ああ、冷たくて美味《うま》い」

交易場は水を呑《の》み、顔を洗い、うがいをした。いつもの行動のようだ。交易場が終わると、タクも同じようにした。水が冷たくて気持ちがいい。昨日から、どことなくもやもやしている気持ちがさっぱりとする。

「タク、二百円、あるか」

「二百円、か」

タクはジーンズの尻《しり》のポケットから財布を取り出す。中を点検すると二百円はあった。

「あるよ」

「じゃあ、ゲソ丼喰《く》いに行こう。朝めしだよ」

「ゲソかぁ。嫌われるぞ」

「いいよいいよ。売ってるんだから構わない」

交易場は店の裏口を出た。

「鍵《かぎ》は？」

「いいよ。もうすぐママが来る」

タクと交易場は、ゲソ丼を食べさせる寿司屋《すし》に入った。店の人ももうわかったもので、「ゲソかい？」と訊いてくる。元気がないように頷《うなず》くと、重箱に酢飯を山盛りにして、その上にゲソを載せて運んできた。

タクは重箱を持ち上げ、喰らいつくように食べた。

「山川の奴、昨日、キャンパスで香山と話していたぞ」

香山というのは山川が関係している革マル派の幹部だ。指名手配されているはずだが……。

「ふーん」

タクはゲソを口に含んで言った。

「あまり楽しそうな顔じゃなかったな」

交易場が言った。

「昨日、チラシを配る約束だったのに来なかったんだ。なにかあったんかな」

タクが訊いた。

「香山はしつこい性格をしているらしいから、なにかあったかもしれないな。山川の奴、最近、活動していなかったから」

「そうやな、もともと新左翼なんて顔をしていないもんな」

タクは、わずかに笑った。

6

週が明けて、タクは国際政治学の授業に行った。二百人はゆうに入る大教室だ。ケンもこの授業を取っているから、見つけ出して、なぜチラシ配りに来なかったのか問い詰めなくてはならない。

既に授業が始まっている。教室には人がまばらにしかいなかった。退屈そうに教授が黒板を使って講義をしている。タクはこっそりと音を立てないように最後尾に席を取った。ぐるりを見わたす。ケンも山川もいない。誰か知った顔がないかと思っていたら、中条利奈がいた。熱心にノートをとっている。タクは教授に気づかれないよう注意しながら、利奈の隣に移動した。

「こ・ん・に・ち・は」

タクは声を潜めた。

「あら、中島くん、めずらしいわね。この授業とってたの」

「はい。随分熱心にノートをとっていますね。また試験のときは見せてくださいね」

タクは遠慮がちに頼んだ。

利奈は小さく笑って、仕方が無いわねといった顔になった。

授業も終わり近くになって山川が入ってきた。教授の視線を無視して、きょろきょろしている。タクは、小さく、

「山川」

と声をかけ、手をあげた。

「そこ！　そこの学生！　聞く気がないなら出ていけ！」

突然、教授が切れたように叫んだ。タクのあげた手に学生の視線が一斉に集中した。

「山川、出るぞ」

タクは立ちあがった。教授を睨《にら》みつけ、
と言った。

「いいよ」

山川は言った。その顔はいつものように強気ではなく、どこか頼りなげだ。

「利奈さん、ごめん」

タクは利奈に言った。利奈は、軽くウインクをした。タクは、山川を押し出すようにして、外に連れ出した。

「二度と、出てくるな！」

教室のドアが後ろで閉まる直前に、教授がまた叫んだ。

「悪かったな」

「いいよ、どうせつまんなかったから」

「中島に会いたかった」

山川が真剣な顔をした。

「俺も、山川に話があったんや。なんでチラシ配りに来なかったんや」

「わかった。その話を含めて、どこかで話そう。どこがいいかな。牧舎にするか」

牧舎とは「高田牧舎」といって老舗《しにせ》の洋食屋だ。

「俺、今、金がないんや。大隈庭園でいいよ」

「わかった。大隈庭園に行こう」

山川は正門を出ると、大隈庭園のある方向へ歩き出した。タクも続く。

大隈庭園は緑に囲まれた閑静な日本庭園だ。回廊式の庭園の中に芝生のスロープがあった。そこでは学生が寝転びながら読書にふけったりしていた。

「悪かったな、チラシ配りに行かないで」

山川は芝生に腰を下ろした。タクも座った。目の前に、木々が広がっている。

「でも、どうしたんや？」

タクは訊《き》いた。山川がいつになく暗い。

「戻って来いと責められた」

「戻って来い？　なんや実家か」

「そんな甘いところやない。セクトだよ」

「革マルか？」

「そうだ」

「お前、党に入っているわけではないやろ。シンパやなかったんか」

「そうだ、と言いたいが、そうだったというのが本当のところさ。大学に入ったときは、訳もわからず熱狂して、出入りしたんだけど、ずっと迷っていたのさ」

山川が泣きそうな顔をタクに向けた。

「俺も、革マルなんて、お前には向いてないなぁと思った」

「向き、不向きの問題ではない」

山川が哀しそうに遠くを見つめた。

「辞めればええやないか」

タクは強い口調で言った。

「そう簡単じゃなかったんだ。一度、シンパになると関係を切るのは難しい」

タクは交易場の言ったことを思い出した。彼は、山川がキャンパスで香山俊二と話していたと言った。

「山川、お前、香山さんと一緒のところ見られていたで」

山川はちょっと驚いて、タクを見た。

「香山さんに説得されていたところだな」

「なんて言われた？」

「ちゃんと活動しなければ、ちょっと厳しいかもしれないって」

「怖いやないか、その言い方」

タクは顔を曇らせた。

「俺、そんなに社会性のあるタイプじゃなかった。でも過去の、一言で言えば、ブルジョア的暮らしを否定しようと思って、セクトに近づいた。でも官僚的で、暗くて、内ゲバばかりで面白いことも発展的なことも何もないことがわかった。香山さんが指名手配されたりしたから、もしも自分がそうなったらと思うと怖くなった。簡単に離れられると思っていた。ところがそうでもなかった……」

山川は俯《うつむ》いて、ぼそぼそと話した。

「どうするんや」

「考えている」

「それでチラシ配りもできなかったのか」

「学習塾の商売にのめり込んで、方向転換をしようと思ったのに、引きずり戻されそうになったって訳だ」

「逃げたらどうなるんや」

タクは真剣に訊いた。

「どこまで逃げる？　大学辞めるのか？」

「そこまで行くのか」

「今、革マルは他のセクトとの争いが厳しくなっている。兵隊は何人いてもいいのだけれど、なかなかなり手がない。だからシンパは逃がさない」

山川は暗い顔でタクを見つめた。

「香山さんに直接話をつけるしかないやないか。ちゃんと抜けるって言ったのか」

「まだだ。少し相談しただけだ」

「逃げていてもしょうがなければ、ぶつかるしかないやないか」

タクは山川の背中を叩《たた》いた。

「そうか……。それしかないか」

「ああ、それしかないと思う」

タクは大きく頷《うなず》いた。

「そうしてみるかな」

「俺も、香山さんとの話し合いに出てやるよ。声をかけてこいよ」

タクは言った。本気だった。もし山川がこのままセクトに入ってしまったら、学習塾ができなくなる。どうせなら香山を説得して、山川を連れ戻した方が、タクにとってもプラスだ。

山川の顔が幾分か明るくなった。

「ありがとう。必ず連絡する」

山川は言った。

近くで寝転んでいる男女の学生が、笑い声をあげた。楽しそうに笑っている。タクは笑い声の方に顔を向ける。男性は、こざっぱりとした服に、革靴。女性も明るいブラウスにスカート。屈託のない笑顔……。

この野郎！

タクは腹だたしくなって、声にならない声で叫んだ。

「ところで……、山川」

「なんだ？」

「ケンを知らないか。あいつも来なかった」

「えっ、ケンも来なかったのか」

山川が驚いた顔をした。

「いったい、みんなどうしたんやろ」

タクは呟《つぶや》いた。

第六章　諍《いさか》い

1

ケンは、川崎駅から少し行った堀《ほり》ノ内《うち》駅前の喫茶店にいた。テーブルの上にはコーヒーカップと風俗情報を掲載した新聞が広げてあった。

ケンは自分の童貞を捨てることを考えていたのだ。恋人を作るのが一番なのだが、その前になんとかしておきたい。この思いはケンにとって切実だった。ばかばかしいような切実さで女が欲しかった。しかし先立つものがなかった。金だ。

今はポケットの中にある。百万円で銀行に口座を開いたのだが、ほんの少し学習塾の設備のために使った際に、ついでにかなりの額を引き出していた。その他の支払いは先送りにしてある。学習塾が儲《もう》かってから払えばいい。しかしこの金は自分の金ではない。みんなの金だ。ましてや田谷から借金したものだ。

でも二、三万円くらい使っても、後で戻せばいいじゃないか。俺は経理を任されているんだ。戻しさえすれば誰にもバレることはない。そのはずだ。

ケンは、水を呑《の》んだ。コップはからっぽになった。尻《しり》を叩いた。一万円札の束で、尻のポケットが膨らんでいた。目の前の新聞をもう一度見た。一昨日《おととい》、高田馬場駅で買ったものだ。この新聞が悪いのだ、とケンは思った。そこにトルコ風呂《ぶろ》の案内が書いてあったのだ。これが気になって、チラシ配りもサボってしまった。土曜日、日曜日とも悶々《もんもん》として何も手がつかなかったのだ。

トルコ風呂。田舎でも聞いたことはあった。オンナと遊ぶところだ。雑誌などで、トルコ風呂で童貞を捨てるという記事を読んだことがある。ケンはその案内記事を読んだ。川崎、堀ノ内。行ったこともない駅。そこにある「天使」という名前の店の広告だった。

その店の名前が頭の中に張りついてしまった。もう何をしていても「天使」という店の名前が目の前に浮かんできた。その名のとおり天女の透明な羽衣をたなびかせて、とびきりの美人が空から降りてきて、ケンに微笑みかけてくるのだった。

でも金がない。いや金はある。金はない。金はある。ケンの頭の中で金がグルグル回る。ない。ある。ない。ある……。

トルコ風呂に金が幾ら必要なのか知らない。一万円？　二万円？　まさかそれ以上？　どの金額を想像してみても、ケンにはとても手が届かない金だった。家からの仕送りは、たまに思い出したかのように一万円、二万円と送られてくるだけだった。だからケンは日本育英会や早稲田大学独自の大隈奨学金などを得て、暮らしを維持していた。それが自分の金ではないとは言え、ポケットに札束が、まさに唸《うな》っている。この金と女がケンの中で結びついた。もうそれからは塾のことも勉強もなにも手につかない。それくらい女が欲しくて仕方がない。街を歩いていて、突然、女を襲っている自分の姿を想像して、頭がはちきれそうになる。そんな時は、駅のトイレに駆け込んで、自分で処理した。行為の後、トイレの中の薄汚れた落書きを見ていると、もうどうしようもない孤独感で、涙が止まらなくなってしまうこともあった。

東大の受験に落ちた。あれが挫折《ざせつ》の始まりだった。田舎の貧乏人のせがれが東大に入った。その瞬間の、誇らしい姿を頼りにがんばってきた。東大に入りさえすれば、女も金も自由になると考えていた。ヤリまくるぞと思っていた。まさかタクと一緒に早稲田に来るとは思っていなかった。早稲田だっていいじゃないか。もう一人の自分がケンに囁《ささや》く。ああ、悪くはないよ。一流だ。高校の先生だって喜んでくれた。しかし絶対に違うのは東大じゃないってことだ。これは大変な違いなんだぞ。ケンはもう一人の自分に言った。東大というだけで、世間で万能のパスポートを得たも同然なのだ。早稲田じゃ、そういう訳にはいかない。

ケンは、これはノブを見殺しにした罰かもしれないと思った。

あの時、ノブの手をわざと放してしまったのか？　自分でもわからない。あのノブの顔を忘れようにも忘れられない。ケンは自分の大きな欠点は欲望をセーブできないことだと思っていた。いつも頭の中に、何かがグルグル回る。そうするとそれを解放してやるまで、どうしようもないほど苦しいのだ。あの時も、ノブのことが猛烈に嫌で、ノブさえいなくなればと思っていた。好きな女の子もノブと兄弟だというだけで、去って行ったからだ。いなくなれ。いなくなれ。毎日、ノブを見て、呪っていた。そうしたらいなくなってしまった……。驚き、悲しんだが、どこか吹っ切れたような、重荷が取れたようになったのも正直な気持ちだった。

とにかくケンは自分の思いどおりにならないものは我慢できなかった。美奈だってそうだ。あんないい女はいないと思っていたが、一向にこっちに見向きもしない。なんだかタクのことばかり気にしているようにも見える。ケンはそのことにも不満だった。タクは女とやったことがあるのだろうか。まさか？　美奈と？　そんなはずはないと思ってはいるのだが、自分を見向きもしてくれないのが悔しかった。

頭の中を妄想がグルグル回り出して止まらない。心に迷いがあるせいだ。こんな迷いをふっきって自信を持って生きて行くには女とやることが一番だ。これができなければ東京では生きていけない。

「俺は、自分が東京できちんと生きて行くためにここにいるんだ」

ケンはコーヒーカップを手にとった。砂糖を何杯も入れたのでコーヒーはやたらと甘かった。

　時計を見た。午前十一時半だ。「天使」が何時に開店するのかもわからない。新聞にも書いていない。昼から開いているとは思えないが、ケンは大塚の下宿を朝早く出て、ここまで来た。行こうか、どうしようかと迷うのが我慢できなかったので、下宿を飛び出してきた。腹が減った。なにか食べることにする。テーブルの上のメニューを見る。

「ろくなもんがないなぁ」

　ケンはぶつぶつと一人で文句を言った。それでも腹は減っていた。

「ミートソーススパゲッティでも食べるか」

　ケンは手を上げて、ウエイトレスを呼んだ。

　やってきたウエイトレスに、

「これ」

　とミートソーススパゲッティの項目を指差した。ちょっと太めの愛嬌《あいきょう》のないウエイトレスは、

「ミートソースですね」

　と確認した。

「急いでな」

ケンは言った。なぜ急がなくてはならないのかわからなかったが、つい口に出た。ミートソーススパゲッティは、すぐに運ばれてきた。あらかじめ麺《めん》はゆでてあったようだ。麺は軟らかく、ミートソースは水っぽかった。

「美味《うま》くないな」

またケンは愚痴を言った。ぶつぶつ言いながら口に入れた。腹に入ればみんな同じだ。腹がふくれて、気持ちがゆったりとした。水を口に入れ、軽くうがいする。

「店を見ておこうか」

ケンは喫茶店を出て、「天使」の場所を確認することにした。

2

「先生、ヘタクソ」

克己が甲高《かん》い声をあげた。その隣で友里恵が笑っている。タクが投げたボールは、ガタンという音を立てて、側の溝に転がった。ガーターだ。

タクと克己と友里恵は三人で池袋のボウリング場に来ていた。タクはあまりうまくはなかった。田舎で少しやったことがある程度だった。

ボウリング場は、平日の午後なのに混んでいた。タクは友里恵と顔を合わせたくはなかったのだが、彼女の方から積極的にタクに言いよってきた。昨日、日曜日の夜に友里恵から電話がかかってきた。

「明日のお勉強は中止してボウリングに行きましょう」

友里恵が言った。

「ボウリングですか？」

「急でごめんなさいね。主人が時間がとれたので克己とボウリングに行く約束をしていたのに、ダメになったの。ねっ、先生お願い」

友里恵が電話の向こうで必死に頼んでいる。家庭教師の時間を別のことに変更したいという依頼を雇われている身としては拒否できない。

絶対に誘惑には負けない。タクは強く心に誓ってボウリング場に来た。

「次はママの番だよ」

「はい。ママはストライクよ。きっと」

友里恵は、自分のボールを抱えると、克己に向かってにっこりと笑みを投げた。友里恵は脚が長くスタイルがいい。ぴったりとしたピンクのスカートに白いブラウス姿だ。胸のところが大きく開いている。タクはできるだけ友里恵と視線を合わせないようにしていたが、彼女の視線が追いかけてくるように思えた。

大きな音がした。レーンの方を見ると、ストライクのマークが点滅していた。友里恵が手を叩《たた》き、レーンの上で跳びあがって喜んでいる。予言どおりストライクだった。

タクは手を叩いた。克己は、「すごい」を連発している。

「ぼくもストライクだ」

克己がレーンに向かった。

友里恵が近づいてきた。汗の臭いがする。

「わりにうまいでしょ」

友里恵は、狎《な》れた様子で訊《き》いてきた。

「ええ、とてもお上手です」

「無理に連れてきてすまなかったわ。面白くないって顔をしているわよ」

「そんなことはないです。十分に楽しんでいます」

タクは否定した。

「この間のことを気にしているの？」

友里恵は上目遣いにタクを見た。

タクは黙っていた。

「気にしなくていいのよ。お互い黙ってさえいれば幸せなのだから」

友里恵のすっぱい汗の臭いが鼻をついた。タクは頭の後ろがジンジンした。

「それとも他に心配事があるのかしら？」

友里恵の問いかけに、タクはケンのことを思い出した。

「ええ」

タクは答えて友里恵を見た。

「ママぁ。投げるよ」

克己が自分の頭ほどもあるボールを抱えて叫んでいる。

「思いきり、投げるのよ」

声を張り上げながら、友里恵の目はタクを見ていた。

「友達と連絡がとれないのです」

タクは、ポツリと言った。

克己が手を叩いている。克己の投げたボールはゆっくりとレーンを滑っていき、偶然にもストライクスポットに当たったようだ。

「先生！　見たぁ。ストライクだよ」

克己がタクに飛びついてきた。

「すごい、すごい。見てたよ。すごい」

タクは克己の頭をぽんぽんと叩いた。

「次は先生。ストライクじゃなければ承知しないからね」

克己は、得意げに言った。

「わかったよ。先生をバカにするな」

タクは、自分のボールを取りあげた。それにしてもケンはどこへ行ったのだ。チラシ配りにも大学にも姿を現さなかった。ケンの下宿には電話がない。近くに住む大家が電話を取り次いでくれる。午前中に電話をしたがケンはいないという返事だった。

あいつどうしたんだろう。下宿に行ってみる必要があるな。

タクは、ボールに指を入れながら思った。

「先生、早く!」

克己が叫んだ。

「おお、わかった」

タクは無理に笑みを作った。仕切りのライン上に立つ。ボールを胸のところまで持ちあげる。ぐっと前を睨《にら》む。ステップと同時に、ボールを持った腕を振り上げる。一、二、三。頭の中でリズムを取る。ボールが指から離れる。レーンの上で一回、バウンドする。拙《まず》い。またガーターだ、と思ったら、ボールは大きく弧を描き、レーンの上を滑っていった。

大きく、弾《はじ》ける音。克己の歓声。友里恵の拍手の音。ストライクだ。

「よっし!」

タクは、力を込めてポーズを決めた。

ゲームが終わり、ボウリング場内の喫茶ルームで休憩をすることになった。

タクはコーラを頼んだ。克己はフルーツパフェと格闘している。友里恵はコーヒーだ。

「悪かったわね。付き合わせて。克己は先生と一緒だと言うと学校から寄り道もせずに帰って来たのよ。余程、嬉《うれ》しかったみたいね」

「とんでもない。楽しかったです」

「さっきの話だけど……」

「と言いますと？」

「友達と連絡がとれないって……」

「ああ、そのことですか。ちょっと心配なんですよ。下宿に行ってみます」

「なんでもなければいいわね」

タクは、本当になんでもなければいいと願った。なにせケンには金を全て預けてあるのだから。

「先生、いいバイトしない？」

友里恵はタクを見つめた。

「バイト、ですか？」

「そう、バイトよ」

「どんなバイトですか」

タクは訊いた。友里恵の割れた胸元が気になる。視線が揺れる。

「聞きたい？」

友里恵は赤い唇を、それ以上に赤い舌でチロッと舐《な》めた。

「わたしと付き合うのよ」

「奥さんと！」

タクは眉《まゆ》を寄せた。

「そんなに驚かないでよ」

「驚きます。あんまり莫迦《ばか》なことを言わないでください」

タクは克己を気にした。克己はフルーツパフェを食べ終えて、他の客のゲームを見るためにテーブルを離れていた。

「この間のことは謝るわ。でもあれがバイトなら、あなたも罪悪感がないでしょ。時々会ってくれるだけでいいのよ」

友里恵は、眠ったような目になった。

「勘弁して下さい」

「まあ、考えておいて。ところで、この後うちで食事する？　克己も喜ぶと思うわ」

友里恵が訊いた。

「やめておきます。友達の下宿を訪ねてみますから」

「そう、残念ね。でもバイトの話、よく考えておいてね」

「ご主人に怒られます」

「いいのよ。主人は主人で楽しんでいるのだから。友達も若い男の子とフレンドリーな関係になっている人、多いのよ」

友里恵は、タクのコーラを奪って呑《の》んだ。ストローをくわえる友里恵の唇がぬらりと光るのを見て、タクは思わず目をそむけた。

3

ケンはトルコ風呂《ぶろ》街に足を踏み入れた。まだ昼だ。どこかから見られているような気がしてくる。今日は、特別な大人びた恰好《かっこう》をしてきた。いつものジーンズではなく、唯一もっているスラックスズボンにジャケットという姿だ。それに大学生協で度のない眼鏡、いわゆる伊達《だて》眼鏡まで買って持ってきた。ケンは眼鏡をかけた。これですこしは大人びて見えるだろう。

周りを見あげる。昼間なのでどの店も霞《かすみ》がかかっているように白茶けて見える。夜になると、華やかなネオンに彩られるのだろうが、それすら想像できないほどだ。ケンは田舎で蝶《ちょう》を取り、その羽の鱗粉《りんぷん》を指で拭《ぬぐ》いとってしまった後のみすぼらしさを思い出した。

ケンはさも目的がないかのように歩いた。「天使」という看板が目に入った。他にも店はたくさんあったに違いないが、興奮したケンの目には入らなかった。店の前では割烹着《かっぽうぎ》を着た年配の女性が水を撒《ま》いていた。ケンが女性を見ていると、彼女は水を撒く手を休めて、ケンの方を振り向いた。気配を感じたのかもしれない。ケンは慌てて目をそむけた。

「場所はわかった」

ケンは呟《つぶや》いた。ジャケットの胸を叩《たた》いた。

「金はある」

徐々に罪悪感が薄れていくのがわかった。前方から、警官が自転車に乗って近づいてくる。ケンは緊張した。今のところ悪いことは何もやっていない。額に冷や汗がにじむ。ケンはゆっくりと通りを歩いた。警官は、ふらりふらりと自転車を漕《こ》いで、ケンの側を通り過ぎた。ふうと大きく息を吐いた。何をびくびくしているんだ。そんなにだらしなくては東京に負けてしまうぞ。ケンは自分自身に活を入れた。

まだ十分過ぎるほどの時間がある。店は夕方から営業するようだ。時間つぶしをしなくてはならない。

ケンは映画館を見つけた。看板を見た。『望郷子守唄《こもりうた》』という看板が見える。高倉健主演の映画だ。

東京に来て、ケンが一番感激したのは映画館が多いことだ。ケンが育った村には映画館はなかった。その代わり夏になると村の公民館の前にある広場に白い布の臨時スクリーンが張られ、巡回映画が上映された。恰好よく言えば、野外映画祭。稲木《いなぎ》といって普段は刈り取った稲を干す際に使われる木の棒を組み立てて、それに幕を張る。座席は筵《むしろ》敷き。ケンはポン売りに五円を払い「ポン」を買う。これは米を膨らまし、サッカリンと絡めたお菓子、いわばお米のポップコーンみたいなものだが、ケンの好物だった。覚えている映画は、『天草四郎時貞』だった。

ケンは時間潰《つぶ》しに映画を観ようかと思った。看板から高倉健がケンを見つめている。母親役は浪花《なにわ》千栄子だ。きっと健さんが、母親の期待を裏切ってヤクザになるのだろう。母親を慕いつつ、ヤクザになったことを後悔するような内容に違いない。ケンは観るのを止めた。今、自分がやろうとしていることは、友達を裏切り、母親を悲しませることではないだろうか、と急に気が滅入《めい》ったからだ。

ケンは辺りを当てもなく歩き始めた。母親役の浪花千栄子がケンの後ろ姿を見て、涙ぐんでいるような気がして仕方なかった。

4

タクは大塚駅で降りた。時間は午後六時を過ぎている。駅前のけばけばしい商店街のわき道を入ったところにケンのアパートがあった。学生専門のアパートではない。プレハブ造りの決して立派とは言えない建物だ。タクの早稲田鶴巻町のアパートも古くて汚いが、木造だけに年代を感じさせる風格もあって、まだマシなような気もするが、ケンのアパートは殺風景だった。錆《さ》びた手すりの外階段。その周りには、背の高い雑草が生い茂っている。あまり管理をしていないのだろう。草むらには、空き缶や自転車のチューブが剝《む》き出しのまま捨てられている。寒々とした景色の中で見ると、動物の内臓のように錯覚してしまう。アパートの部屋数は一階、二階合わせて十部屋ほど。

タクは鉄製の外階段を上る。ケンの部屋は二階のつきあたりのはずだ。

「ほんまに何処へ行ってしもたんやろ」

タクはひとり呟きながら、ケンの部屋の前に立った。ドアのノブを捻《ひね》ってみる。閉まっている。ドアを叩く。中からはなんの応答もない。

「やっぱりおらへん」

もう一度叩く。今度はかなり強く叩いた。やはり応答はない。

「しゃあないなぁ」

タクはメモに「連絡乞《こ》う」と書いて、ドアの隙間に挟んだ。

タクが帰ろうとすると、隣の部屋のドアが開いた。

「なんやの、ドンドンして、うるさいな」

女が不機嫌そうな顔で現われた。髪の毛をシャワーキャップのようなもので包み、薄い紫色のネグリジェを着ている。ネグリジェから下着が透けて見える。今、起きたところなのか、眠そうな目をしている。

「すみません。友達を訪ねてきたんですけど」

「ドンドン叩くものだから、起きちゃったわよ。そこのドアを叩くと、どういうわけかうちに響くのよ。建てつけが悪いのね。兄ちゃん煙草持ってる？」

タクは慌ててジーンズのポケットを探った。たまたまハイライトがあった。タクはあまり煙草を吸わないが、時々急に吸いたくなるときのためにポケットに入れていた。

「ハイライトですけど」

「いいわよ。ハイライトで」

女は箱から、一本取り出した。

「火？」

女は煙草を咥《くわ》えた口をタクにつき出し、ライターで火を点《つ》ける真似をした。タクはポケットからライターを取り出し、火を点けて女に差し出した。女は、煙を大きく吐き出した。

「そこに住んでる人ね。あれ学生さん？」

「ええ、ぼくと同じ早稲田の学生です」

「へえ、早稲田。いいわね」

「付き合いはないのですか？」

「ないわ。でもね、今朝早くアパートを出ていくのを見たわよ。わたしが朝帰りして帰ってきたら、そこですれ違ったの」

女は外階段を指差した。

「どこかに行くと言ってましたか？」

「何も言ってないわよ。ただ慌てていたわね」

女がまた煙を吐いた。

ケンは、今日の朝早くどこかに出かけたのだ。何処へ行ったのだろう。タクは女に礼を言って、その場を立ち去ろうとした。

「わたしね、池袋の店で働いているの。一度来てよ、サービスするわよ」

女は店の名前を言った。カタカナの名前からすると風俗店に違いなかった。タクは女の声を無視して、急ぎ足で階段を降りた。

　タクは銀座に行って美奈とマサに会いたくなった。山手線に乗った。電車には客はほとんど乗っていなかった。窓の外の景色を眺める。ビルやビルの谷間の色褪《いろあ》せた家の屋根。空は薄暗く、山は見えない。緑は点々と力なく立つ並木だけだ。東京に来てから、もう七ヶ月近く経った。なにやってんだろう。デモに出たり、塾を始めたり……。田舎から東京に出てくるとき、何を考えていたのだろう。ただ田舎を脱《ぬ》け出たかっただけなのだろうか。変わったのは言葉だけだ。田舎言葉から徐々に東京の仲間言葉に変わっていく。窓の外に自分の顔が映った。よく見ると父の顔に似ている。それは驚きだった。黙々と畑で仕事をする父。世間に対して不満も意見も持たない、あるいは持たないようにしているのかもしれない。なぜ父は世の中や時代に押し潰されてしまった生活に文句も言わずに従っているのだ。父の顔を見るたびに不満を持ち、父のようにはならないぞと心に強く思った。それが今の自分のはずだ。ところが父の顔そのものが、窓に映っていた。嫌な気持ちになるかとタクは思ったが、意外にもほっとした気持ちになった。

「オヤジと話してみるかな」

　タクは呟いた。

有楽町《ゆうらくちょう》の駅で降り、銀座に向かう。腕時計を見た。午後六時を過ぎている。マサは開店準備のために店に出ているだろう。美奈はいるだろうか。

黒っぽいスーツに身を固めた多くのサラリーマンとすれ違う。タクは薄汚いジーンズ姿だ。しかし惨めにはなりたくない。タクは胸を張った。「クラブひかり」の看板が見えた。足が自然と速くなる。看板の向こうに、マサの顔が浮かんだ。力強く、憂いを湛《たた》えた顔。なぜだか無性に昔のマサに会いたくなった。

5

ケンは、「天使」の前に立った。心臓の高鳴る音が、自分の耳に届く。もう頭の中は真っ白になってしまった。顔に手を当てる。度のない伊達《だて》眼鏡が指に触れる。完璧《かんぺき》だ。絶対に初めての客だと莫迦《ばか》にされない自信がある。

ケンは足を踏み入れた。店の入り口を覆い隠すような大きな暖簾《のれん》を手で払う。

「いらっしゃいませ」

ケンは足がすくんだ。着流し姿の男が、腰をかがめながら迎えたのだ。帰ろうかと思った。ヤクザが経営する店ではないのかと思ったのだ。男は、東映ヤクザ映画に出てくる男たちの姿、そのものだった。

男は笑みを浮かべ、

「初めてですか？」

と問いかけた。ケンは見抜かれたと思い、

「お願いします」

と深々とお辞儀をしてしまった。しまったと思ったが遅かった。男の迫力に負けてしまった。カチンという音がした。

「あれあれ、眼鏡が落ちましたよ」

男は、ほっほっと小さく笑って落ちた眼鏡を拾った。

「すみません」

ケンは男から眼鏡を受け取った。しかしそれをかけずに、ジャケットの内ポケットに入れた。

男は、手で受付の方を示した。そこには年配の女が座っていた。

「いらっしゃいませ」

女はしわがれた声で言った。

「初めてのようだから」

男は女に言った。

女は頷《うなず》くと、愛想笑いも見せずに、

「入浴料五千円です」

と言った。ケンは財布から五千円を取り出して支払った。金の大半は、ジャケットの内ポケットに入れていたが、それでも財布の中には何枚もの一万円札が収められていた。それは勿論《もちろん》、塾経営のために預かっている金だった。もうケンの頭の中には、みんなの金を使っているという罪悪感はなかった。これから起きることへの期待で頭も心臓もはちきれそうだった。

「どのコースにしますか？」

女が訊《き》いた。幾つかのコースが金額ごとに記載されている表があった。想像以上に高い。ケンは、五万円を指差した。一番高いコースだ。指が細かく震えた。

女は「ありがとうございます」と職業的な笑みを浮かべた。

靴を脱ぎ、畳敷きの店内にあがった。朱色の漆を施した欄干に手をかけて、階段の途中から女がケンを見ている。萌黄《もえぎ》色の裾《すそ》丈の短い着物を着ている。生地は半透明だ。ぼんやりと身体の線が見えている。ケンは唾《つば》を呑《の》み込んだ。

「サツキさん、お客さんですよ。お願いいたします」

着流し姿の男が、風体に似合わぬ丁寧な言葉で言った。女はサツキというらしい。五月という意味のサツキなのだろうか。だから萌黄色の着物を着ているのだろうか。

「ようこそ」

サツキは、ゆっくりと階段を降りると、畳の上に正座し、ケンに向かって挨拶《あいさつ》をした。ケンはどうその場を繕っていいかわからず、立ちつくして、じっとサツキを見下ろしていた。細身で、顔立ちの優しげな女だった。

「それではお客様、ごゆっくりお寛《くつろ》ぎ下さい」

ケンは、男を振り向き、「はい」と言った。その「はい」がおかしかったのか、サツキが手で口を押さえて、笑った。ケンも釣られて笑った。

サツキは立ちあがると、ケンの手を取った。冷たく柔らかい手だ。笑みを投げる。サツキに引かれて、ケンは階段をあがって行った。

「よくおいでくださいました。学生さまですか」

サツキが言った。ジャケットを着て、伊達眼鏡まで用意したのに、学生であることを見抜かれていた。仕方ない。ケンは、「はい」と答えた。

「ここです」

サツキが格子戸を開けた。誰もいない廊下に格子戸の音が響く。

ケンは目を見開いた。部屋の中は、ケンの下宿よりももっと広かった。中にはいるとタイル張りの広い浴室、左手に白い浴槽、奥には時代劇の殿様の寝室や神社の神殿にかかっているような御簾《みす》が見えた。御簾が左右に分かれたところからはベッドが覗《のぞ》いていた。ケンは足が震えた。

「こちらに来て下さい」

ケンはジャケット姿のままで部屋の畳敷きの上に立つ。サツキはその場で着物を脱いだ。ブラジャーを着けていなかったので、形のいい乳房がケンの目の前に露《あらわ》になった。ケンは唾を呑んだ。呑み込む音が耳の奥に聞こえる。下だけ覆っていた小さなパンティも脱いだ。ケンが目線を下に動かすと、真っ白な肌にふんわりと墨絵のように薄い陰毛が見えた。また唾を呑んだ。

サツキがケンの目を見つめて、身体を擦り寄せるようにしてジャケットを脱がせてくれた。それはハンガーにかけられた。サツキはベルトに手をかけながら、

「どこの学生なの？」

それまでと打って変わって親しい口調で訊いた。

「早稲田です」

ケンはためらうことなく答えた。

「そうなの？　いい大学ね。弟が明治に行ってるわよ」

サツキは微笑んだ。

「明治でありますか。そちらもいい大学であります」

ケンは緊張して、声が上ずった。

「リラックスしていいのよ」

サツキはケンのズボンを脱がした。ブリーフだけになった自分の姿を眺めた。たま

らなく恥ずかしい気持ちがした。性器が勃起《ぼっき》してブリーフから飛び出しそうになっている。サツキはいきなりブリーフに手を差し入れると、ケンの性器を外に引き出した。

「あっ」

ケンは叫んだ。いきなりサツキが、彼女の小さな口で性器を咥《くわ》えたのだ。ケンの身体の芯《しん》に激震が走った。

6

「うまくいっとらへんのか」

マサが表情も変えずに言った。彼はクラブ内のテーブルを拭《ふ》く手を休めない。

「そういう訳やない。教室も準備できたし、チラシも撒《ま》いた」

「反響はどないや」

「滑川さんの家で申し込みの電話を受け付けてくれることになっているんやけど……」

「けど、なんや」

「今のところ、まだ一件もない」

「ふーん」

マサは俯《うつむ》いたまま言った。

「それに、ケンが出てこんのや」

「どういうこっちゃ?」

マサは布巾《ふきん》を洗剤入りのバケツで洗った。

「最初はよく来て、備品なんかを買《こ》うたりしてたんやけど、一昨日《おととい》のチラシ配りの時になってこんかった」

タクは目をしょぼつかせた。

「どこぞ身体でも悪くしとるん違うのか。アパートに行ってみたらええやないか」

マサはあくまで自分のことは自分で始末をつけろというスタンスだ。

「行ってみた」

「どないやった」

「おらなんだ」

マサはバケツと布巾を片付けると、今度はカウンターの中に入って、グラスをひとつひとつ丁寧に磨き始めた。

「これが大変なんや」

マサがグラスを磨きながら言った。

「マサがグラスを磨いてる姿なんか、田舎では想像もつかへんかったな」

「当たり前や。ここに並んでんのはバカラという最高級のグラスばっかりや。ちょっとでもグラスが曇っとったら怒り出す客がおるさかいな」

マサは意識的にケンの話題を避けていた。なぜだかわからない。聞きたくないのかもしれない。

「バカラって高いんか」

「高いなんてもんちがう。この一個で」

マサはグラスを高く掲げ、

「俺の一ヶ月分の給料や」

「一ヶ月分て幾らや」

「五、六万ってとこや」

「マサ、割ったらあかんで」

「大丈夫や」

マサは笑った。次々と手際良くグラスを磨いていく。

「ケンの下宿に行ったら、隣の女の人が朝早く出かけたと言っていた」

タクが言った。

「行方不明というわけやないんやな」

マサは磨いたグラスを棚に収納し始めた。

「そういうわけではなさそうや」

「なんか事情があってチラシ配りに参加できなかったんやな」

マサは湯を沸かすつもりなのか薬缶《やかん》を火にかけた。

「どういう事情なのか、連絡もよこさん……」

「タク、コーヒー、呑《の》むか？」

「入れてくれ」

「インスタントやで、ええか？」

「かまへん」

湯が沸く音が聞こえ出した。マサは火を消した。コーヒーカップを二つカウンターに置いた。インスタントコーヒーの瓶を取り出し、スプーンでコーヒーの粉をカップに入れた。湯を注ぐ。

「できたよ」

「おおきに」

タクはカウンターに行き、椅子に座った。

「なあ、タク」

マサがコーヒーを呑みながら、タクを見つめた。厳しい顔をしている。

「なんや？」

「この店はな。座って、ちょっと呑んだら、それだけで俺の一ヶ月分は、最低取りよる。女の子にニコニコしてもらうだけで、それだけの金を払う奴が大勢おるんや」

「すごいな。一般社会とまったく価値が違うんや。サラリーマンの年収がやっと百万超えたとこやのに……」

「百万くらいここではすぐになくなる。俺たちが育った田舎じゃ考えられんことや。俺は親を殴って東京へ出てきた以上、こんな店で札びらを切る男になってやると誓っている。お前ら、大学に行った奴らに負けられんしな」

マサは強い視線でタクを見つめた。

「お前はえらいよ」

「まだまだや。いずれはチャンスを摑《つか》んで一角《ひとかど》の者になる。それにノブのこと覚えているやろ」

「ああ……」

「あいつはあんな田舎で、惨めになんにもせんと死んでしもた。俺のこの腕の中でな」

マサは両腕を持ちあげて、見つめた。

「悔しい、悔しいと言うとったんや」

「あいつ、口をきいたんか」

「ものは言わへん。俺の耳に聞こえたんや。悔しい、惨めや言うてな。もう一度、生き直したいゆうてな」

　マサはコーヒーを呑み干した。

「ノブの心の声やな」

「ケンは、間違いなく手を放した。あいつはそういう男や。必ずどっかで手を放す男なんや」

　マサは怒ったように言った。ノブの怒りを代弁しているようでもあり、ケンと一緒に仕事を始めたタクに対する警告にも聞こえた。

「あんまりケンを嫌うなよ」

「嫌っているわけやない。あいつの、その場その場で適当にやる態度が周りを不幸にするんやと思う。タクはケンと事業を始めたけど、本当はちゃんと学問やった方がええと、俺は思うとる」

「しかし田谷さんから、あんな大金を借りてしもうたからな。ちゃんとせなあかん」

「まあ、それはそうやな。返せなんだら、えらいことになるやろな」

　マサはコーヒーのカップを片付けた。流しで丁寧に洗う。

「なあ、マサ、美奈ちゃんってええ子やなあ」

「お前、美奈が好きになったんか」

　タクはどう答えていいか、どぎまぎした。

「わからん。せやけど美奈ちゃんと付き合いたいという気持ちが強くなったことは確かや」

「そうか……」

マサの顔に影が過《よぎ》った。何かを考えている様子だ。

「まあ。相手のあることだし、そううまくはいかないと思うけどな」

タクは照れた。

「今度のチラシ配り、俺も手伝ってやるよ」

マサは笑った。

「助かるな」

タクは、ここに来てよかったと思った。マサの前だと故郷の訛《なま》りを気にせずに話せるからかもしれない。

一角《ひとかど》の者になりたいと仕事をしているマサをまぶしい思いでタクは見つめた。

「もう少ししたら、美奈が来る」

マサが言った。

「帰るよ。仕事の邪魔してもな。またチラシ配りで会えるし……」

タクは言った。「クラブひかり」から外に出ると、もうすっかり暗くなっていた。

周囲のネオンが冷たい輝きを放っていた。

7

ケンは、サツキの手で裸にさせられ、湯船につかった。その後は、マットの上で泡だらけになり、サツキが身体をスポンジ代わりにしてケンの身体を洗う。表現しようのない恍惚《こうこつ》感にケンは夢見ごこちだった。サツキの柔らかな乳房がケンの身体の上を滑っていく。サツキの陰毛がケンの身体を刺激する。思わず抱き締めようと腕に力を入れると、するりと抜け出てしまう。

「出してもいいよ」

サツキがケンの耳もとで囁《ささや》く。それが合図になったかのように、ケンの性器は猛烈に律動を開始し、身体の中の全てを放出する。ケンは目を閉じ、その解放感に身を任せる。

サツキはケンをベッドに誘った。ケンが横になると、火照った身体に舌を優しく這《は》わせる。ケンの乳首にサツキの舌が触れたとき、あまりの快感に身体がしびれ、ケンは「ウッ」と呻《うめ》き声をあげ、足を硬直させた。

「こんな店に学生が来てはいけないわよ」

サツキはケンの耳もとで囁いた。ケンは答えることができない。

「ここはね。会社のえらい人が来るところなのよ。それくらい高いの」

「はあ」

ケンは息遣いも荒く、答える。

「学生はね、オスペと言って、手だけを使う安いサービスがあるから、そっちに行くものよ」

「すみません。実は、ぼく……」

「女とするの初めてだったのでしょ」

「はい」

「奮発するのは、これっきりにしないと女は怖いわよ」

サツキは小さく笑った。

「はい」

ケンは全身の力が抜けたように素直な気持ちで答えた。

「見る？」

サツキは悪戯《いたずら》っぽい笑みを浮かべた。

「はっ」

ケンは目を見開いた。

「見る？　って訊《き》いたのよ。ここ」

サッキは自分の翳《かげ》りを指差した。

ケンは、急に身体を起こして、

「お願いします」

「おかしな学生さん」

サツキは口に手を当てて笑った。

「焦らないでね」

そう言うとサツキは、ベッドに仰向《あおむ》けになり、膝《ひざ》を立て、足を開いた。そして手を翳りに添えるとおもむろに指で秘所を押し拡げた。ケンは、唾《つば》をゴクリと呑み込み、のめり込むように秘所に顔を近づけた。初めてまじまじと見た。不思議な感覚だった。いつまで見ていても飽きない気がした。きれいな色をし、きらきらと輝いていた。

「どう？」

「とてもきれいです」

「あなたの物、もう大きくなっているからここに入れていいわよ」

サツキはケンの性器に手を添えた。そしてそれを自分の秘所に運び入れた。ゆっくりと性器がサツキの秘所の中に入って行く。サツキの粘膜が性器に絡む。ケンは目を閉じた。サツキの腕がケンの背中を引き寄せる。ケンは無我夢中で腰を突き上げた。

「天使」を出るときサツキは、

「もう来てはだめよ」

とケンに言った。ケンはサツキに五万円を払った。実は、時間がオーバーして追加料金が必要だったのだが、サツキは「いいよ」と言ったのだ。

ケンはサツキの顔をもう一度じっくりと見た。笑うと頬に笑窪《えくぼ》が出る。優しく淡い顔だ。

「ありがとうございました」

ケンは、晴れ晴れとした気持ちで、深く低頭した。

「もう一度、明日来ます。追加を支払わねばなりません。サツキさんはいらっしゃいますか」

ケンは顔を上げ、訊いた。

サツキは、

「明日も出てはいるけれど、来ては絶対にダメよ」

と言い、困った表情を浮かべた。

ケンはその夜、下宿に帰らなかった。深夜喫茶を探し出し、そこで朝まで眠った。

その日からケンは毎日サツキのところに通った。サツキは困惑していたが、仕方がないとケンを受け入れた。サツキの気を引こうとハンドバッグを買って持って行った

ことも ある。もう何かが壊れていた。確実に預かった金はなくなっていく。ケンはそれに気づきながらも破滅して行く自分をいとおしいような気持ちで見ていた。

ある日、サツキに、

「外で会ってくれ」

とケンは頼んだ。サツキは、急に真面目な顔をして、

「あんた何か勘違いしてんじゃないのかい。あたしが惚《ほ》れてるとでも思ってるのかい。幾ら金持ってるいいとこのボンボン学生か知らないけど、いい加減にしな。もうここで幾ら使ったと思ってるの」

と怒り出した。

「ぼくはいいとこのボンボンなんかじゃない」

ケンは言った。

「いいとこのボンボンでなけりゃ、何日もここで遊べるわけがないじゃないか。いい加減にしな。こんな莫迦《ばか》な女に係《かか》わったっていいことなんか何もないんだから。あたしはあんたの金が目当てなんだからね」

「ぼくはサツキさんが好き……」

「そこが勘違いっていうんだよ。さあ、今日はもうお金は要らないから帰った、帰った。二度と来るんじゃないよ。来ても会わないからね。わかった?」

サツキは裸のまま立ち上がると、ケンの服を乱暴に投げて寄越した。

「サツキさん……」

ケンは泣きそうな顔をした。

「早く帰りな！　もう二度と来るな！」

サツキは目を吊《つ》り上げて怒鳴った。

急いで服を着て、ケンは廊下を追い立てられるように歩いた。

「サツキさん……」

ケンは、どうしようもないほど哀しい気持ちだった。しかしサツキは、

「二度と来るんじゃないわよ。来ても追い返すからね」

厳しい声で言った。

「わかりました……」

ケンは消え入るような声で言った。

店の玄関まで歩く途中、サツキは急に立ち止まって、顔を手で押さえて、泣き出した。

「どうしました」

ケンが近づいて肩に手をおいた。

サツキは涙で赤くなった目をケンに向けて、

「あたしの弟はね。大学に行っていたのに、莫迦な女に入れ揚げて、挙げ句の果てに

金に困って死んじゃったのよ」

と激しい口調で言った。

ケンは、黙ってサツキを見つめた。

「わかった？　あたしは金のかかる女なの。金で遊ぶ女なのよ。ダメよ。これ以上ここに来るとあんたはダメになるわよ」

サツキは本気で泣いていた。

「わかった。もう来ない」

ケンはたじろぎつつも、静かに言った。サツキのことを愛し始めていると確信した。

「もう二度と店には来ないから、今夜、外で会ってくれませんか」

ケンは真剣な表情で言った。

サツキは、無言でケンを見つめていたが、わずかに微笑んで、

「夜の一時には店を出るから、前の喫茶店で待っててくれる？」

と囁いた。ケンは晴れやかに微笑んだ。

8

十一月になった。塾の申し込み受付開始は十四日の火曜日と決まった。決まったと

言ってもタクと滑川で決めた。山川もケンもいなかったからだ。

今日は四日の土曜日。もう一度集中的にチラシを配ることになった。滑川によると、ちらほらと問い合わせの電話はかかって来ているようだ。とはいうものの十四日の日にどれだけの人が申し込みに来てくれるか、極めて不安な状況だった。

タクが石神井の教室に着いたとき、そこには山川、マサ、美奈がいた。勿論《もちろん》、滑川も。

「タククん、遅いわよ」

美奈がタクの遅刻を笑いながらなじった。

「今日は、大勢いるんだ。心強いなぁ」

タクは顔を綻《ほころ》ばせた。

しかし弾んだ気持ちは、山川を見た途端に萎《な》えた。山川はいつもの山川ではなかった。目には落ち着きがなく、四角い顔は土色で、頬はこけていた。

「山川、ちょっとやつれたんと違うか」

タクは訊いた。

「ぼくもどうしたのですかと訊いていたところです」

滑川が言った。

「いろいろとあってな」

山川はせわしなく煙草を咥《くわ》えた。

「香山さんか？」

タクが心配そうに訊《き》いた。山川はきつい目で睨《にら》んだ。

「香山って？」

滑川がタクの顔を見た。

「革マルの幹部や」

「革マルの幹部？」

「山川はセクト入りを迫られているんや」

タクは山川の顔を見ずに言った。山川が怒っているのが気配でわかったからだ。

「強制されているわけではない」

山川がタクに反論するように言った。

「強制されとる言うて、悩んでいたやないか」

タクが言った。山川にはセクトに入って欲しくなかった。今、セクトは陰惨な内ゲバを繰り返しているだけだ。

「俺が軟弱だった。今や世界は変わりつつある。アメリカの北爆はいよいよ激しくなっている。このままいくと日本はアメリカの軍事基地になる。横須賀《よこすか》には平気でアメリカの空母が出入りすることになるんだぞ」

山川は声を大きくした。

「でも山川がセクトで活動しても、いったい何が変わるんだよ。変わりはしない」

タクは言い返した。タクも世界が自分の手で変えられると思ったときがなかったわけではない。しかし今や政治的なものへの関心は薄れてしまっていた。

「変わるかどうかやってみなくてはわからない」

山川が深刻な顔で言った。

「山川さんが、純粋な気持ちとは裏腹に、他人を暴力で傷つけたりすることがあれば、わたしはとても悲しくなると思う」

美奈は、消え入るような声で言った。

「ありがとう。心配してくれて」

山川が目を伏せた。

美奈が言ったことは、タクの気持ちと同じだった。政治的なことに関して山川と議論する気はなかった。ただし山川がもしゲバ棒で他人を傷つけるようなことがあればと思うと、それがいたたまれなかった。

「まあ、そう心配するなよ。俺に深刻さは似合わない」

山川はひきつったような笑みを浮かべた。

「香山さんに、きちんと断れよ。俺も一緒に行くと約束したじゃないか」

タクは言った。祈るような気持ちとはこういうことなのだろう。山川の無理に明るくしている顔を見ると、不安だった。

教室の入り口の戸が開いた。

「ケン！」

マサが教室の入り口を見て、叫んだ。みんな一斉に入り口に視線を集めた。

そこには肩を落としたケンが立っていた。

「ケン！　どこに行ってたんや」

タクが急いで側に寄る。

「すまんかった」

ケンはポツリと言って、タクに引きずられながら、みんなの前に来た。

「どこに行っていたのですか。中島くんはあなたのアパートにまで心配して見に行ったのですよ」

滑川が言った。

「ごめんなさい」

ケンが暗い顔で頭を下げた。

「ケン、お前もこの塾のいいだしっぺなんだぞ。無責任なことすんなや」

マサが声を大きくした。ケンは何も言わずに、ふんふんと何度も頭を下げた。

「ちょっと痩《や》せたというのかな、やつれたというのかな……」

美奈がケンをまじまじと見つめた。もともとほっそりとして、どちらかというと薄情そうにも見える細い目をしている。その目元が今日は少し黒ずんでいる。

ケンは顔をあげると、

「どうや申し込み状況は？」

とタクの顔を見た。

「申し込み状況は？　それはないやろ。今までどこでどうしてたんか、どうしてチラシ配りに来んかったのか説明する方が先やろ」

タクは怒った。

ケンはまた黙った。

「ケン、なんとか言えよ」

山川がケンの腕を取って、身体を揺すった。

「ケンくん、みんなに心配かけたのだから、説明しなくてはいけないと思うわ」

美奈が言った。

ケンは突然、床に膝《ひざ》をつき、正座した。両手を膝頭に置くと、タクを見つめた。唇を固く結び、目つきは真剣だ。

「どうしたんや？」

タクが突然のケンの正座に驚いて訊いた。ケンは、両手を床につくと、頭まで床に擦《こす》りつけるようにして、

「ごめんなさい」

と叫んだ。

「なんだよ。いったい？」

山川が驚いた声で言った。

「まあ、顔をあげ、説明してください」

滑川がゆっくりと話しかけた。

「金やな」

マサがケンを睨みつけ、ぼそりと言った。

タクは振り返ってマサを見た。マサは怒りを込めた目でケンを見つめていた。

「金ってなんや？　マサ」

「ケンがこんなに真剣に頭を下げるのは金以外にない。そんな気がしたんや。昔、中学のときこいつに金を貸した。千円貸した。当時の俺には大金やった。どうしても買いたい本があって、金が足らん言うたからや」

「返してもろたんか」

「暫《しばら》くすると俺と目を合わさんようになった。それで摑《つか》まえて問い詰めたら、今と同

じように正座して頭を下げた」

マサはケンを睨んだままだ。

「ケン、説明したらどうや」

タクは膝をついて、ケンの正面に座った。

ケンは顔をあげ、泣きそうな顔で、

「すまない」

と言って、また頭を下げた。そしてジーンズのポケットをごそごそといじっていたかと思うと、何かを引っ張り出した。ケンの手には通帳と印鑑が握られていた。

「なんや。見せてみぃ」

マサがケンの手から通帳と印鑑をもぎ取った。マサは通帳のページを開いた。ケンはじっと自分の膝に目を落としている。タクは何かとんでもないことが起きるのではないかと不吉な予感がした。

「これはどうしたんや」

マサの顔がみるみる変わった。赤黒くなり、血の塊が顔を直撃したようだ。野性的なマサの顔が寺の門で睨みをきかす仁王のようになった。

「どうした」

タクは慌てて立ちあがった。

「これ見てみい」

マサはタクに通帳のページを見せた。タクはひったくるように通帳を手に取り、ページを見た。目を疑った。信じられなかった。ページとケンの顔を交互に見た。山川も滑川も美奈も心配顔で通帳を覗《のぞ》き込んだ。

「どうして?」

美奈が驚きの声を発した。

「これはなんや」

タクは、また俯《うつむ》いたケンの顔を覗き込んだ。ケンは一段と深くうな垂れた。通帳の中の残高は五十万円余りになっていた。若干の支払い分を差し引いて、まだ百万円近い金が入っていないといけないはずだ。ケンに任せていたので正確にはわからないが、備品などの代金もまだ支払っていないのではなかったか。チラシの印刷代も、滑川家への家賃も……。残高がこんなに減るはずがない。

タクはケンの服の胸元を右手で絞りあげた。無理やりあげさせられたケンの顔が、苦しそうに歪《ゆが》んだ。

「タクくん、乱暴はよして」

美奈が言った。タクは美奈の声で我に返った。手を緩めた。ふうとケンが大きく息を吐いた。

「やっぱり金やったな。どうした？　使い込んだんか？　それとも落としたとでもいうんか」

マサが険悪な口調で言った。

「ことと次第によっちゃあ、許さないぜ」

山川が強く言った。

「何に使ったのですか。会計の責任をもっているのはあなたですよ。みんなに説明する責任があります」

滑川だけが落ち着いた声で、ケンを諭すように話した。

「女や」

ケンは呟《つぶや》くように言った。

マサが、

「女！」

と言い、太い腕でケンの服の襟首を摑み、引きあげた。マサはケンを無理やり立ちあがらせ、

「この、あほんだらあ！」

と、ケンの顎《あご》を殴った。ケンは抵抗もなく拳《こぶし》の勢いに弾《はじ》き飛ばされ、ドンという音とともに床の上に倒れ込んだ。ノロノロと上体を起こしこちらを振り向いたケンの唇

からは血が流れ出ていた。ケンは、焦点の定まらない目でマサを見ると、手で血を拭《ぬぐ》った。

「何が、女だ。この野郎！」

タクがケンに飛びかかった。ケンに馬乗りになり、頬を平手で叩《たた》いた。ケンは顔を歪めはするが、抵抗はしなかった。繰り返し繰り返し叩いた。両頬がみるみる赤く腫《は》れあがった。

「やめて！」

美奈が悲鳴を発した。美奈の声に、あげた右手が宙で止まった。タクは美奈を振り向いた。美奈が目にいっぱい涙を溜《た》めている。

タクはケンの身体から離れた。ケンは目を開けたまま、床の上に仰《あお》向《む》けに倒れている。マサがケンに近づいた。マサはケンの腕を取り、身体をひっぱりあげ、教室の椅子まで運んだ。ケンは腕をだらりと下げ、椅子の背もたれに身体を預けて、ぐったりと座った。気絶しているのか、眠ったように目を閉じている。

「起きろよ」

タクはケンの身体を揺すった。うっうっというくぐもった呻《うめ》き声を上げて、ケンが目を開けた。タクは憎いと思った。どんな理由があるか知らないが、みんなの共通の思いを託した金を女に使ってしまうなんて、考えられないことだった。

「殴るのはそれくらいにして下さい。ケンくんの言い分も聞きましょう」

落ち着いた口調で滑川が言った。

「どんな事情なの？　ちゃんと説明した方がいいわ」

美奈がハンカチを水で濡《ぬ》らし、ケンの顔を冷やした。

「俺が単純にだらしないだけや。あんな大金を預かったものやから、頭がどうにかなってしもうた。猛烈に女が欲しゅうなったんや。そうしたらもう見境がのうなって」

ケンは、川崎に数日間逗留《とうりゅう》して店に通い続けたこと、トルコ嬢のサツキのことなどを話した。

マサがまたケンの頰を手のひらで叩いた。

「聞いてられへんわ。なにを考えてんねん」

「マサくん、よして」

美奈が止めた。

「幾ら殴っても、こいつは変わるような奴やない」

マサが吐き捨てるように言った。

「金、どうするつもりや」

タクが訊《き》いた。

「椅子や印刷代などは、もう支払い済みか？」

山川が訊いた。

ケンは頭《かぶり》を振った。

「まだ払ってないのか」

山川が呆《あき》れた声で言った。

「どれくらいの請求がくるんか、把握しとるんか？」

ケンはうな垂れた。

「なんで商売女なんかに入れあげたんや」

タクはケンの首を絞めたいくらいだった。ケンは怒ったような顔で、

「サツキさんのことを商売女なんて言い方をするな」

「なに、おかしなこと言うとるんや。金のために働いている女や。誰とでも寝るんや、その女は。そんな女に説教されて、やっと目が覚めたなんて、アホまる出しやないか」

ケンがタクに飛びかかってきた。サツキを商売女と言われ怒ったのだ。二人は揉《も》み合っていたが、タクがケンを拳で殴った。ケンの身体がぐらりと揺れた。タクの腕を美奈が摑《つか》まえた。

「もうやめて！」

美奈が叫ぶ。タクはケンを摑まえていた腕を放した。ケンは、そのまま床に崩れ落ち、気を失ってしまった。

他人を殴れるなんて思ってもみなかった。今まで殴ったこともなかった。今度は本当に憎いと思った。思うと殴れてしまうものだ。ケンに何があったかは知らない。しかしみんなの金を自分の金のように使い、それで楽しみを得たというのは許せない。

「どうしようもないやっちゃな」

マサも倒れたケンを興奮した顔で見つめ、足で尻《しり》の辺りを蹴《け》った。

「どうする？」

タクが山川に訊いた。

「ケンが気がついたら、もっと詳しいことを聞いて、盗んだ金を穴埋めさせる以外にないだろう。これじゃあ、俺もセクトとか言っている場合じゃないな。香山さんに断りを入れることにする」

山川が暗く深刻な顔で言った。

「金はよく使えば薬、悪く使えば毒」

滑川が呟いた。

「シェイクスピア？」

美奈が訊いた。滑川は大きく頭を振って、

「いえいえぼくの言葉です」

と薄く笑った。

「ピンチやな」

マサが倒れたケンを見下ろして言った。タクは、「ああ」と呟いた。まだなにもしないうちに計画は挫折《ざせつ》してしまうのだろうか。

第七章　けじめ

1

ケンは、まだ倒れたままだ。顔を横に向けている。息はしている。Tシャツの腹が膨らんだり、へこんだりしているのが見える。

タクがケンの顔を覗《のぞ》き込む。タクは、自分の手を見た。友達を殴ってしまった手だ。いつもと違う感じがする。重くて嫌な気分だ。

ケンは、大丈夫だろうか。固く目を閉じている。気を失っているのか、目を閉じているだけなのかはわからない。閉じた瞼《まぶた》がうっすらと光っている。涙だろうか。泣いているのか。なぜ泣いているのか。泣きたいのはこちらの方だ。

「おい、ケン、起きとんのか。目ぇ開けたらどうや」

タクが身体を揺すった。ケンは反応しない。身体は揺れるが、目を開けようとはしない。タクは、心配になってマサを見上げた。マサは両足を開き、両腕を組んで、唇を固く結んで立っていた。タクは頭を振った。

「気ぃ失っとるみたいや」

「だらしない奴や」

マサは、ケンの腹を足で蹴った。鳩尾《みぞおち》に当たったのか、うっという腹の中から空気が洩《も》れるような声を出して、身体を折り曲げた。顔が苦しそうに歪《ゆが》んだ。瞼は猶《なお》のこと固く閉じられた。

「止めて。マサくん」

美奈が両手で顔を押さえた。ケンの苦しむ顔を見たくないのだろう。

「大丈夫だ。これくらいでどうにかなるような奴じゃない。そんな奴なら、金を使い込むなんて莫迦なことはしない」

マサはまた蹴り上げた。ぐふっという声を出して唾《つば》なのか胃の内容物なのか判然としない液体を口から流した。しかし目は固く閉じたままだ。

「起きとんねやろ。ケン、いい加減にしろや。金はどないするつもりなんや」

マサは怒鳴った。マサが怒鳴ると迫力が違う。高校時代、番を張っていたのを思い出した。

「ケン。使った金は返すことができるんやろな」

タクもケンの耳元で声をあげた。

「返す……」

ケンが消え入るような声で言った。

「喋《しゃべ》った」

タクが驚いて言い、マサの顔を見た。マサは当然といった顔で見返した。

「目を閉じているのは、見たくないからや。俺たちのことをな」

マサが言った。

そうかもしれない。嫌な現実も目さえ閉じれば、何も見えない。それがケンの固く閉じられた瞼の意味だ。でも思い切って開けなくてはならないときは必ず来る。

「返すっていつ？」

タクが訊いた。

「いつかや。必ず返す」

ケンが呟《つぶや》くように言う。

「そんなこと言っても現実味がないやないか」

タクが顔を歪めた。

「ところで、ケン。今、いくら未払いが残っていて、いくら使い込んだのかはっきりしてくれよ。覚えているだけでいい」

山川が言った。

「今、いくら残高があるんや」

マサが通帳を持っている美奈に訊いた。

「五十万二千七百円よ」

美奈が通帳を見ながら言った。

「半分も使《つこ》うたんやな」

マサがケンを睨《にら》んだ。

「説明せいや」

タクが促した。

「もう蹴らんとってくれるか」

ケンが情けない声で言った。

「わかった。何を言っても蹴ったりせえへんから、話せや」

マサは言った。ケンは、ふうと息を吐いた。目は閉じたままだ。

「机や椅子などの備品が十五万ほど、チラシ印刷が四万から五万というところや。市販のテキストなどを購入したから、それが九万ほどある。家賃もまだや」

ケンが言った。

「家賃を入れたら三十万にもなるやないか。それぜんぜん払ってないのか」

マサが怒った。

マサの足があがった。気配を感じたのか、ケンが身を硬くした。

「待ってくださいよ。蹴ってはいけない。内臓でも潰《つぶ》れたら大変ですよ」

滑川がマサの身体を摑んだ。マサは厳しい目を滑川に向けたが、あげていた足を下ろした。

「家賃は、まあ儲《もう》かってからでいいですよ。どうせ誰かに貸さねばならなかったのだから、気にしないで」

滑川は、笑みを浮かべながら言った。

「ということは何か？　四十九万七千三百円をほとんど女に使ったちゅうのか」

マサは嘆くような声を張り上げた。

「ぼられたのか」

タクが訊《き》いた。

ケンは頭《かぶり》を振った。

「ぼられたんじゃなければ、よう使うたもんやな」

タクが呆《あき》れて言った。

「でもここから未払いの分を払うと、もう二十万と少ししか残らない」

美奈が言った。

「他に隠し事、してないやろな」

マサがきつく言った。ケンは頷《うなず》いた。

「この事態をどうするかだな」

山川が深刻そうな顔をした。

「チラシの反応はどうや。生徒は集まりそうか」

マサがタクを見た。やはり金の具体的な話になったら早く社会に出たマサの方が上だ。真剣味が違う。追及する態度に迫力がある。

「あまりようない。もともとちょっと行けば馬場の方に大きな塾も多いし、思った以上に反応が少ない」

タクが答えた。

「生徒さえ集まればなんとかなるのか」

山川がマサに訊いた。

「入会費二万、月謝が二万や。十人集まれば、入会費で二十万、月謝で二十万、計四十万や。家賃と講師の金を当面辛抱してもろたら、翌月の月謝が二十万入ったところで、使い込まれた分は埋まる」

マサが冷静な顔で言った。

「なんとかなるやないか」

タクが明るい顔で言った。

「アホ。これはあくまで十人生徒が集まったと想定してや。これが五人やったら、入会費十万、月謝が十万の二十万や。翌月は十万だけや。五十万埋めるのに四ヶ月もかかる。この間、家賃なし、講師代なしでいけるかということや」

「なんとしてでも生徒を集めなくてはならないということね」

　美奈が言った。

「そうや。金をちゃんと払ってくれる生徒をな」

　マサが言った。

　滑川が、倒れたケンの側に歩み寄った。両手でケンの背中を抱え、身体を起こした。ケンはぐったりしたままだ。

「米本くん、いい加減に目を開け、みんなの顔を見なさい。逃げていたっていい結果を生みません」

　滑川はケンの身体を支えながら言った。

「これからどう責任を取るのか、自分の口で説明してくれ。こんなことが起きたら、セクトだったら命を取られても文句は言えないところだぜ」

　山川は苦い顔でぶっそうなことを言った。だが確かに山川の言うとおりで、政治セクトなら仲間を裏切ったとしてリンチされても仕方のない事態だ。

「目を開けろよ。ケン」

　タクが言った。

ケンは、その声に促されるように、ゆっくりと目を開け、正座した。目は赤く充血していた。固く閉じすぎたのか、あるいは泣いていたのかもしれない。

「ごめんなさい」

ケンが泣くような声で謝った。

「これからどうするつもりや」

マサが訊いた。ケンは顔をあげ、マサを見つめ、

「どうしたら許してもらえるかわからへん」

と情けない顔をした。

「お前、自分のやったことの始末も考えられへんのか」

「申し訳ない。しかし惚《ほ》れてしもうたんや」

「惚れた？　なんのことを言うとんねや」

「サツキさんのことや」

「サツキ？」

「俺が金を使い込んで通った店の女の人や」

ケンが真面目な顔で言った。

「お前、何を惚《とぼ》けたことを言うとんねや」

マサが怒りに顔を膨らませた。

「最初は、ちょっと使い込んだだけやからなんとか返せると思った。それよりも頭の中には女と関係することしか考えられんようになっとった。それは東京に来て、刺激が強くて、もみくちゃにされて、でもここで生き抜かんといかんと思うたからや」

ケンは俯《うつむ》いた。

「東京で生き抜くのと、女とどんな関係があるんや」

タクが呆れたように訊いた。ちらりと美奈の顔を見た。美奈は真剣な様子でケンを見つめている。

「俺は毎日、東京に潰されそうな気になっていたんや。溢《あふ》れるような人、大きなビル、けたたましい喧騒《けんそう》、そして才能ある奴ら……。田舎じゃ、俺はできる方やった。死んだノブの分までしっかりやらんといかんと思うてもいた。どこかで焦っていたんや。田舎やったら、俺は中心にいた。みんなから注目されてもいた。ところが東京にきたらどうや。誰も俺のことなんか知りもしない。東大も落ちた。落伍《らくご》者や。くずみたいなもんや。そんな風に思うていたら、行き交う人がみんなできる人に見えてきた。こんなもん壊してしまいたいと思うたんや。その時、突然、女やと思うた。女と関係したことがないから、こんなに物事にとらわれるんや。女とやったら人生の曇りが晴れるかもしれへんと思うたんや。目の前に金があった。みんなの金を借用してもええやろかとは思うた。しかし俺の人生を根本から作り直すためや。許してもらえるやろと

りませんね」

「どうして東京での生き辛《づら》さが女を買うことに繋《つな》がるのか、東京育ちのぼくにはわか

考えたんや」

滑川が首を傾げた。

「わかってもらえへんやろか。苦しかったんや。このままじゃ東京に潰されると思うた。どこを歩いても土なんかあらへん。アスファルトとコンクリートだけや。高田馬場かて、古かった駅前は壊され、大きなビルの工事が始まった。ビッグボックスとかいうビルらしい。何もかもがどんどん変わる街や、東京は。ぐずぐずしとられへんぞ。置いていかれるぞ。負けたらあかんぞ。そんな声ばかりが聞こえてくるようになったんや」

ケンは悲鳴のような口調で言った。マサは横を向いた。聞いてられないというような顔だった。タクは、ケンの気持ちが少しはわからないでもない。タクも東京の中にあるどうしようもない孤独に耐えられなくなりそうなときがある。それをかろうじて持ちこたえているのは、今は塾の事業であり、美奈の存在だった。美奈と一緒にいたいという気持ちだけで、ともすると崩れそうになる精神のバランスをかろうじて保っていた。

しかしケンに、気持ちはわかるという同意を与える訳にはいかなかった。そうすれ

ばケンの使い込みを容認することになってしまう。

「みんな田舎じゃエリートだったからじゃないの。東京ではただの人。それが怖いのよ」

美奈が言った。ケンが美奈を見た。

「そうだ。美奈ちゃんの言うとおりだ。ただの人になりたくなかった」

ケンが言った。

「自分の孤独のはけ口を女に求めたわけですね。女の身体の中に孤独を吐き出したかった。そうですか？」

滑川が訊いた。

ケンは唇をかんだ。考えているようだった。

「女の身体に逃げたって、孤独は深まることがあっても、なくなることはないだろう」

山川が顔をしかめた。

「そうかもしれへん。しかし女と関係することで、誰でもええ、誰かが俺を身体ごと受け止めてくれることで、東京と対峙《たいじ》できるんやないかと思うたんや。それは事実や。錯覚やけども、真剣やった」

「金、使い込んどいて、ごちゃごちゃと理屈の多いやっちゃな」

マサが苛《いら》ついた。

「それで、女を買ったら、東京とまともに向かい合うことができるようになったんか」

タクが訊《き》いた。

「ただの人じゃなくなったの？」

美奈も訊いた。

「サツキさんが……」

ケンはふっと笑みを漏らして、そして口ごもった。

「どうしたんや」

タクが訊いた。

「サツキさんが、俺のことを認めてくれたんや」

ケンが顔を赤らめた。

「何を莫迦《ばか》な！」

マサが言った。

「まだその女と付き合う気なんか。俺たちの金を使い込む原因になった女と！」

山川が、大きく手を振って、どうしようもないという気持ちを身体で表した。

「わからへん。せやけど、サツキさんは、俺のこと好きやと言うてくれた。その気持ちが本当か、どうか、これから確かめるんや」

ケンの顔が突然に歪《ゆが》んだ。鈍い音がした。マサの拳《こぶし》がケンの頬に飛んだのだ。ケンの身体が大きく揺れた。床に手をついてケンはかろうじて倒れるのを防いだ。ケンの唇からまた血がにじんだ。目が据わっている。

「いい加減に目ぇ覚ませ。身体を商売《うりもの》にしとるような女がお前にふさわしいとは思わん。東京に立ち向かうとかどうとかいう屁《へ》理屈をたとえ理解するとしても、東京と一緒に堕《お》ちていかんでもええやろ。お前は、東京と一緒に上っていくために、ここにおるんやないのか。お前のために命を落としたノブのことを考えてみぃや。そんな下らん女と堕落していくお前を見たいと思うか！」

マサは鼻を鳴らし、目を拳で拭《ぬぐ》った。泣いているのかもしれない。

ケンは恨めしそうにマサを見た。

「俺もマサと同じ意見や。いい加減に目を覚ませ」

タクは言った。

「俺は真剣なんや」

ケンは唇の血を舌で舐《な》めながら言った。

「お前がそこまでアホやったら、田谷さんのところに連れていく。そもそもこの金はまだ俺たちの金やない。田谷さんから、タクとケンが借金したもんや。それをお前が使い込んだ。これからどうするかは別にして、今回の事態を田谷さんに説明する責任はお前にあるやろ」

マサは激しく言った。田谷から意見して貰《もら》うことで、ケンをまともにしようと思ったに違いない。マサの言うことはもっともだ。この金は、田谷の金だ。田谷に事態を説明する必要がある。

「田谷さん、どんな顔するかな……」

美奈が不安そうに呟《つぶや》いた。

2

田谷は不機嫌そうに煙草をくゆらせていた。両切りのピースだ。ニコチンが一番高い。フィルターつきは口元がだらしなくなるからと、田谷は両切りを愛用した。「クラブひかり」の店内は湿った空気がこもっていた。まだ開店までには、少し時間がある。田谷は椅子に座って、目の前に立つタクとケンを見つめていた。田谷の傍らにはマサが立っている。美奈は少し離れたところから、黙って様子を眺めていた。マサが田谷と連絡を取り、相談したいことがあると時間を取らせたのだ。そしてこの日の集まりになり、マサからケンの使い込みについて説明を受けた。マサが話し始めると、田谷はすぐに嫌な顔をした。

田谷はケンを睨《にら》み、

「女に使ったのか」

と問い詰めた。

ケンはうつむいたまま、頷《うなず》いた。

「どうするつもりだ。使い込んだ金は返せるのか」

「一生かかっても返します」

「お前、それでも大学生か。一生かかっても返すとはどういう言い草だ。俺を莫迦にしているのか」

「そんなことありません」

「五十万の金を一生かかって返されても困るんだよ。そんなことより俺のお前らに対する信頼を失わせたのが許せん」

田谷は煙を吐き出した。

「すみません」

ケンは頭を下げた。タクも同罪だと思って、一緒に頭を下げた。

「その女にでも払わせるつもりか。もしそうならいい店に売り飛ばしてやるぞ」

田谷は目を剝《む》き出すようにしてケンを睨んだ。ケンはびくりと身体を縮ませた。タクも田谷の全身から噴き出す怒りに触れて、恐ろしくなった。

「店の名前はなんというんだ」

「『天使』です」

「堀ノ内の『天使』か」

「はい」

「えらく高級な店に行ったものだ。他人の金でな」

「すみません」

「その店ならすぐ手が回せる。よく知っている。そのサツキとやらを別の店に売り飛ばしてやろうか。その代金で俺がいくらか回収できるかもしれん」

「ぼくが入り浸っただけで、サツキさんは何も悪くありません」

ケンは必死で言った。

「しかし見かけからして金がないのはわかるだろう。そんな奴を高級店に入り浸らせるのが悪い」

「そんな……。入り浸ったのはぼくです。悪いのはぼくです」

ケンは言った。必死の様子だった。田谷の顔を見ていると、本当にサツキを売り飛ばしかねないような気になったのだ。

「当たり前だ。莫迦なのはお前だ。だが俺の金を返せるのか。返してあの塾の事業をきちんとやり遂げられるのか。俺は投資をしたんだ。もし事業がうまくいかないということなら、金は返せ」

田谷は部屋に響き渡るような大声で言った。ケンは、目を閉じた。タクも身体を硬くした。

「おい。美奈。まな板と包丁を持って来い」

田谷は美奈に視線を移した。美奈が、戸惑っている。

「聞こえないのか。まな板と包丁だ。キッチンにあるだろう」

田谷がもう一度言った。美奈が椅子から離れて立ち上がった。しかしまだ動き出そうとしない。

顔には明らかに恐怖が浮かんでいる。

「美奈。何をぐずぐずしているんだ。持って来いと言ったら、持って来い」

田谷が怒鳴った。ようやく美奈はキッチンの方に足を進めた。

マサが表情を硬くした。

ケンはおどおどした様子でタクを見つめた。タクは黙って、わずかに首を傾げた。

美奈が心細い顔つきで田谷の目の前のテーブルにまな板と包丁を置いた。

「それから、タオルだ。タオルを二本持って来い。キッチンにあるお絞りでいい」

田谷は美奈に言った。美奈は小走りにまたキッチンに向かった。

「こっちへ来い」

田谷はケンに向かって言った。ケンは目を丸くして田谷を見つめた。

「こっちへ来いと言ってるんだ。聞こえないのか」

田谷が目を吊《つ》り上げた。ケンは足がすくんで動けなくなった。何が始まるのか、想像がつかなかったのだ。しかし確実に恐怖心だけはどうしようもなく身体をすくませた。

「マサ。あいつをここまで連れて来い」

田谷は傍にいるマサに言った。マサは無表情に歩き、ケンの側に行った。両手でケンの腕を摑《つか》むと、強引に引いた。ケンの身体が揺れる。

「マサ……」

ケンが消え入るような声で言った。タクは身動きできずに二人の様子をじっと見つめていた。美奈がキッチンから戻ってきた。田谷の前に、お絞りの白いタオルを二本置いた。

「お前は、俺の信頼を裏切った」

田谷はマサに引きずられて目の前に来たケンに静かな口調で言った。

ケンは頷いた。もう半分、泣いている。

「事業が失敗して、金がなくなるのならまだ諦《あきら》めもつく。一生懸命やった結果だからな。ところが今回は違う。俺の金を盗んだのも同然だ。その責任は負わなければならない」

田谷はケンを見据えて言った。そしてケンの腕を掴んでいるマサに向かって、

「マサ、この男が動かんように押さえとけ」

と言った。

「はい」

マサは応《こた》えた。

田谷はお絞りのタオルを広げ、くるくると紐状《ひも》にした。そしてケンの左手首をそれで縛った。縛ったところが白くなるほどきつく縛った。ケンが痛さに顔を歪めた。

「何、何するんですか」

ケンが訊《き》いた。

田谷が薄く笑みを浮かべた。

「映画で見たことあるだろう。指を詰めるんだ。心配しなくてもいい。痛いのは一瞬だけだ。すぱっと切れる。後は血が止まるのを待てばいい」

「ぎえっ」

ケンは悲鳴のような声をあげた。

「マサ、押さえとけ。動かんようにな」

田谷はマサに命じた。マサは黙って一方の手でケンの左腕を押さえ、もう一方の手で背中を押さえた。ケンはテーブルに身体ごと伏せるような形になって、左手を白い

まな板の上に載せている。マサの腕は太い。それに比べると瘦《や》せたケンの身体は惨めなほどだ。身体に太い杭《くい》が打ち込まれたようにピクリとも動かない。ケンの顔から血の気が引いた。青ざめ、汗が流れ出ている。冷や汗だ。

美奈が両手で口を押さえ、身体を恐怖で小刻みに震わせながらタクの側に来た。タクは、まだつっ立ったままだ。目はテーブルに押し伏せられたケンに釘《くぎ》付けになっていた。美奈がタクを見あげた。タクの手を握った。タクは、我に返ったように美奈を見た。

「自分でやるか?」

田谷がケンに包丁を見せながら訊いた。

ケンは目を真っ赤に充血させて、田谷を見ている。

「勘弁して下さい。お願いします」

「勘弁できない。自分の不始末は自分でけじめをつけろ」

「金、返します。必ず返します」

「金を返すのは当たり前だ。指を詰めたからといって借金がチャラになると思うな」

「マサ、マサ、なんとか言ってくれ。謝ってくれ」

ケンが自分の身体を押さえるマサに頼む。顔をひねって、なんとかマサを見ようとする。マサは答えない。ケンを押さえる腕には力が入っている。

「自分でやるか？」

田谷がまた訊いた。

「助けて下さい」

ケンが泣き出した。

「自分でやれそうにないな。仕方がない。俺がやってやる」

田谷は包丁の柄を右手に握った。そして左手でケンの手を押さえた。

「指を五本とも落とすわけにはいかんから、小指以外を握れ」

田谷がケンに言った。

「勘弁して下さい」

ケンが足をバタバタさせた。

「ま、待って下さい」

タクは大きな声を出して、一歩、足を踏み出した。田谷がゆっくりと顔をタクに向けた。

「どうした？」

「許してやって下さい」

「だめだ」

「お願いします。お金は必ず返します」

しますぼ」

「その問題ではない。裏切った罰だ」

「一緒にお金を返します。裏切られたのなら、ぼくも同じです。でもぼくはケンを許します」

タクは田谷を見据えて言った。

田谷はタクの声が耳に入らないのか、無視して包丁を持ちあげた。

「止めて下さい」

タクは叫んだ。

田谷は包丁を下ろした。

「ギャッ」という悲鳴をケンが発した。タクは目を覆った。ドンという音が聞こえた。

タクが目を開けると、まな板に包丁が突き刺さっていた。

「まだ何もしていない。早く小指を出せ。その小指をこの包丁で、押切りみたいにスパッと切ってやるから」

「タク、マサ、助けてくれ」

ケンは顔をくしゃくしゃにして泣いていた。

「覚悟の決まらない奴だな。こんな奴は、どこまでも腐ったままだ。ここで根性を直さねば、ダメだ」

田谷はケンの手を力を込めて押さえつけた。

「マサ、しっかり押さえていろよ」

「嫌だ！」

ケンが叫んだ。

「止めて下さい」

タクが叫んだ。美奈が両手で顔を覆った。

田谷が包丁の柄を握り直した。

マサの表情が緩んだ。ケンを押さえる腕の力が抜けた。ケンの手が動いた。手がまな板から離れた。テーブルから身体を起こすと、くるりとマサの背後に回った。

「マサ……」

田谷が包丁の柄を握ったまま、マサを見上げた。

「勘弁してやってくれませんか。俺からもお願いします」

マサが言った。マサの背中越しにケンが心細い顔を覗《のぞ》かせている。タクがマサに近づいた。タクも、

「お願いします」

と頭を下げた。

田谷は、「わかった」と言い、包丁をテーブルに置いた。

「ありがとうございます」

マサが言った。

「違う。お前が代わりに指を詰めろ」

田谷は冷たく言い放った。マサの顔が一瞬こわばった。

ケンがマサの背後で動揺した顔を見せた。タクは、

「田谷さん、必ずお金は返します。当てもあります。約束します。勘弁して下さい」

とほとんど泣きそうになりながら言った。

「ダメだ。これは信義の問題だ。俺の信頼を裏切ったことが許せない。ここでの甘い顔はお前らのためにもならない」

田谷は、力を込めてタクを睨《にら》んだ。

タクはテーブルの包丁に手を伸ばした。

「タク」

マサが叫んだ。

「何をする」

田谷が言った。

「逃げるんだ。ケン、マサ」

タクは包丁を田谷に向けた。マサは顔色も変えずにタクの様子を見ている。ケンはおろおろとして、マサにすがりついていた。

「俺を刺すというのか。刺してみろ」

田谷は立ちあがると、タクの前へ足を踏み込んだ。

タクは包丁の先を田谷に向けた。柄を両手で握り締めている。力いっぱいなのに、何故か力が入らない感じがする。つるりと包丁が手をすり抜けてしまいそうで、心もとない。唇がぴくぴくと震え始める。

「どうした。刺せないのか」

田谷は、笑みを浮かべながら、また一歩踏み込む。

「マサ、ケン、逃げるんだ」

タクは泣きながら、一歩下がる。

「どうした。後ろに下がっては、俺を刺せんぞ。この腹は脂肪で相当厚い。その包丁で刺しても、力を込めなければ、中まで突きされない。脂肪で弾《はじ》き飛ばされるか、腹の中で刃がこぼれるかだ。さあ、やってみろ」

田谷は腹を突き出してくる。

「来るな！」

タクは叫んだ。もう頭の中が真っ白になった。何も目に入らない。また後ろに下がった。

「タクくん……。止《や》めて」

美奈が小声で言った。タクは美奈の方に目を向けた。今にも泣きそうにしている。

「美奈ちゃん……」

タクは、力が抜けるのを感じた。

「タク、よせ。包丁を俺に渡せ」

マサがタクに手を伸ばした。

「お前、その包丁を自分の腹に刺すか、それで指を落とすかすれば許してやる。できもしないくせに、包丁を振り回すな」

田谷が怒鳴った。

「タク。もういい。渡せ」

マサが近づいてきた。タクはマサを見あげるように見つめた。大きいと感じた。何だろう。この差は？　自分がとても惨めに思えた。足元がふらついた。腰が抜けた。急に力が抜けた。包丁をマサの方に差し出す。マサがタクの手首を押さえて、そっと包丁を奪い取った。タクは、その場に座り込んだ。美奈が小走りに近づいてきた。美奈の手がタクの両肩に触れた。

「それでいいのよ。それでいいのよ」

美奈は繰り返し、言った。

「手間、かけやがって」

田谷がタクに向かって唾《つば》を吐いた。

「申し訳ございません」

マサが田谷に頭を下げた。

「お前の友達《ダチ》は、ガキばかりだな」

田谷は、小莫迦《ばか》にしたように鼻を鳴らした。

「許してやって下さい。友達を思ってのことですから」

「それでどうする？　この始末は？」

「わたしが始末をつけさせていただきます」

「おう。そうでないとな。お前も、この銀座で生きて行く以上は、俺には逆らわない方がいい」

「わかっています。不始末は、不始末です。きちんとさせていただきます」

マサは田谷に深々と頭を下げた。

ケンがマサの服を引っ張った。マサはケンの手を払った。

「マサ！」

「ケン、タクのところへ行っていろや。ここは俺がちゃんと始末をつける。またお前に始末をつけてもらわなあかんときは、頼む。気にせんでええ。こんなんは順番や」

マサは軽く笑った。ケンは、泣くとも笑うともつかない顔をして、タクの側に倒れ込んで来た。

「マサ！　あかん！」

タクは叫んだ。マサが振り返った。屈託のない笑い顔だ。

マサは、包丁を握りなおすと、テーブルに近づいた。田谷は無言でマサの動きを見守っていた。椅子に座りなおす。椅子が床に当たるゴトリという音が響く。

マサは、白いまな板の上に左手を広げた。

「タク。悪いけど、痛くて、舌をかんだら、かっこ悪いから、ここにあるタオルで口を縛ってくれへんか」

マサが振り返って言った。タクは、首を振った。

「頼む。やってくれや」

マサが小さく笑う。

タクは、ふらふらと立って、マサに近づく。テーブルに手を伸ばして、タオルを摑《つか》む。

「おおきに。それを紐《ひも》みたいにして、俺の口を縛ってくれ」

マサは口を大きく開けた。

タクは、タオルをクルクルと回転させ、紐状にした。

「こうか？」

タクはマサに訊《き》きながら、大きく開いた口にタオルを渡して、首の後ろで縛った。マサはタオルを歯でかみ締めると、大きく頷《うなず》いた。首を後ろに振った。下がっていろという合図だ。タクは後ずさりで下がった。

マサは田谷の目を強く見つめた。田谷はわずかに眉間《みけん》に皺《しわ》を寄せた。まな板に広げた手の指のうち、小指を残してあとは握られた。右手に持った包丁の先を小指の左側に突き刺した。包丁の冷たい刃が、マサの太い小指を睨みつけている。

田谷が大きく頷いた。それが合図だった。

マサが右手を思い切り下に下ろした。ためらうことなく力を込めている。包丁の刃が、小指の第一関節に当たる。そのまま刃は肉を切り、骨を切る。マサが、う、う、う、と唸《うな》り声をあげる。

タクは息を呑《の》む。ケンも瞬《まばた》きもしないでマサの指先を見つめる。タオルをぎりぎりとかむ。

美奈が、悲鳴をあげた。まな板が真っ赤に染まった。マサの血だ。マサは包丁をテーブルに置くと、口を縛ったタオルを解《ほど》き、血で真っ赤に染まった小指に当てた。顔が青ざめ、汗が出ている。目を吊《つ》りあげ、唇をかみ締めている。

田谷がそれを摘《つ》まんだ。マサの小指だ。田谷の目の辺りがぴくぴくと動いた。顔全体が緊張している。

「おわりました」

マサが口を開いた。タオルが真っ赤だ。

「これが五十万円のけじめだ。わかったか」

田谷はマサの小指を突き出した。ケンは身体を震わせた。タクもその場に立ち尽くした。

美奈が、新しいタオルを持ってマサに近づいた。真っ赤に染まったタオルの上に何枚もタオルを重ねた。

「ありがとう」

マサが言った。

「右、三軒となりのビルの五階に病院がある。すぐそこに行け」

田谷が言った。マサは頷き、身体を揺らしながら、歩き始めた。

「お前ら、ついて行ってやれ。医者には、料理中に謝って指を切ったと言え」

3

病院での治療が終わり、マサは「クラブひかり」のあるビルの自分の部屋に戻った。タクもケンも美奈もついて行った。病院では、医者が、料理で切ったにしては思い切ったね、と笑いながら言った。もし切れた指先があれば、繋《つな》いだのにとも言った。まさかその指先を田谷が持っているとも言えずに、マサは苦しそうに、なくなってしまいましたと答えた。

止血と簡単な縫合で終わった。医者は、雑菌が入って、今夜熱出るかもしれないから、注意するようにと言った。薬も幾種類か渡してくれた。

「俺、寝るわ」

マサは言った。顔が青い。ケンが無言で布団を敷き始めた。

「ケン、反省したのか」

マサが訊いた。

「俺、何も言えへんわ」

ケンが泣いた。泣く以外に何かできただろうか。ケンの泣き声につられて、タクも涙が出てきた。なにがどうなったのかわからない。泣く以外に方法がない。申し訳ない。マサが苦痛に耐えているのを見るだけで、自分たちの莫迦さがどうしようもなく思えてくる。

マサが布団にもぐり込んだ。

「うずくな。目つぶる以外にないな。これを堪《こら》えるにはよ。ケン、相当な貸しやで。いつか返してや」

マサが布団の中で言った。ケンは涙を拭《ぬぐ》いながら、うんうんと何度も頷いた。

「もう帰れや。俺は寝るから」

マサが言った。

「俺、ここに泊まるわ。マサが熱でも出したら大変やから」

ケンがタクに言った。

「そうか……」

タクは、自分も泊まるべきかと迷った。

「タクは帰れよ」

ケンが言った。悲しそうな顔だ。ケンはケンなりに傷ついていた。その傷をマサの面倒をみることで癒《い》やそうとしているのだろう。一晩中、マサに謝り続けるつもりなのだ。

「わかった。帰るわ」

タクは美奈を見た。美奈はタクと視線を合わせた。美奈も帰るつもりなのだ。

「一緒に帰るか」

タクは美奈に言った。美奈は頷いた。

「おやすみ、マサ。おやすみ、ケン」

タクが言った。マサは何も答えない。

ケンが、

「ゴメン、やった」

とタクに頭を下げた。

「マサが指を詰めたから言うて、借金が消えた訳やないんやろな」

タクが言った。

「せやろな。返さんといかんねやろな」

ケンが力なく答えた。

ふと、タクの頭の中に妙なことが浮かんだ。その疑問を口に出そうか、迷った。しかしつい口をついて出てしまった。

「ケン、お前、そのサツキ言うたっけ、その女と暮らしとんねやないやろな」

タクの問いに、ケンは何も答えなかった。なんだかあいまいな目をしただけだった。

タクはそれ以上、追及しなかった。それをすればマサを怒らすのではないかと思った。何せ、直接の責任はないもののマサの指を切り落とした女、その原因を作った女だからだ。

タクは美奈と外に出た。

「店は、どうするの？」

タクが訊いた。

「今日は、よすわ」

美奈がうつむいたまま答えた。もう夜の十二時だ。今さら、店に行っても仕事にならないのだろう。する気にもならないだろうが……。

「歩く?」

美奈が言った。

タクが頷く。

タクは歩いた。美奈がそっと腕を取った。どっちの方角に向かっているのか。日本橋の方なのか、新橋の方なのか、それさえ判然としなくなっていた。

「マサくん、大変だったわね」

美奈がタクを見あげた。

「たいした奴さ。痛いとも言わへん。もともと根性はあったけど、あれほどとは思わなかった」

「そうね。すごいけど、田谷さんはひどい」

「ああ、あれほど徹底しているとはなぁ」

「タクくん、本気で田谷さん、刺そうと思っていたの」

「わからへん。怖くて手も足も、震えが止まらんかった」

「もし刺していたら、終わりだったね。タクくん、刑務所行きになるもの」

「そうやな。そうなった方が、マサの指がなくならんでよかったのかもしれへん。田谷さんは、許す気はなかったんやろか」

「あの人は、面倒は見るけど、裏切ったりしたら怖いのよ。誰も逆らうことはできない」

「マサはクビになったりせえへんやろか」

　タクは心配して訊《き》いた。

「今日のことでマサくん、田谷さんの信頼を得たと思う。大丈夫よ」

　美奈が笑みを浮かべた。

「ここはどこらへんや」

「新橋駅近くよ。お腹、減ったね」

「ラーメンでいいか」

　タクが訊いた。

「またラーメン。タクくんはラーメンばっかりだな」

　美奈はチラシ配りの後、ラーメン屋に立ち寄ったことを言っているのだろう。

「嫌やったら、フランス料理でも食べるか」

　タクが真面目な顔で言った。

「どこにフランス料理があるの？　そんなの見たこともないくせに」

　美奈が笑った。

「みくびったらあかんで。いつか腹いっぱいにフランス料理を食べるねん」

タクが怒って言った。

「そうしたらそのときにお相伴に与《あずか》らせていただきます」

美奈が深く礼をした。

「承知つかまつりました」

タクも礼を返した。

「あそこに屋台があるわ。あれでいいよ」

美奈が指差した方向には、石段があり、その下に細い路地が長く延びていた。路地には中華ソバの看板を掲げた屋台がとまっていた。

「美味《うま》いかどうかわからんよ」

「いいのよ。タクくんとはラーメンを食べる運命なのよ」

美奈がくすっと笑った。美奈の手が伸びた。タクも伸ばす。手と手があった。美奈が引いた。タクの身体が美奈の方に傾く。

「行くわよ」

美奈が歩き出した。タクは引かれるように歩いた。石段を降り、屋台の前に立つ。胃の粘膜を刺激するようなスープの香りが漂ってきた。暖簾《のれん》を払う。

「へい。いらっしゃい」

主人が言った。

4

人通りの少なくなった街を歩いた。美奈と一緒だ。新橋を抜け、日比谷通りに出た。少し風がある。

「寒くない？」

タクは訊いた。

美奈は、

「大丈夫よ」

と言った。日比谷公園が暗闇の中に沈んでいる。

「あの公園でデモに初めて出たんや」

タクは暗がりを指差した。美奈と出会うきっかけになるデモだった。

「ちょっと疲れた……」

美奈が言った。

「あそこがいい」

タクは道路沿いのビルを指差した。シャッターは下りているが、駐車場へのスロープが見える。あのスロープに腰を下ろせばいい。周りの壁が風を防いでくれる。

タクは美奈の手を引いた。スロープの上に立った。

「ここに座ろう」

タクが言った。まずタクが腰を下ろした。目の前にはシャッターだけが見える。美奈が側に座った。タクは、なんだか重苦しい気分になった。なにか喋《しゃべ》っていなくてはならないような感じだ。

「今日はいろいろあったな」

タクはそう言うと背伸びをして、コンクリートの床に仰向《あおむ》けになった。

美奈の背中が見える。

「いろいろあったね」

美奈が振り向いた。視線が合った。ふいに美奈が目を閉じた。タクは半分身体を起こした。美奈は目を閉じたままだ。タクは美奈に顔を近づけ、唇に自分の唇で触れた。美奈が力を込めて、顔を押しつけてきた。前より確かな感触で、唇が触れ合う。タクは美奈に押されるまま、コンクリートの床に倒れた。倒れるとき、暗い空が見えた気がした。でもすぐに美奈の顔が視界いっぱいになった。

「タク……」

美奈が目を開いた。見つめる。タクは、床に倒れたまま、美奈の薄い背中に腕を回し、そっと抱き寄せた。美奈がタクの身体に倒れ込んできた。

タクは美奈の唇に自分の唇を重ねた。全身がしびれるような感覚に捉《とら》われる。ちらりと友里恵のことを思い出した。あの罪悪感のある唇の味とは違った。もっと心地よかった。

美奈は身体を強く押しつけてきた。コンクリートの床が背中に当たる。でも痛さは感じない。

「痛くないの、ここ？　苦しい？」

美奈が訊いた。硬くなっているタクの股間《こかん》に気づいたからだ。タクは何も答えなかった。

「このままだとかわいそうだよ」

美奈が言った。美奈は、タクのベルトを緩め、ジーンズのボタンを外した。

「楽になった？」

美奈が訊いた。タクは、

「うん」

と答えた。

このまま永遠に時が止まればいいと思った。タクは思いっきり美奈を抱きしめた。美奈のやわらかい乳房がタクの胸に沈み込んだ。タクの手が美奈の最も柔らかい部分に触れた。美奈は抵抗しなかった。

「こんなところでいいんか?」

美奈が頷《うなず》いた。

タクは、もう一度美奈を強く抱いた。


ものすごい鳥の声だ。まだ太陽は昇っていない。暗い。腕時計を見る。午前五時五十分、鳥は日比谷公園で啼《な》いているのだ。

隣を見た。美奈が丸くなって寝ている。コンクリートが背中に痛い。

「美奈……。美奈……」

タクは美奈の身体を揺する。美奈が顔をあげ、目を開けた。

「いつの間にか眠ってしまったみたいや」

「今、何時なの?」

「もうそろそろ六時になる」

「起きようか。人が来るね」

「ああ、朝の早い人なら」

タクは身体を起こした。美奈も同時に起きあがる。

タクは立ちあがった。ジーンズをはたいて、砂を落とす。美奈が立った。タクは美奈の服もはたいて、汚れを落とした。

「寒くはない？」

「大丈夫よ」

美奈が笑った。

「行こうか」

タクは美奈の手を取り、歩き始めた。心なしか空が白んで来たようだ。気分が高揚していた。美奈と身体を重ねたからだ。全く友里恵のときと違った感覚だった。あれは、ただ好奇心であり、後に残ったのは罪悪感だった。確かに友里恵と重なっても肉体は、満足していた。しかし終わると心が冷え冷えとした。

ところが美奈とは何もかもよかった。心が温かくなったのだ。心が充足しているのを感じた。これが愛するということなのだとタクは思った。愛することがなければ、身体を重ねてもなんにも充実しない。

タクは美奈の肩を強く抱いた。美奈がタクに身体を預けてきた。華奢《きゃしゃ》な身体だ。タクは、絶対に美奈を守ると誓った。田谷の顔が浮かんだ。美奈を取るか、指を詰めるかと言われたら、あの田谷の前で、指を詰めてやると思った。

「ウオーッ」

タクは突然、日比谷公園に向かって大声で叫んだ。美奈が耳を押さえた。

「タク……、どうしたの」

「俺」

とタクは美奈を見つめて、

「いろいろあるけど、俺、嬉《うれ》しくてたまんないんや。マサは今頃、痛くて苦しんでいるやろけど、俺は嬉しくてたまらへんのや」

タクは美奈の肩を両手で摑《つか》んだ。

「俺、美奈のためやったら、指、何本でも詰めてええわ」

タクが興奮して言った。

「なにおかしなこと言うのよ。指がなければ、わたしを摑まえられないのよ」

美奈がタクを見つめて笑った。

またひとしきり公園の鳥が啼いた。もうすぐサラリーマンが地下鉄の出口から溢《あふ》れ出してくるだろう。タクは、美奈と歩き始めた。

第八章　それぞれの蹉跌《さてつ》

1

山川は、下井草《しもいぐさ》の下宿で田舎の父が送ってきたジョニ赤をひとりで呑《の》んでいた。父は四国の香川県で会社を経営していた。東京に下宿する息子に高級ウイスキーを送ってくるくらいだから経営は順調のようだ。

山川は、瓶を傾け、コップに慎重にウイスキーを注ぐ。高級だから無駄には呑めない。タクがこの下宿に来たときも、これだけは隠していた。味が分からないような田舎者にこれを呑ませる訳にはいかない。

それにしても……。

ウイスキーが舌を刺激するのを楽しみながら、山川はマサのことを考えていた。今日、久しぶりに塾生勧誘のチラシ配りに参加した時、タクからマサが指を詰めたことを聞いたからだ。山川は自分の小指をじっと見つめる。この指に包丁が食い込む。血が噴き出る。身体の芯《しん》からぶるっと震えが来る。痛い。どちらかというと山川は痛みに敏感な方だ。身体はがっしりとして多少のことなら痛くも痒《かゆ》くもないような印象を与えるのだが、実際はそうではない。やはり男三人兄弟の末っ子だからだろうか。親への甘えが痛みに敏感にさせているのかもしれない。

マサはすごい奴だ。

山川は、マサのやや暗い翳《かげ》のある顔を思い浮かべた。あいつは一角《ひとかど》の男になるかもしれない。それに引き換えケンはどうしようもない。大事な金を使い込みやがって、マサはそのおかげで指までなくす羽目になった。とんでもない奴だ。今頃はきっと反省していることだろう。

コップのウイスキーがなくなった。もう少し呑んでもいいか。山川は、また慎重にウイスキーをコップに注ぎいれる。

最近、山川は香山のしつこさに辟易《へきえき》していた。セクト活動に深く関与させようと集会参加などを命令してくるのだ。山川は、自分がもともと新左翼などという柄じゃないことを自覚していた。それに最近、内ゲバが多いのもセクトに対する失望感を強くしていた。

もともとあの女の子に声をかけられたのが間違いだったんだ。

山川は、大学に入学したてのころキャンパスで声をかけてきた名も知らない女子学生を思い出した。山川に、これ読んで下さいと反戦のビラを渡した。集会がありますから、ぜひきて下さいとも熱心に説得した。白いヘルメットを被《かぶ》り、顎《あご》のところにタオルを引っ掛けていた。ヘルメットの中を山川が覗《のぞ》き込むと、色白な顔にくっきりとした目があった。その目は魅力的で、山川はあっという間に惹《ひ》き込まれてしまった。

あれが運のつきだった。誘われるままに集会に出かけたのがまずかった。集会に行ってもその女子学生はいなかった。にこやかな笑みで近づいて来たのが香山だった。香山は瘦《や》せて鋭い目をしていたが、一見すると知的な印象だった。

「初めて参加してくれたのですね」

香山は優しい声で言った。山川に警戒心は起きなかった。それは香山が大学に入って初めて親しげに声をかけてくれた存在だったからかもしれない。

山川が軽く頷くと、香山は、

「日本は再軍備を計画し、危険な方向に歩みつつあるとは思わないですか」

などと問いかけてきた。山川は、政治にそれほど関心があったわけではない。ただ泥沼化するベトナム戦争などに人並みに心を痛めていただけだ。

山川は、まばゆいように目を細めて香山を見つめた。その目に敏感に反応して、香山は話し続けた。

香山さんの目を真面目に見つめたのが深入りするきっかけだったな。

山川は心に呟《つぶや》いた。

ウイスキーを舐《な》める。

電話が鳴った。山川は部屋に電話を引いていた。学生では珍しいことだった。もちろん、自分では電話代を払ってはいない。実家の父名義だった。父の会社の電話として登録してあるものだった。

九時を回っている。今頃、何の電話だろう。ウイスキーに身体を温められてせっかくいい気分になっているのにと思いつつ、受話器を取りあげた。

「山川くん、いましたか」

少し甲高い、それでいて丁寧な口調だ。香山だ。ふっと嫌な気分になる。

「香山さん、どうしましたこんな時間に……」

「至急、こっちに来てくれませんか。大事なことがあります」

「今からですか」

山川はもう一度時計を見た。午後九時十分だ。

「悪いけど、頼みます」

「どこへ行けばいいのですか」

「よかった。来てくれますか。では文学部の門の前で待っていますよ」

「えっ。大学ですか」

山川は、訊《き》き返した。

「待っていますよ」

「困ったなあ」

「どうしたのですか」

「もうちょっと呑んでいまして、こんな時間に大学まで行く気分では……」

「そんなことは言わないで。大事なことですから、必ず来て下さい。待っています」

一方的に電話が切れた。

「か、香山さん」

山川は受話器を持ったまま叫んだ。返事はない。

「こんな時間に呼び出すなんてどうしたんだろう。今から急いでも十時過ぎてしまうじゃないか」

山川は、ぶつぶつと言った。

しかし香山の申し出を無視して、このままここにいる訳にはいかない。電話などに出るのではなかったと山川は後悔した。

「仕方がない。行くか」

山川は自らを鼓舞すると、ウイスキーの瓶を本棚の奥に隠した。コップの底にわずかに残ったウイスキーを呑み干す。また帰って来てから呑めばいい。

山川は、白いシャツの上にちょっと派手なスタジアムジャンパーを羽織って、外に出た。暗い。見上げても星はない。四国の田舎町なら、手を伸ばせば星が摑《つか》めるほどの、星の河なのに……。ぶるっと寒気が来た。ウイスキーで少し温められた身体が瞬く間に冷める。

嫌だな……。

山川の足は重かった。しかし香山からの電話に逆らうわけにはいかない。もうこれきりにして、二度と香山と関わり合いを持つのはよそう。このままセクトと行動を共にしていたら、せっかくの大学生活がなんだか荒《すさ》んだものになってしまいそうな気がしていた。

どんな用事か知らないが、今夜、香山さんに会ったらセクトを完全に離れると申し出よう。多少軋轢《あつれき》はあるかもしれないが、それは仕方がないだろう。

山川は急ぎ足で西武新宿線下井草の駅に向かった。

2

タクは、安部《あべ》球場に向かう通りにあるおでん屋に美奈と二人でいた。「しのぶ」という店だ。名物の元気なおばさんが経営している。安くて美味《うま》い。

店は、古びた民家で、カウンターと小さなテーブルが四つあるだけだ。タクが、美奈を連れて暖簾《のれん》をくぐると、おばさんの元気のいい声が聞こえた。

「いらっしゃい。また今日はきれいな子と一緒だね」

真っ白な割烹着《かっぽうぎ》に身を包んだふっくらとした体軀《たいく》のおばさんが笑顔で迎え入れてくれた。時間は午後七時を少し回っていた。店は混んでいた。タクが座る席はいつも決まっている。出入り口に一番近いカウンター席。幸いにもそこは空いていた。

「ここにはよく来るんだ？」

美奈が言った。

「そんなでもない。お金もないしな」

「でもおばさんと親しげじゃない？」

「あのおばさんは、俺たちみたいに地方から来た連中が好きなんや。せやから一回来たら、たいてい馴染《なじ》みさんになるんや」

タクはカウンターの中で忙しく働くおばさんを眺めていた。

「すごいね。わたしも見習わなくちゃね」

美奈が微笑した。

「ビール出すよ」

おばさんが、キリンのラガーをタクの前に置いた。

ビールはよく冷えていた。

タクは、まず美奈のコップにビールを注いだ。続いて自分のコップに注ごうとしたとき、美奈がビールを奪った。

「注いであげる」

美奈はタクに微笑みかけた。

タクのコップが琥珀《こはく》色の液体と白い泡に満たされていく。

タクは間違いなく幸せというものがあるとその液体を見ながら思った。徐々にコップに満たされていく液体は、タクの心の中を満たしていく幸福感そのものだった。

明日の入塾受付開始を控え、今日はチラシ配りの最終日だった。ケンも熱心に配った。使い込みやマサの指詰め事件のことなどの責任を感じているのか、口数は少なかった。タクの指示するままに、勧誘チラシを配って回った。それは今まで怠けた分を取り戻そうとしているかのようだった。

山川も来た。山川もセクトのことでは悩んでいるようだが、今日ばかりは熱心だった。滑川は、いつもとかわらずゆっくりとした調子だった。忙しく動き回るタクたちを微笑みながら眺め、あくまで自分のペースを守ってチラシを配っていた。

タクは美奈と一緒に各家にチラシを投げ込んだ。美奈は、今日も銀座の店を休んだ。

「田谷さんに叱られないんか」

タクが訊いても、笑って否定するだけだった。美奈は、単なるホステスではないのだろうか。もし雇われているだけのホステスなら、こんなことで店を休んだら、クビになってしまうのではないだろうか。田谷と美奈とは、特別な関係なのだろうか。

さすがにマサは来なかった。マサが指を詰めたのは六日だから、早一週間が経った。マサは翌日からなんでもなかったように店で勤め始めたようだ。たいした奴だ。あいつのためにも塾を成功させて、田谷に金を返さなくてはならない。

久しぶりに皆でチラシを配ったお陰で、タクは心地よい疲労感に浸っていた。配り終えると、みんなと別れ、タクは美奈と一緒にいったん下宿に戻り、荷物を置くと「しのぶ」に来た。

ケンたちはタクと美奈が付き合っていることを薄々気づいているかもしれない。だから一緒に帰ると言っても、特に誰も詮索《せんさく》顔で見ることはなかった。

タクが美奈を下宿に案内するのは今日が初めてではない。

四日前のことだった。勧誘チラシを配り終えると、美奈が、

「今日は、タククんの下宿に行きたい」

と突然言ったのだ。

「えっ」

タクは驚いて美奈を見た。胸がどきりとした。マサが指を詰めた日に、初めて美奈

と身体の関係ができたが、それ以来何もなかった。

「本当に？」

「行きたい。今日は、お店、休むって言ってきたから。寒いし、お鍋《なべ》でもしようか」

美奈が弾んだ声で言った。

タクは美奈と肉や野菜などを買った。代金は美奈が払った。美奈に代金を払ってもらうのはタクにとって恥ずかしいことだったが、

「気にしないで」

という美奈の一言にタクは甘えた。

「ここや」

タクは通りから少し路地を中に入ったアパートの前に立った。周りにも同じようなアパートが建ち並び、昼間でも日当たりが悪そうだった。

「割といいじゃない」

美奈が言った。タクには美奈が無理に言っているように聞こえた。

「中へ入ろう」

タクがアパートの入り口の戸を開けた。タクの部屋は、入り口のすぐ右手だった。

「あっ猫」

美奈が顔をほころばせた。

「クロや」

タクの部屋の入り口に黒い猫が寝そべっていた。

「クロって言うの」

「色が真っ黒やからクロ。野良猫なんやけど、ときどき餌をやってたら、ぼくの部屋に居ついてしもうたんや」

タクは、そう言うと、クロに、

「ただいま」

と声をかけた。クロは、あまり響きのよくない声で鳴いた。美奈がクロの喉《のど》をなでると、気持ちよさそうに目を細めた。

部屋のドアを開け、中に美奈を案内する。クロものそりと身体を起こし、部屋の中に入ってきた。

「ホント。何にもないわね」

美奈が呆《あき》れたような声を上げた。タクは、頭をかいた。部屋の中は、本の詰まった本棚、ファンシーケースというビニール製の洋服入れ、それにちゃぶ台があるだけだった。

「どこで勉強しているの」

美奈が訊《き》いた。タクはちゃぶ台を指差した。

「机くらいないと、本当に勉強していないように見えるわよ」

美奈がクスリと笑った。

「今度、買うよ」

タクは言った。

「それじゃあ、まずは腹ごしらえといきますか」

美奈は、ガスコンロだけの小さな流しに立った。

「鍋とか、包丁はあるの？」

「その流しの下」

タクの言うままに、流しの下を開けると、薄いアルマイト鍋、包丁を取り出した。

「一応、自炊用品は揃っているのね」

美奈は微笑した。

「あまり使っていないけどね」

「一緒に鍋をつつきたいけど、コンロがちゃぶ台まで届かないから、ここで料理してしまうわね」

「ああ、食えればいいよ」

タクが言うと、美奈はふくれて、

「失礼な。ちゃんとおいしく作るわよ」

と言った。

タクは、心の中が満たされるのを感じていた。美奈が、台所に立つ姿を見ていると、幸せという言葉がどれだけの重みを持つ言葉なのか、しみじみとわかった。

美奈は、リズミカルな音を立て、野菜や豆腐を切った。

「お砂糖は？」

「そこにない？」

「ないわね」

美奈が口を尖《とが》らす。

「隣で借りてくるよ」

タクは立ちあがって、隣へ行った。隣は一人暮らしのお婆さんだった。無愛想な人だが、悪い人ではない。時々、こうした足りない物を借りたり、田舎から送って来た物を、分けるという関係にあった。

ドアの間から明かりが洩《も》れている。中にいるようだ。タクは、ドアを叩《たた》き、声をかけた。カチリという音がして、ドアが少し開いた。

「すいません、お休みのところ。砂糖を少し貸してくれませんか」

「砂糖かい？」

「ええ」

しばらくすると、お婆さんは、砂糖の入った透明な瓶を差し出した。

「ありがとうございます」

タクは砂糖の瓶を受け取りながら、言った。

「お客さん？」

お婆さんは顔を半分だけ覗《のぞ》かせて訊いた。

「はい」

「女の子かい？」

「ええ、まあ」

「あまり騒がないでおくれよ」

お婆さんは、ドアを閉めた。

タクは、閉まったドアに頭を下げて、自分の部屋に戻った。

「はい。お砂糖」

タクは美奈に瓶を渡した。

「よかった。これでいいわ」

美奈は、砂糖を適量鍋に入れた。ぐつぐつという音とともにおいしそうな香りが部屋に充満してきた。クロもちゃぶ台の下で目を開けて美奈を見ている。

「すき焼きというか、すき焼き風煮ってとこかな」

タクがちゃぶ台の上に、部屋にあった雑誌を敷いた。美奈が鍋を、その上に置いた。火から離されても、鍋の中は、まだぐつぐつと煮立っていた。

「ちょっと待って」

タクは、流しに行き、栓の開いた赤ワインとグラスを持ってきて、美奈のグラスに赤ワインを注いだ。美奈がボトルをタクから奪った。

「わたしが入れてあげるわ」

美奈は、タクのグラスに赤ワインを注いだ。

「おいしかったよな」

タクが目を細めた。やわらかく煮えた大根に箸《はし》を伸ばしていた。

「ここのおでんがおいしい」

「そうじゃなくて、美奈のすき焼きのことや」

「タクくん、本当によく食べたわね」

美奈は、肉の切れ端まで探して食べるタクの姿を思い出したのだろう。

「最後のうどんが美味《うま》かった。よく出汁《だし》が染みていてね」

大根を口に運ぶ。タクは、美奈を見て、

「この大根も美味い。よく味がしみているわ」

タクは歓声をあげた。

「美味《おい》しいでしょう。うちのおでんは、学生さんたちのいろんな要望を聞いて作っているからね。魂がこもっているんだ」

おばさんが、自慢げに美奈に言った。

「ええ、ホント。魂がこもっているわ」

美奈が答えた。

「いよいよ明日だね」

タクは、どれくらいの塾生の申し込みがあるか不安になった。事前の反応は決して芳しいものではない。もし失敗すると、田谷への返済が不可能になってしまう。タクは自分の指を見つめた。

「大丈夫よ」

美奈が、明るく言った。タクはビールを一息に呑《の》んだ。

3

ケンは、サツキのアパートにいた。アパートは自由が丘にあった。駅を出て、踏切を渡り奥沢方向に少し歩いたところにあった。さほど贅沢《ぜいたく》な造りではない。モルタルの二階建ての一室だった。

まだサツキは帰って来てはいない。川崎から仕事を終えて帰ってくると午前二時近くになることも多い。川崎に近いところに住めばいいと思うのだが、サツキは自由が丘がいいと言った。

ケンは、勝手に留守番をしていた。部屋を掃除し、簡単な夜食も用意した。スパゲッティをゆでて、いつでも食べられるようにしておいたのだ。

ケンがここに転がり込んだのは、サツキに思い切り叱られ、もう二度と店に来るなと言われた日だ。

その日、サツキはケンに店の前の喫茶店で待っているように言った。ケンは、素直に言うことを聞き、深夜営業の喫茶店で待った。何時間でも待つつもりだった。コーヒーを頼み、じっと待った。

喫茶店の入り口のドアが開いた。そこには店内の様子を窺《うかが》うサツキが立っていた。ケンは待ちくたびれた子犬のように立ち上がり、手を振った。サツキの笑顔が目の中に一杯になった。

「もうすぐ帰ってくるかな」

ケンは、何もないときは、一日中、サツキの部屋で本を読んだりしながら帰りを待っていた。サツキの側にいられるだけで満たされていた。東京に来て初めてのことだった。こんなに穏やかな気持ちで暮らすのは……。これが幸福というものに違いない。

「明日だな。塾生は何人集まるかな」

ケンは、ごろりと横になった。視界の中にサツキの三面鏡が入った。小さな椅子に腰掛けて出勤前の化粧をするサツキを思い出した。鏡の中にサツキの笑顔が見える。

「俺は、本気でサツキさんのことを考えているぞ」

ケンは、一人呟《つぶや》いた。

4

山川は文学部の門に近づいた。時間は十時を過ぎていた。闇の中に街灯に照らされた人影がぼんやりと見える。あの細い体形からすると香山に違いない。

山川は人影に近づいて行った。まだ顔ははっきりとは見えない。背中に街灯の明かりが当たっている。

「山川」

男が声をかけた。香山の声だ。

「香山さん」

山川は答えた。

「待っていたよ」

「なんですか。こんな時間に」

「悪かったな。急に呼び出して」

香山の顔がはっきりと見えた。いつも暗い顔をしているが、今日は夜のせいか一層、暗い。水底《みなそこ》に沈んでいるような顔だ。山川は、ゾクリと背中に冷たいものが走るのを感じていた。

「こっちに来てくれよ」

香山は歩き出した。山川は、その後に従った。キャンパスの中にはもちろん人影はない。政治経済学部の山川にとっては文学部のキャンパスは不案内だった。香山はスロープの方に向かって歩く。

「どこへ行くのですか」

山川は、香山の背中に訊《き》いた。暗闇と沈黙が山川を不安にしていたのだ。

「黙って、ついて来なさい」

香山が命令口調で言った。

香山はスロープをあがり、そのまま教室に向かった。長い廊下の途中に、窓から明かりが洩《も》れている教室がある。蛍光灯の明かりではない。懐中電灯を照らしたような明かりだ。誰か他にいるのだろうかと山川は思った。ますます不安な気持ちになっていく。足がすくむ。

香山は、明かりが洩れている教室のドアを開けた。

「こっちだ。入れ」

香山が山川の目を睨《にら》みつけるように見た。入り口に香山が立っている。山川は、香山の側を抜けて教室に足を踏み入れる。帰りたいという気持ちが切実に湧き起こる。ジョニ赤を呑んで眠ってしまえばよかったと後悔した。何か不吉なことが起きるような予感に震えていた。

まさか俺がリンチされるのか？

ライトが山川の顔に当たった。一瞬、目がくらみその場に立ち尽くす。

「山川が来たんだ」

背後から香山が言った。ライトが山川の顔から離れていった。

「おお、山川か。ごくろうさま」

教室の暗闇の中から声がした。誰の声かはわからない。

暗闇に目が慣れてきた。懐中電灯の明かりの先に何かがうずくまっているのが見えた。その周りを人が取り囲んでいた。ぼんやりとした明かりの中で人数は、ざっと二十人ぐらいいるように見えた。

「どうしたんですか」

山川は背後にいる香山に訊いた。

「スパイだよ」

香山は冷たく言った。

「彼がそうですか」

山川は人の輪の中にうずくまっている男を見て言った。

「そうだ。中核派のスパイだ。今日の集会に紛れ込んでいるのを見つけた」

中核派とは香山たちの革マル派と対立する新左翼のことだ。この二つの派はもともと革命的共産主義者同盟全国委員会というひとつの組織だった。それが内部対立を起こして、二つに分かれた。近親憎悪とでも言おうか、もともと同根であったために、余計に憎しみあいが強い。

「捕まえてきたのですか」

山川は訊いた。足が震えていた。今からここにいる連中は何をするつもりだろうか。

リンチ？

そんな現場に立ち会ったことはない。山川は足の震えが止まらない。

真ん中にうずくまった男は、小太りな感じだった。身体もそれほど大きくない。顔を伏せたままだ。

「山川も中に入れ」

香山が言った。

「わたしもですか」

山川は唇を震えさせながら訊いた。

「そうだ」

「帰らせてくれませんか」

山川は視線を泳がせた。

「だめだ」

「お願いです」

山川は香山の顔を見つめた。香山は山川の腕を取ると、輪の中に引っ張り込んだ。香山は、山川に鉄パイプを手渡した。その冷たい感触と重みが、山川には不気味だった。

「ここにいる連中は、ほとんど山川と同じ新規加入の奴ばかりだ。今日は、一緒に、反革命分子を粉砕してもらう。組織に忠誠を誓うチャンスだ。みんなに後れをとるな」

香山は、暗い目で山川を見た。懐中電灯に照らされて取り囲んだ男たちの顔が浮かぶ。皆、暗い目でうずくまる男を見つめていた。

うずくまっていた男が顔をあげた。目の辺りが黒く痣《あざ》になっている。もう相当に痛めつけられた後のようだ。

「俺は、スパイじゃない」

男は叫んでいた。

「ちょっとうるさいな。縛れ」

香山が命令すると、長髪に破れたジーンズをはいた男が男に近づいた。手には日本手ぬぐいのような布とガムテープを持っていた。

男は、器用にうずくまった男を布で縛った。次にガムテープで口をふさいだ。男は苦しそうに、うっ、うっ、と小さく唸《うな》った。

香山が、山川から鉄パイプを取りあげ、男に近づいた。男の目が、恐怖に揺れている。香山は鉄パイプを闇の中に振りあげると、猛スピードで振り下ろした。鉄パイプの残像が、懐中電灯の明かりの中に映った。肉に当たる痛みを伴った鈍い音。男は、ガムテープでふさがれた口を激しく開こうとした。悲鳴をあげたいのだ。しかしあげられない。目を剝《む》き、白目に反転させた。身体を折り曲げ、伸ばし、苦しそうにもだえた。

香山は、男の身体に、さらに何度も鉄パイプをうちおろした。

「君の革命的精神をここで証明してくれ。そうでないと君自身がスパイとみなされてしまうよ」

香山が、鉄パイプを山川に返却しながら、淡々と言った。

山川は、身もだえする男を見ていた。名も知らない男。スパイだというが、何をどのようにスパイしていたのだろうか。早稲田の学生？　年齢は？　出身は？

人垣の中から、鉄パイプを振りあげ、甲高い奇声を発して、男が飛び出した。鉄パイプを振り下ろした。それを合図に、人垣を作っていた男たちが、一斉にうずくまる男に殴りかかった。

一人の男が、パイプを落とした。暗闇に高い金属音が響いた。男は、輪から逃げ出そうとした。しかしすぐに他の男に捕まえられた。

男が落とした鉄パイプを香山が拾いあげた。香山はその鉄パイプを振りあげると、男の肩の辺りをしたたかに叩《たた》いた。男は、動物のような咆哮《ほうこう》を上げ、その場に倒れ込んだ。

「山川、早くやれよ」

香山が、鉄パイプを持ったまま、振り返った。その顔は冷たく、青く、死神のようだった。山川は、恐怖で身動きができない。

「やれ、山川」

再び香山が、足をすくませて躊躇《ちゅうちょ》する山川を促した。山川は、鉄パイプを握ったまま、まだ呆然《ほうぜん》としていた。うずくまる男が身もだえするたびに、彼の痛みが身体を貫くのだ。立っているのがやっとというような状態で、山川は香山を見た。

「みんなと一緒に反革命分子を粉砕しろ」

香山は、にやにやと薄笑いを浮かべている。

山川は、顔に汗が流れ始めているのを感じていた。焦点の合わない目で、香山を見つめた。

奇声、肉を叩く音、骨を砕く音、うずくまる男のくぐもった呻《うめ》き声……。

「やらないのか」

香山が腹に響くような暗く低い声で言った。

山川は黙っていた。

「あの男が、明日のお前の姿になっても俺は止められないぞ」

香山は、死刑の宣告のように言った。恐怖から、はっきりと考えが定まらない頭で、山川は香山が、わざわざ自分をここに呼んだ理由を考えた。

最近の山川は、セクトとの関係を断つことばかり考えていた。香山に対する言動も消極的なものが目立っていた。しかし深刻に悩んでいたかというと、そうでもなかった。なんとかなると思っていた。いつでも逃げ出すことができる、そう安易に考えていた。ここで、今、鉄パイプを振るっている男たちの中にも、同じ考えの者がいるに違いない。

しかし香山たちセクトの幹部は違った。なんの思想性もなく、ふらふらしている連中の革命への覚悟を決めさせるために、このリンチを用意したのだ。

うずくまる男の顔が、バスケットボールのように膨れている。このままいくと弾《はじ》けてしまうのではないだろうか。

「山川、やれ！　革命に殉ずるところをみんなに見せてやれ」

香山が言った。

「革命に殉ずる、ですか」

山川は、そんな大それたことを考えたことがあっただろうか。女子大生の笑顔に誘われて、ついふらふらとついていっただけだ。それだけなんだ……。

興奮した声が聞こえる。殴っている男たちの額から汗が飛び散り、懐中電灯の光に照らされている。きらきらと光の玉が宙を飛ぶ。呻きながらのた打ち回る男の姿。

「山川、どうした。反革命だとみなされるぞ」

香山が大きな声で叫んだ。その途端に恐怖で身体は音が出るほど震えた。このままだと自分がやられる。自分が殺される。俺は、まだ死にたくない。

山川は、鉄パイプを握り締めた。山川は、オーッという精一杯の大声をあげた。声を張りあげ、鉄パイプを振りあげながら、男たちの中に飛び込んだ。鉄パイプを振り下ろす。やわらかい肉に鉄パイプがのめり込む。肉の感覚が、指先に伝わってくる。鉄パイプが深く入り、骨を砕く。グシャ、ビシャ、手に骨のつぶれる感触が伝わる。

山川の頭には、何もなくなった。そこからの記憶が飛んだ。真っ白になった。ただしわずかに覚えているのは、肉の塊に向けて、何度も鉄パイプを振り下ろしたことだけだ。その時の手に残る肉の感触だけだ。

うずくまる男は、もはや動かない。

「止めろ」

香山がストップをかけた。そうしなければ山川たちは、男の肉が、ちりぢりに引き裂かれるまで、鉄パイプを打ち下ろすのを止めなかっただろう。

「逝っちまったか?」

香山が近づき、うずくまる男を足で蹴《け》った。男は、仰向《あおむ》けに身体を伸ばして横たわったままだ。ピクリとも動かない。

山川は、鉄パイプを手から離そうともがいた。しかし手からは離れなかった。山川は、恐怖で身体が揺れた。

5

「誰だ」

タクは、ドアを叩く音に目覚めた。傍には美奈が眠っている。枕元の時計を見た。

午前三時だ。こんな時間にドアを叩く奴は誰だ。

「どうしたの？」

美奈が眠そうな声を出した。

「誰かが外にいるみたいなんだ」

タクは小声で囁《ささや》いた。美奈は布団を胸元まで引きあげ、硬い顔で入り口のドアを見つめた。

「誰かしら。今、何時？」

美奈がタクの顔を見た。

「三時だよ。大丈夫、ぼくがいるからな」

タクは、美奈の肩を叩き、部屋の明かりをつけた。ドアに向かう。

「誰だ？　誰かいるのか」

タクは、くぐもった声で外に向かって話しかけた。

「俺だ。山川だ」

ドアの外から声が聞こえてきた。

「山川か」

「そうだ。開けてくれ」

山川の声は、せっぱつまっているような印象だった。

「山川だ」

ケンは美奈を振り返った。美奈は、慌てて布団から出た。

「今開ける」

タクは、ドアの錠を外した。

「山川！　どうしたんだ？」

暗闇に、幽鬼のように青ざめた山川が立っていた。まるで、死者が地獄から生者に何かを告げようと蘇《よみがえ》ってきたようだ。

「悪い。入れてくれるか」

山川は、目だけで後ろを振り返って、部屋の中に入った。

「いらっしゃい」

美奈がパジャマ姿で恥ずかしそうな目で山川を見つめていた。山川は、美奈の存在に、一瞬身体を固めた。だがすぐにその場に座り込んだ。

「そうだったのか。やっぱりな……」

山川がタクと美奈を交互に見ながら言った。

「ああ、ごめん」

タクが視線を落とした。

「謝ることなんかないさ」

山川は、わずかに口元に笑みを浮かべた。

「何か、呑むか？」

タクが訊《き》いた。

「とりあえず水をくれないか」

山川が言った。

美奈がコップに水を入れて、運んできた。山川は、それを無言で受け取ると、一息に呑み干した。そして、ほうと大きなため息をついた。

「山川さん、ケガしているの？」

美奈が、心配そうな顔で訊いた。ジャンパーを脱ぐと、シャツの袖《そで》のところに赤い血が点々とついていた。

山川は、視線を落として、袖を見た。途端に山川の顔からは汗が噴き出し、歯が合わないほどがたがたと震えだした。目は虚《うつ》ろに宙を彷徨《さまよ》い、顔は蛍光灯の下で白蠟《はくろう》のように白く透明になった。

「山川、大丈夫か。体調が悪いのか」

タクは、山川の肩に手を置き、身体を揺すった。

「うう、うう、うおー」

山川は、咆哮《ほうこう》を発した。タクは思わず山川から身体を離した。美奈も両手でパジャマの胸元をしっかりと摑《つか》み、身体を縮めている。

「しっかりせんかい」

タクは山川の肩を今度は力を込めて握り、揺すぶった。山川は、顔を伏せていたが、がばりと顔をあげ、タクを見つめた。その目には涙が溜《た》まっていた。

「俺、俺……」

「どうしたんや。何があった？」

「俺、俺……」

山川は、タクの前に身体を伏せ、嗚咽《おえつ》を漏らし始めた。タクは美奈と視線を合わせた。一体何が起きたというのだろう。美奈も不安そうに首を傾げた。

「山川、何があったんや。話してみろよ」

タクは静かに言った。

山川は、顔をあげ、

「俺、俺、人を殺した」

と消え入りそうな声で言った。

「おい、おい、お前、なんて言った？」

タクは耳を疑った。人を殺した？　山川は、はっきりとそう言った。一体どうしたというんだ？

6

「マサ、まだ痛むか」

田谷がマサの背中に声をかけた。

田谷はカウンターでママの菊代を相手にブランデーを舐《な》めるように呑んでいた。客は、既に帰ってしまっていた。もう午前二時だ。

「多少は驚いたが、ああなると思っていたよ」

田谷は言った。

「オーナーも無茶なことを命じるんだから、ね。適当にマサくんもあしらえばよかったのに」

菊代が、自分はビールを呑みながら言った。

「はあ。仕方がありません。責任ですから」

マサは、シンクに溜まった皿やグラスを丁寧に洗っていた。

「お前が、指を詰めてあいつら感謝していると思うか」

田谷は目を細めてブランデーを舐めた。

「そういうことは気にしていません。わたしのけじめですから」

マサは振り返らない。傷はまだ完治していない。指に巻いた包帯から水がしみると刺すように痛い。

「偉いわね。根性、あるわ」

菊代が甘い声で言った。

「マサの言うとおりだ。相手の感謝を期待して何かことを起こすと、裏切られてかえって辛《つら》い思いをしなければならなくなるからな」

「そんなことよりわたしの友達が田谷さんに迷惑をかけてしまって申し訳なく思っています」

「そんなこと気にするな。俺は、そのお陰でお前という男を手に入れることができたと感謝しているくらいだ」

「もったいないお言葉です」

マサはグラスを磨き始めた。

「あいつらの塾はうまくいくと思うか」

田谷が訊いた。

「さあ、どうでしょうか。一生懸命やってはいるようですが」

マサは、自信なげに答えた。

「俺はうまくいかないと思う」

「なぜですか」

「気持ちがこもっていない。事業は死ぬ気でやらねばならない。アルバイトかなにかのような気楽さでは無理だ。あいつらにはそれがない。だからろくでもないことに金を使ってしまう」

田谷は呟《つぶや》いた。怒りを含んでいる訳ではない。淡々とした様子だ。

「田谷さんは、なぜあいつらに百万も投資する気になったのですか」

マサがグラスを棚にしまいながら、訊いた。

「そうだなあ」

田谷は、マサを見つめて、

「俺にとっては百万なんて、どうでもいいはした金だ。そのはした金で若い者《もん》を手に入れたかったのかな。あいつらはこの先、どういう運命が待っていようと、俺から逃れることはできない。それは事業が成功しようと、失敗しようと同じことだ」

と言い、ブランデーを呑み干した。菊代が、グラスに再びブランデーを注ぐ。

「このことはお前にも言えることだ。俺は百万でお前たち三人の運命に関与する権限を持ったってところだ」

田谷は、笑った。

「随分、酔狂なことね」

菊代が微笑しながら言った。

「俺たちの運命に関与しても、面白いかどうかわかりませんよ」

マサが眉《まゆ》を寄せた。グラスはあらかた片付いた。

「マサくんも一杯、呑む？」

菊代が言った。

「それがいい。ブランデー注いでやれ」

田谷が言った。

「そんな高級なものは、口に合いません」

マサは断った。

「構わない。お前も高級なものから経験しろ。下種《げす》から経験すると、ずっと下種のままになるから気をつけろ。何もかもだ。もちろん、女も」

田谷はマサの目を見て言った。

「女といえば、マサくんは、まだ女は知らないの？」

菊代が、真面目な顔で訊いた。マサの顔が赤らんだ。

「そんなことないだろう」

田谷がにやりとした。

「でもうちの女の子にもマサくん、ファンが多いのに絶対に手をつけないし、言い寄らないのよね」

菊代が、からかうように言った。

マサは何も答えずうつむいたままだ。

「当たり前だ。店の女の子に手をつけるのは、ご法度だ。それこそ指が何本あっても足らないぞ」

田谷が笑って言った。

「わたしがマサくんの相手するんならいいでしょ」

菊代が誘うような視線でマサを見た。

「ママ、冗談言わないで下さい」

マサは怒った。

「怒ったわよ。かわいいわね」

菊代は、まんざらでもないといった様子で、言った。

「それはいい考えだ。こういう人生を凌《しの》いできた女もいいもんだぞ。多少、使い古してはいるがな」

田谷が菊代を見て、声に出して笑った。

「失礼ね。使い古しだなんて」

菊代は、口を尖《とが》らせた。

「まあ、いい。女はいずれ俺がお前にふさわしい奴を選んでやる。世の中に認められたら、女はついてくる。焦ってくだらない女に手を出すな」

田谷は言った。マサはあいまいに頷《うなず》いた。

「それって、オーナー自身の教訓かしらね？」

菊代はグラスにブランデーを注ぎ、マサに渡した。マサは軽く頭を下げ、グラスを受け取った。豊かな香りが鼻腔《びこう》をくすぐった。

「ところで美奈は今日、来ていなかったが……」

田谷はマサを見て訊《き》いた。

マサは田谷を見つめ返した。

「そうか。お前の友達のところなんだな。仕方ない奴だな」

田谷は気の抜けたように笑った。

「付き合っているのか」

「そのようです」

「どっちの男だ？」

「中島卓二の方です」

マサは答えた。

「少しまともな方の奴だな」

田谷が言った。マサは答えなかった。

「美奈の奴、少し自由にさせたら、羽を伸ばしたって訳だな」

「そのようです」

マサは答えた。

「あいつは、あまり楽しい人生じゃないからな。多少、楽しむのもいいが、悲しむのはあいつだ。よく監視しておいてくれ」

「よくわかりました」

マサは答えた。

「あの子はオーナーの種なの？」

菊代があからさまに訊いた。

「そうじゃない。あいつの母親に惚《ほ》れたことはあったが……。母親は、この銀座にいたんだ。性格のかわいい女でね。そういうのはこの世界には向かない。ママみたいに開き直ったところがないとね」

田谷は菊代を見た。

「どうせわたしはかわいくないですよ」

菊代は、ビールを呑《の》んだ。

「いい意味で言ったんだ。誤解するな」

「はいはい。分かりました」

「美奈の母親は、いつもダメな男に惚れては、だまされ、捨てられた。俺は、よく相談に乗ったが、男にだまされるクセは直らなかった。そのクセは美奈にも遺伝しているかもしれない。いつしか母親は銀座から消えた。なんでも子供ができて、苦労していると噂だけは聞いていた。俺もすっかり忘れたころ、ひょっこり俺を訪ねてきた。金を貸してくれってね。見違えた。崩れた女になっていた。いい暮らしをしていないんだろうなと俺は同情した」

田谷は、目を閉じた。何かを思い出すようだった。

「俺のお袋も、美奈の母親みたいだった。華やかな頃が、忘れられずに、惨めになった自分が許せないんだな。何せ俺の母親も出自のいい、乳母《おんば》日傘のお嬢様だったからな」

田谷の横顔に影が過《よぎ》った。

「ちょくちょく金を借りに来たんですね」

マサが訊いた。

「そうだ。かなりの額になった。俺にとってはたいした額じゃないが、美奈の母親は、申し訳ないとたいそう気にしていた。美奈は覚えていないようだが、小さな頃に美奈に会ったことがある。母親が連れてきた。かわいい娘だった」

田谷が目を細めた。

マサが納得したように頷いた。

「彼女は、口癖のように、わたしに何かあったら、美奈を俺に渡すというんだ。借金の担保だと言ってね。好きにしていいとも言った。俺は、わかったと答えたよ」

田谷は、マサを見つめた。

「借金の担保ですか……」

マサは言った。

「そうだ。俺がわかったと言ったら、彼女は気持ちが楽になったのか、また金を貸してくれと言った。そして死んだ。美奈は何もそのへんのことを言わないが、自殺じゃねえかな」

田谷は、顔を曇らせた。

「それで美奈がここに……」

マサが田谷を見た。

「他に頼るところもなかったのだろうな」

「借金のことは、聞かされていたのですか」

マサは訊いた。

「多少は聞いていたようだな。俺は、金額をきっちり見せた。美奈は驚いていたけどな。あいつも高校を出た後、すすきので水商売の世界に足を踏み入れていたから、覚悟はあるようだった。ちゃんと返しますと言った」

「娘にしようかという気はなかったのですか」

マサは訊いた。

「それはない。俺は仕事に情は差し挟まない。金は金として割り切らなければ、俺が金に食われてしまう。だからあくまで美奈は俺が借金の形《かた》にとったようなものだな」

田谷は言った。

「その割には、好きにさせていますね」

マサが言った。

「そう言うな。美奈を見ているとあいつの母親を思い出してね。それもいい思い出ばかりだ」

田谷は薄く笑った。

「いい思い出ですか。それは良かった」

マサも微笑した。

「だが、いつまでも美奈を遊ばしておいたら、あいつのためにもならない。あいつにも仕事をしてもらわにゃならんからな」

田谷は表情を引き締めた。

「はい」

　マサは答えた。

「なにせ母親の借金はまだ返済されていない。美奈にはいずれ俺の金づるになってもらう」

　田谷は冷たく言った。

「オーナーは厳しいわね」

　菊代が顔をしかめた。

「これくらい金にはドライにやることが、お前や美奈の幸せにもなるんだ。マサ、とにかく金には愛情も友情もない。乾いた砂漠みたいなものだ。愛情も友情もなにもかも吸い込んで跡かたもなくしてしまうんだ。金を下手に扱う奴は金に遊ばれる。あくまで金にはドライになれ。汚くなるんじゃない。ドライに扱えってことだ。わかったな」

　田谷がマサに言い聞かせるように言った。

「よくわかりました」

　マサが答えた。

「美奈が傷つかなければいいが……。そろそろあいつにも働いてもらう時機が来ている」

「わかっております」

マサは、頷きつつ答えた。ブランデーを呑んだ。喉《のど》が焼けるようにしびれた。

「マサはもう少し、ここで修業したら、別の店を任せてやる。お前ならできるだろう」

田谷は嬉《うれ》しそうに言った。

「よかったわね。しっかりやるのよ」

菊代が笑みを浮かべた。

「ありがとうございます。しっかりやらせてもらいます」

マサは頭を下げた。短くなった自分の左手の小指が目に入った。

「俺に学んで、俺を越していけ。それがお前たち若い奴の特権だ」

田谷は力を込めて言うと、グラスを菊代に差し出し、

「これで最後だ。もう一杯、注いでくれ」

と言った。

菊代がグラスにブランデーを注ぐのを見ながら、マサは自分のブランデーを一息に呑んだ。喉から胃に熱が降りていく。また小指を見つめた。

「これは俺の生き方の決意や」

マサは田谷に聞こえないように呟《つぶや》いた。

第九章　迷い道へ

1

カーテンの隙間から光が差し込んできた。タクの部屋は、一階で隣に家があり光が燦々《さんさん》と降り注ぐような環境ではない。美奈が窓のカーテンを勢いよく開けた。

「いい天気だわ」

美奈が、音を立てて窓を開けた。クロがみゃあと絞ったような声を出した。

「おなかしゅいたの？」

美奈が幼児をあやす言葉でそれに応《こた》える。

「これでもいいかな」

美奈が茶碗《ちゃわん》に昨夜呑んだ残りの牛乳を注ぎ入れた。クロは、のっそりと茶碗に近づくと、鼻で匂いを嗅《か》ぎ、おもむろにピチャピチャと音を立てて舐《な》め始めた。

「良かった。おいしい？」

美奈がクロに尋ねている。

「今、何時」

タクが目を擦《こす》りながら美奈に訊いた。

「八時半よ」

美奈が答えた。

「ええ天気みたいやな」

「見てよ。こっちへ来て」

美奈が窓から顔を出し、空を見あげながら、

「青空がね、抜けるような青空というのかしら。とてもいい天気。ああひんやりとして気持ちいいわ」

と歓声をあげた。

「ええ天気になってよかった」

タクはファンシーケースに寄りかかっていた身体を起こした。窮屈な姿勢で眠ったせいか、身体が痛い。立ち上がり、二、三度膝《ひざ》を屈伸すると、タクは流し台に行った。水道の蛇口を大きく捻《ひね》り、水を手ですくう。冷たい。一口含み、口をすすぎ、そして顔を洗った。

「ふーっ」

腹の中に溜《た》まった古い空気を一気に吐き出す。身体の中に一本筋が通ったようでシ

ャンとする。生き返ったような気分だ。

「山川は、まだ寝とるんやな」

タクが部屋の中を見ると、ちゃぶ台の横で毛布にくるまって山川が眠っていた。

「よく眠っているな」

「疲れているのね」

美奈が悲しそうに言った。


山川が来たのは、早朝の午前三時だった。突然の来訪で、タクも美奈も眠りを妨げられた。さらに目が冴《さ》えてしまったのは、山川が、

「人を殺した」

と告白したからだ。

革マル派の幹部である香山に呼び出され、文学部の教室で行われたスパイに対するリンチに参加してしまったらしい。

山川の話を聴くと、リンチは凄惨《せいさん》を極めた。二十数人で、一人の男を鉄パイプでめった打ちにした。

山川は怯《おび》えていた。それは自分が全く知らない相手を鉄パイプで殴ったことに対してだった。そして全く知らない人間、憎しみも何も抱いていない人間に対して、頭や

腰に思いっきり鉄パイプを振り下ろすことができた自分を恥じていた。

「俺は臆病《おくびょう》者だ。俺自身が、その男のようにやられるのではないかと思って、怖かったんだ。それで人が死んでしまうくらい鉄パイプを振るったんだ。信じられるか。見ず知らずの男を鉄パイプで殴るなんて……。自分が助かりたい、それだけで」

山川は、泣きながら自分の腕を、もう一方の腕で殴り続けた。

「俺だって、もし山川と同じ立場だったら同じことをやったと思う」

タクは言った。

「タクがそう言ってくれるのは嬉しい。だけど俺は間違いなく人間性を失ってしまった。もうけだものと一緒だ」

「そんなに自分を責めないで。それでそのリンチされた人を何処かへ運んだっていうけど、どうなったのかしら」

美奈が山川に訊いた。

山川は、首を横に振った。

「分からない。何人かで車に乗せて、何処かに連れて行ったようだけど……」

「何処へ連れて行ったのやろか。死んで、まさか埋めてしまったということやないやろうな」

「でもわからん。もし死んでしまっていたら、連合赤軍のときみたいに何処かに埋めたかもしれない」

「そんなことしたら、殺人と死体遺棄罪で、下手すると死刑や」

「すると山川さんは死刑になるの」

「俺は死刑か」

山川は頭を抱えた。

「そんなことあらへん。山川は、いわば被害者やないか。脅されてやっただけや。緊急避難みたいなもんや」

「死刑も同然だ。人をあんなにひどく殴っておいて、緊急避難は理屈として通らん」

「殴られた人が死んだとは限らへん。あんまりくよくよするな。それはそうと、お前の方こそヤバイのと違うか」

タクは山川を見つめた。

「香山さんたちは俺のことを捜していると思う。逃げ出した訳だから」

山川は、暗い目をした。

「他にも逃げ出した奴はおるんやろか」

タクは言った。

「わからん。何せ必死やったから」

山川が言った。

「そうなると山川は身を隠した方がええかもしれんな。なにせリンチ事件の目撃者やから」

「目撃者じゃない。実行犯だ」

山川は顔を両手で覆った。

山川は、そのうち喋《しゃべ》り疲れて眠ってしまった。緊張していたのだろうか。軽く鼾《いびき》をかいて眠った。タクも美奈も眠りに落ちた。

「山川さん、どうするのかな」

美奈が心配そうに言った。クロが美奈に身体を擦り寄せている。

「今日は入塾の受け付け日や。山川は、俺たちと一緒にいるのが一番安全やろ」

タクは言った。

美奈が頷《うなず》いた。

「でも、ここに香山たちが来る可能性がある。美奈はしばらく自分のアパートに帰ってた方がいいな」

タクは真剣な顔で言った。

「タクくんは大丈夫なの」

美奈が心配そうな顔をした。

「俺は大丈夫や。いざとなったら『珠仁屋』の二階か、マサのアパートにでも転がり込む」

タクは、ふと何かを思いついた顔で、上目遣いに天井を見た。そして美奈を見つめて、

「今日、マサは来るやろか」

と訊いた。

「どうかな。でもマサくんのことだから来ると思う。どうしたの」

「山川をしばらくマサにかくまってもらえへんやろか、どうやろ」

「それはいい考えだわ。わたしもマサくんに頼んでみる」

美奈が笑顔で言った。

美奈の笑顔を見ると、何もかもうまくいきそうな気がしてくる。

「今日は一時から受け付けやったな」

「ええ。それまでに少し準備もあるわよ。もうそろそろ行かないとね」

美奈が、山川の側に行った。起こそうというのだ。

「山川さん。朝よ。起きて」

美奈が身体を揺すった。

山川が、突然立ちあがった。美奈が、驚いて小さく悲鳴をあげ、後ろにのけぞった。

「に、逃げろ！」

山川が額から汗を流し、目を吊《つ》りあげて叫んだ。身体を窓の方に向け、今にも駆け出しそうだ。

「山川！」

タクが急いで山川の身体を両手で支え、大きな声で叫んだ。

山川は、我に返り、

「タク……。ここは」

「ここはって、俺の下宿やないか」

「タクの下宿」

「そうや」

タクが言うと、山川は肩の力を抜き、ふうと深く息を吐いた。

「よかったぁ」

山川はその場に崩れるように膝《ひざ》をついた。

「悪い夢でも見たんか」

タクが訊《き》いた。

「ああ」

山川は俯《うつむ》いたまま答えた。

「大丈夫よ。わたしたちがついているから」

美奈が言った。

「ありがとう」

山川が、顔をあげて微笑した。

「どんな夢だった」

タクは訊いた。

「文学部のキャンパスで香山さんたちに追いかけられた。鉄パイプが頭に当たりそうになったとき、美奈ちゃんに起こされたわけだ。ありがとう美奈ちゃん」

山川は頼りなげに笑った。

「入塾受け付けに一緒に行こう。今日は、一緒にいた方がええと思う」

タクが言った。

「迷惑をかけるな」

山川が言った。

「山川、着替えろよ。トレーナーかなにか貸してやるよ」

タクは言った。山川のシャツには、昨晩の惨劇を物語るかのように、点々と赤黒い汚れのような血が飛び散っていた。

「それじゃあ、子供たちの受け付けはできへんよ」

「そうだな」

山川は、シャツの裾《すそ》を引っ張ってじっと見つめた。唇が小刻みに震えている。

「タクくんも着替えてね」

美奈が言った。

「俺も？」

タクは、自分を指差した。

「当たり前じゃないの。その薄汚れたジーパンにシャツじゃお客様が逃げてしまうわ」

「わかった」

タクは、ファンシーケースのファスナーを開けた。

中からトレーナーを取り出し、山川に渡した。薄い茶色のトレーナーだ。

「俺は、これでええやろか」

黒のスラックスとブルーのシャツ、ニットの薄いセーターを取り出した。

「うーん」

美奈が、それらを見て難しい顔で腕を組んだ。

「おかしいの」

「真面目に見えるかな、と思ってね」

美奈がファンシーケースの中を覗《のぞ》いた。

「なによ、これ。他に着るものって何もないじゃない」

笑いながら、タクを振り向いた。

「貧乏学生なもので、すみません」

タクは頭をかいた。

クロが一声鳴いた。

「クロ、お前、俺が貧乏学生だと笑ったな」

タクが軽くクロを足で触った。クロは、また鳴いて、タクの足にじゃれた。

山川が、脱いだ血のシャツを見つめて、

「死んでなければいいな」

と呟《つぶや》いた。

2

「帰って来んかったな」

ケンは、フライパンでスパゲッティを炒《いた》めていた。昨日の夜、サツキと一緒に食べようと茹《ゆ》でておいたスパゲッティを朝食にするためだ。

フライパンでベーコンとキャベツを炒め、そこにスパゲッティを入れ、塩、コショウ。冷蔵庫から牛乳を取り出して、コップに注いだ。

「これでいい」

テーブルには、ベーコン、キャベツ入りスパゲッティと牛乳が並んだ。

「サツキさんはどうしたんやろう。連絡もなく帰って来やへんなんて、おかしいな。なにかあったんやろか」

ケンは、リビングを見渡しながら不安な気持ちになった。

テレビを点《つ》けた。テレビから流れてくる声で寂しさを紛らわせながら、フォークでスパゲッティを器用に巻き取って、口に運んだ。

テレビがニュースを伝えている。

「東北自動車道の埼玉県岩槻《いわつき》と栃木県宇都宮間九十二・五キロ開通」

「女優岡田嘉子《よしこ》が夫の滝口新太郎の遺骨とともに亡命先ソ連から一時帰国します」

今日は塾の生徒募集受け付けの日だ。午後一時の開始だが、できるだけ早く行こう。それまでにサツキは帰ってくるだろうか。

「早大生……」

テレビが、早稲田大学生のニュースを告げようとしている。何か起きたのだろうか。

「今日未明、早大生田口公正《たぐちきみまさ》さんの遺体が東京大学医学部附属病院内に遺棄されているのが、警備員によって発見されました」

スパゲッティを食べるのを中断して、ケンはテレビの画面を見つめた。画面には東大病院の様子が映し出されていた。

「田口さんの遺体には多くの殴られた痕があり、警察では何者かが田口さんを撲殺したものとして、殺人及び死体遺棄の容疑で捜査を開始しました。最近増加している内ゲバによるリンチ殺人事件ではないかとも考えられています」

ケンはスパゲッティを食べ終えた。皿やコップを流し台にまで運んだ。

「田口公正……」

ケンは呟いた。知らない名前だ。内ゲバと聞いて、嫌な気分になったが、知らない名前で安心した。知らない人間にまで思いを寄せるほど人間はできていない。

もう十時になる。サツキは結局帰ってこない。今夜はどうなのだろうか。テーブルにメモを置いて、出かけることにしよう。

ドアチャイムが鳴った。サツキが帰ってきたのか。ケンは、嬉《うれ》しくて跳びあがりそうになり、玄関に急いだ。またドアチャイムが鳴る。急げ急げと言っているようだ。

「はい、はい」

ケンはまるでドアに話しかけるように弾んだ声で言った。ドアの向こうからは声は聞こえない。

「サツキさん?……」

呼びかけてみたけれども、何もない。ケンはふっと不安な気持ちになった。サツキではなくて何かの押し売り？　それとも集金？　集金だったら、金はないと答えればいいだろうか。

カチリ。

ケンはドアのロックを外した。

「サツキさん」

ドアを半分開くと、目の前にはサツキが立っていた。しかしなんだか元気がない。

「どないしたんや。昨日は心配して待っていたのに。帰ってこんと……」

ケンは精一杯の笑顔を浮かべた。

サツキはケンの問いかけに何も答えず、目だけを上に向けた。そのときドアに男の腕が伸びてきた。ケンは、それを見て驚き、ドアノブに力を込めた。しかし男の力は強く、ドアは全開になった。

「誰や」

ケンは震える声で叫んだ。サツキは俯《うつむ》いている。

「俺からすればお前こそ誰や、だ」

男が顔を出した。かなり大柄な男だ。サツキの頭の上に覆いかぶさるようにしている。百八十センチはあるだろう。顔もごつごつしていて無精ひげが濃い。ケンは男を見あげて、後ずさりした。

「中へ入るで」

男はサッキの腕を乱暴に引くと、唖然《あぜん》として突っ立っているケンを押しのけて中に入った。

「いいアパートじゃないか。こんなところにしけこみやがって」

男は、サツキの腕を摑《つか》んだまま、部屋の中を見回した。

男はリビングの椅子に腰を下ろした。サツキは男の向かいに座った。

ケンは事態がよく呑《の》み込めなかった。ドアを閉めた。鍵《かぎ》はかけなかった。もしものことがあれば、すぐに飛び出せるからだ。

「サツキさん」

ケンは男の前に座っているサツキに声をかけた。サツキは弱々しい視線をケンに送った。

「けっ、なにがサツキさんだよ。こいつが、お前が咥《くわ》えこんだ若い奴か」

男は、ケンを見て莫迦《ばか》にしたように言った。

「いったい、誰だ……」

ケンは立ったまま男を睨《にら》みつけ、言った。

「ビールか何かないのか」

男はケンの存在など、全く無視してサッキに言った。サツキは黙って立ちあがると、冷蔵庫からキリンラガーを取り出した。グラスを男の前に置き、サツキは無言でビールを注いだ。

「おい、若いの、こっちへ来さらさんかい」

男は、唇についた泡を舌で拭《ぬぐ》いながら、ケンを見据えて言った。

ケンは、男を睨みながら男の方へ歩いた。

「そこに座れや」

男は、サツキの隣を指差した。ケンは言われるままに従った。

「名前はなんちゅうねん」

男はビールを呑みながら訊《き》いた。

「米本謙一郎」

ケンは男を睨みつけた。

「お前、早稲田の学生なんか」

男の問いに、ケンは小さく頷《うなず》いた。ケンは男に素性を問いただしたかったが、声に出なかった。睨みつけてはいるものの、膝《ひざ》が小刻みに震えていた。

「俺は誰やと思う?」

男はにやりと笑った。鼻の周りが吹き出物の痕のようにごつごつしている。四角い顔に、細い目、細い眉《まゆ》。笑うと不気味さが際立ってくる。いかにもその筋という顔つきだ。

ケンは首を横に振った。

「そらわからんわな。初対面やしのう。おい、もう一本」

男は、サツキにビールをもう一本持ってくるように言った。サツキは無言で立ちあがると、冷蔵庫に行き、同じキリンラガーを運んできた。

男は、サツキの手からビールを奪うように取ると、栓を開け、自らグラスに注いだ。

「おい、サツキ、説明してやれ」

男はグラスを口に運びながら言った。

「この人、亭主なの」

サツキはポツリとこぼれるように言った。言ってすぐに目を伏せた。

「えっ」

ケンはのけぞり、そして目を剝《む》いて男を見た。男は、グラスをテーブルに乱暴に置くと、突然腕を伸ばし、目の前に座るサツキの髪の毛を摑んだ。

「止《や》めて！」

サツキは痛そうに顔を歪《ゆが》めて、叫んだ。

「止めろ！」

ケンは大声をあげた。

男の腕力は強かった。サツキの首が抜けるほど自分の方に引いた。サツキは叫び声をあげながら身体ごと男の方に引きずられた。

「止めて！」

「止めろよ！」

男はサツキやケンの叫び声をまるで楽しんで聞くようににやにやしていた。サツキの頭を鷲掴《わしづか》みにすると、顔をテーブルにぐいぐいと押しつけた。

「痛い、痛い」

サツキは顔をテーブルで押しつぶされそうになりながら、叫んだ。

「止めろ！」

ケンは男の腕を力いっぱい引っ張った。男は、もう片方の腕で、ケンの胸を強く押した。ケンは、そのあまりの強さに弾《はじ》き飛ばされ、床に腰から落ちてしまった。

「この腐れが、腐れ女」

男は、これでもかこれでもかというようにわめき散らしながら、サツキをテーブルに押しつけた。

「止めてよ。お願い」

サツキが泣いた。

「こんな若いのと乳くりやがって。俺から逃げられると思ったら、大間違いだ。そんなに若い奴といいことしたいのかよ」

「勘弁して、勘弁して」

サツキは涙を流していた。ケンは床に腰を打ちつけていたが、急いで立ちあがった。このままだとサツキが殺されてしまう。ケンは台所に行き、無我夢中で先ほどキャベツを刻んだときにそのままにしておいた包丁を取った。

「止めろ。止めないか」

ケンは男に包丁の先を向けながら、精一杯の大声で言った。

男は、ケンを睨み、サツキの頭を摑んでいた手を放した。サツキは弾かれたようにテーブルから顔を上げた。顔の半分が鬱血《うっけつ》したように赤くなっていた。

男は、ケンの持つ包丁を眺めながら、椅子に座り、ゆっくりとグラスにビールを注いだ。

「けなげな兄ちゃんだな。サツキを助けるためにその包丁で俺を刺そうというんかい。刺したらんかい」

男はグラスを口に運んだ。口の周りの泡を舌で舐《な》めた。

「ケンちゃん、止めて。もういいの」

サツキがケンに言った。

「そやかて、こいつ、サツキさんを殺してしまうで」

　ケンは包丁を男に向けたまま叫んだ。

「大丈夫よ。あたしのことを殺したりなんかしないわ。この人にとっては大事な金づるだから」

　サツキは落ち着いて言った。顔の赤みが薄くなっていた。

「金づるか、違《ちげ》ぇねぇや」

　男はビールを美味《うま》そうに呑みながら、笑った。

「あたしみたいな仕事はね、こういう男が必要なのよ。何かともめごとがあるから」

　サツキは言った。ケンの顔を見つめた。悲しい顔だ。

「そうよ。お前《め》ぇみたいな若造じゃつとまらねぇ世界さ」

「亭主って、サツキさんは本当にこの男と結婚しているの」

「以前はね」

「何、言ってやがるんだ。今もれっきとした夫婦じゃないか」

「あたしは逃げたの。この男から。店も変わり、家も変えた。必死で見つからないようにしたけど……、ダメだった」

「俺から逃げようという了簡《りょうけん》が許せねぇ。こんなナヨナヨした学生《セイガク》のどこがいいんだよ」

「あんたよりましよ！」

「ああ、そうけぇ。おい、謙一郎とやら、サツキと毎日、タダマンして気持ちよかっただろう」

男はいやしらい目つきで、無精ひげをなでた。

「そんなんじゃない。ぼくはサツキさんと結婚するんだ」

ケンは叫び、包丁を持つ手に力を込めた。

「なに寝惚《ねぼ》けたこと言ってんだ。亭主がいるのにどうして結婚なんかできるんだ」

男は、声に出して笑った。

「サツキさんが選べばいい。ぼくを取るか。お前を取るか」

ケンは男を睨みつけた。

男もケンを見据えていた。

3

タクの下宿を出て、そのまま高田馬場駅に向かえばいいのだが、山川が塾へ行く前に文学部の様子を見たいと言った。

タクは、香山たちに会う可能性もあるからと反対したが、山川がどうしてもと言うので仕方なく文学部の方へ歩き出した。

「モーニングでも食べんか」

　タクが提案した。

「そうねお腹が減ったかな」

　美奈が応じた。

　山川は、なんとなく落ち着かない顔で周りに気を配っている。やはり気にかかるのだろう。誰かに会わないかどうかが。

「どこへ行くの」

「カレーを食べよう」

　タクが嬉《うれ》しそうに言った。

「えっ、朝からカレー」

　美奈が驚いた。

「『スマトラ』という店で、これが絶品やねん。もちろん普通のパンもあるから。でもモーニングカレーも美味いで」

「タクって変なの」

　美奈が軽蔑《けいべつ》したように、ふんと鼻を鳴らした。

「山川はどうする」

「俺は、何でもいいよ」

山川は、暗い顔で答えた。

「そうしたら決まりや。行こう」

タクは先頭に立って、早足で歩いた。

しばらく歩くと、「スマトラ」という黄色の看板が見えた。その店は、穴八幡神社近くの早稲田通り沿いにあった。今は枯れてしまっているが、窓に蔦《つた》が絡まっていて古びた印象のたたずまいだ。「モーニングあります」の看板が入り口にかかっている。

「入るよ」

タクが山川を振り返って言った。

「先に入っていてくれ。俺もカレーでいいよ」

山川は、真剣な顔で言った。

「どうするんや」

「ちょっと文学部のキャンパスを覗《のぞ》いてくる」

「後で一緒に行ってやるさ」

タクは顔をしかめた。

「いいよ。心配するな。俺が自分で見てくる。大丈夫だ。外から眺めるだけだ」

山川が、安心させようとでもいうのだろうか、ひきつったような笑みを浮かべた。

「本当に大丈夫なの」

美奈が心配そうに言った。

「じゃあ、すぐに戻って来るから」

山川は右手を軽くあげると、文学部の方に向かった。この道をほんの少し下り、右手に曲がると文学部だ。

タクと美奈は山川の背中を見送りながら、店の中に入った。

「カラン」とドアベルが鳴った。

細身のマスターが、

「いらっしゃい」

と声をかけた。店内には他に客はいない。

タクは通りが見渡せる窓際の席に座った。

「俺はカレーにするんやけど、美奈は」

「うーん、どうしようかな」

「パンもあるよ」

「でもいい。カレーにする」

美奈は、まるで大それた決意でもするような真面目な顔で言った。

「うちのカレーは食べても重くないですよ。香辛料がたっぷりだから、朝から胃の調子がよくなります。サラダやヨーグルトもついていますからね」

マスターが美奈の真面目な顔を嬉しそうに見て言った。

「楽しみにしています」

美奈が微笑して答えた。

カウンターの隅にテレビがあった。スイッチが入っていない。

「マスター、テレビ点《つ》けていいですか」

タクは訊《き》いた。

「ああいいですよ。どうぞ」

マスターがカレーのルーを混ぜている。刺激的な香りが漂ってくる。

タクはテレビのスイッチを入れ、チャンネルをＮＨＫにした。ちょうどニュースをやっていた。

「それでは次のニュースです」

アナウンサーの声が店内に流れた。

タクは、カレーを待つ間、運ばれてきたグラスの水を呑《の》んでいた。

目の前に座る美奈の顔がひきつっている。

「どうしたんや」

「見て、見て」

美奈が、テレビを指差した。

タクは身体をずらして、斜め後ろにあるテレビの画面を見た。そこには若い男の写真が大写しになっていた。わずかに微笑んだような優しい顔だ。

「今日未明、早大生田口公正さんの遺体が東京大学医学部附属病院内に遺棄されているのが、警備員によって発見されました」

アナウンサーの淡々とした声が響く。

タクは凍りついたように画面を見つめた。

「カラン」とドアベルが鳴った。

「山川！」

入り口に山川が立っていた。顔からは血の気が失《う》せていた。目は虚《うつ》ろに見開き、何を見ているかわからなかった。

「田口さんの遺体には多くの殴られた痕があり……」

アナウンサーはニュースを読んでいる。

タクは、立ち上がると、山川の側に行き、肩を抱いた。

「こっちへ来い」

タクは山川を強引に自分の隣の椅子に座らせた。

「マスター、カレー追加」

タクは言った。

「いらん」

山川は、唇を震わせた。

「そんな訳にはいかんで。こういう時こそ食べなあかんねや」

タクは叱るように言った。

「そうよ。食べなくちゃだめよ」

美奈が言った。

「最近増加している内ゲバによるリンチ殺人事件ではないかとも考えられています。それでは次のニュースです……」

テレビ画面が変わった。

「やっぱり早大生だったんだ。田口って言うのか……」

山川は消え入るような声で呟《つぶや》いた。

「文学部の方はどうだった」

タクが訊いた。

「特になにもない。警察もいなかった。まだ現場を特定していないのかもしれない」

山川の顔が土気色になっていた。

「はい、おまちどおさま」

マスターが順番にカレーを運んできた。

「最近、多いね。内ゲバ。ひどいことをする」

マスターは、カレーをテーブルに置きながら、言った。

「山川さん、おいしそうよ」

美奈が、山川を元気づけようと言った。

「さあ、食べようやないか。今日は塾を開始する大事な日や。腹が減っては戦ができへん」

タクが、山川のスプーンを持って、手に握らせた。

「喰《く》うぞ」

タクはおおきくご飯をスプーンですくい、口に入れた。辛みが口中に広がる。身体がしゃんとする。

「山川、美味《うま》いわぁ。食べろや」

タクが言った。

「やっぱり、あいつ死んだんだ」

突然、山川が頭を抱えて、声をあげた。タクは、慌てて咥《くわ》えていたスプーンを皿の上に置き、山川の肩を抱いた。周りを見渡す。客がいないのが幸いだった。マスターと目が合った。マスターも心配そうな顔をして、こちらを見ていた。タクは、心配ないというように笑みを浮かべた。

「山川、しっかりしろや」

タクは言った。

「すまない。悪い、悪い」

山川は、スプーンを持つと、ものすごい勢いでカレーを食べ始めた。

タクも山川の肩から手を放して、カレーを食べた。

「どうしたらいいんだ」

山川がタクの目を見た。

「大丈夫よ。わたしたちがついているから」

美奈が言った。無理に笑みを作っているような顔だ。美奈も人が一人死んだとなるとショックを受けていた。

「香山たちが、お前の行方を調べるに違いない。もし警察に喋《しゃべ》られたらヤバイしな」

タクが低い声で言った。

「捜しているだろうか」

山川が不安そうに呟く。

「捜しとるやろな。山川の下宿は知られているんか」

「知っている」

「そうしたらしばらくは帰らん方がええな」

「どこへ行ったら……」

「今日、マサが石神井の塾に来るはずや。あいつに頼んで当面、マサの部屋に住まわせてもらえや」

タクの提案に山川が頷《うなず》いた。今にも泣きそうな顔をしている。

「そう決まったら、早く塾へ行こう。山川も手伝えよ。子供が一杯来たら、気も紛れると思う」

タクは明るく言った。

「タク、訊いてもいいか」

山川が弱々しげな目でタクを見つめた。

「なんや」

タクは訊いた。

「俺が殺したんだと思うか」

山川は言った。美奈が凍りついたような顔になった。正面から問題を見据えた問いかけは避けていたからだ。

「違う」

タクはきっぱりと言った。

山川が次の言葉を待っている顔をした。

「山川は、たまたまそこに居合わせただけや。責任はない」

タクは言い切った。

「ありがとう」

山川は、涙を流した。

4

「お前、それ本気で言うとんのか」

男は、笑いながら言った。

「本気だ」

ケンは、包丁を目の前にぐいっと突き出した。

「サツキ、お前もひどいオンナだな。こんな若い奴をたぶらかしてよ」

また男は笑った。

サツキは俯《うつむ》いたままだ。

「お前、このオンナがどんなオンナか知っているのか。ほんの何回かイイ事をやっただけで、結婚するなんて、舞いあがりやがって。お前はクソだな」

男はケンに唾《つば》を吐きかけた。

「ぼくは愛している」

ケンはサツキに訴えるように言った。

「ケンちゃん……」

サツキがケンを見つめた。

「俺はな、このサツキが高校に行っているときからの知り合いだ。こいつの身体の隅々まで知っている。どこにほくろがあって、どこに小さい頃工作のナイフで切った傷があって、髪の毛のつむじが幾つあって……。どこを舐《な》めてやれば、一番よがり声をあげるかもな」

男は、まるで別の生き物のような赤黒くて太い舌を出し、唇をゆっくりと舐めた。

「止めろ。止めてくれ」

ケンは大声で叫んだ。包丁を放り出して、耳を両手で塞《ふさ》ぎたかった。

「こいつが喧嘩《けんか》して、人を刺し、鑑別所に入れられても俺は待っていた。こいつを高級トルコ嬢に育てたのも俺だ」

男はサツキを見た。

「育てたって。よく言うよ。あたしにつきまとって、まるで人身売買みたいに次から次へと店に売りとばしては、その金で遊んでいたくせに」

サツキがヒステリックに叫んだ。

男が手を振りあげた。と思うと次の瞬間にはサツキが頬を押さえて椅子から転げ落ちた。痛々しいほどの激しい音が部屋に響いた。

「なに勝手なことを言ってやがる。ここまで一人前にしてやった恩をわすれたんか」

男は、目を吊《つ》りあげ、唇を捲《まく》り上げて叫んだ。

「クスリで捕まったときも、裏から手を回して刑務所《むしょ》行きを取りやめさせたのは、どこの誰だと思ってんだ」

男は大声を張りあげた。

サツキは床に倒れ込み、顔を伏せると泣き出した。

ケンは包丁を床に落とすと、サツキの側に駆け寄り肩を抱いた。いつもよりやつれた気がする。

「サツキさん、こんな男と一緒にいちゃダメだ。ぼくと何処かへ行こう。ぼくは大学も辞める。働く。なんでもやってサツキさんをこんな世界から助け出す」

ケンはサツキに訴えかけた。

「美しいなあ。泣けてくるぜ」

男はそう言いながら床に落ちた包丁を拾い上げた。

サツキが顔をあげ、きっとした厳しい顔でケンを見つめた。

　ケンは意外な感じを受けた。サツキがケンの胸でさめざめと泣いてくれると思ったからだ。それが目の前のサツキは怒っていた。

　サツキの手がケンの頬を打った。強い力だ。ケンは、痛みに顔を歪《ゆが》め、頬に手を添えた。

「なに、寝言を言ってるんだよ。学校辞める、ぼくが働く、寝言言うんじゃないよ」

　サツキの手がまた頬を打った。

　男は包丁をテーブルに刺した。ケンとサツキの様子を見て、にたにたと笑っている。

「ぼ、俺だって働けるさ」

「ケンちゃんはあたしをブランド物で着飾らせてくれるの。今と同じ贅沢《ぜいたく》な暮らしを保証してくれるの。そんなことできる？」

　サツキは訊《き》いた。

「できる」

　ケンは答えた。

「トラブルが起きたときに、身体を張って解決できる？」

「やってみせる」

「あたしはこんな男を亭主に持っているし、鑑別所にも入ったし、クスリもやったし、それに何より身体を売って暮らしている女よ。そんな女が、ケンちゃんの奥さんになれるわけがないじゃないの。あたしは夢を見ない。ケンちゃんも目を覚ましなさい」

サツキの目は涙で濡《ぬ》れていた。

ケンも泣いていた。

「こんな男で悪かったな」

男が立ちあがった。ゆっくりと歩いて、ケンに近づき、ケンの腕を握った。ものすごい握力だ。腕がちぎれるほどだ。ケンは思わず苦痛に顔を歪めた。

「な、なにするんや」

ケンは、苦痛に耐えながら、男を睨《にら》みつけた。

「もう、帰《けえ》れ」

男は、そういうとケンの腕を思いっきり引っ張った。情けないことにケンは身体ごと宙に浮いた。床に身体が打ちつけられた。それでもケンは立ちあがり、男に向かって行った。男の右手が目の前から急に消えた。よける間もなく、顔面を男の右拳《こぶし》が砕いた。ケンは腰から崩れ落ちた。左の目の下が、膨脹した気がしたかと思うと、熱く火照った。その後、痛みが襲ってきた。

「ケンちゃん」

サツキが叫んだ。ケンの側に走ろうとするのを男が止めた。

男は、ケンの襟を摑《つか》み、身体を引きあげた。にやりと笑う男の顔がケンの視界全体に広がった。汚れて黄ばんだ歯が見える。息が熱くて、臭い。

「お前にサツキの面倒が見れるかよ。目を覚ましな」

男は、叫んだ。男は右手を握り締めて、後ろに引いた。ケンは、来るぞ、と思い、腹に力を込めた。途端に男の右拳が腹に食い込んできた。拳がケンの腹の肉に当たり、捻《ひね》られ、内臓を破裂させるようにのめり込んでいく。

ぐふっ。

ケンは、腹の底に溜《た》まった空気が苦痛とともに飛び出してきたのを感じていた。足がしびれ、気が遠くなる。視界が狭くなり、ぼんやりする。気力を振り絞って、顔をあげると、ぼんやりとサツキの顔が見えた。

「目を覚ましやがれ」

男は、声を張りあげると、ふたたび拳をケンの腹につきたてた。

ぐほっ。

息が苦しい。膝《ひざ》が崩れ、立っていられない。男が襟を掴んでいるため、ようやく直立の姿勢を保っている。

「止めて！」

サツキが叫んでいる。ケンにはサツキが遠くで叫んでいるように聞こえていた。

今、何時だろう。

壁にかかった時計を見ようとするが、顔がそこまであがらない。ようやく半分だけ顔を引き上げ、壁の方に目をやる。

もうすぐ十一時か……。

行かんとあかん。タクとの約束や……。破るわけにはいかん……。

サッキさん。どこにおるのや……。

ケンの頭の中にはさまざまな思いが交錯している。

「こいつ、気を失ったみたいだな。だらしない奴だ」

男が手を放す。ケンは膝から床に落ち、そのまま倒れ込んだ。

「大丈夫なのかしら」

サツキが心配そうに顔を覗《のぞ》く。

「大丈夫だ。手加減はしておいたから」

「でも目を剥《む》いているわよ」

「どれどれ」

男がケンの腫《は》れあがった左瞼《まぶた》の辺りに手を当てる。

「けっこう腫れたな」

男が眉根《まゆね》を寄せた。

ケンは気を失っている自分の姿が見えていた。身体が天井すれすれの辺りをふわふわと浮遊しているのだ。眼下には男とサツキがいる。声をかけようにも声が出ない。ケンは自分の顔を触った。左瞼が腫れている。腹を見た。幾つも濃い痣《あざ》ができている。不思議と痛みはない。

死んだのか……。

そう思うと涙が出てきた。何に対しての涙なのだろうか。くだらない人生だったな、という自分への憐《あわ》れみなのか。

「おい、サツキ、こいつ泣いてるぜ」

男が言った。

「悲しそうね。ごめんね。ごめんね」

サツキが盛んに謝っている。ケンの身体を擦《さす》っている。

「どうするんだ」

「気がつくまでここにおいておく以外にないじゃない。あんた強くやりすぎよ」

サツキが怒った。

「つい、カーッとなってしまった。こんな若い奴にお前がうつつを抜かしたのかと思うとな」

男はサツキを見て、にやりとした。

「ごめんね。ケンちゃん、楽しかったよ」

サツキは腫れたケンの左瞼にキスをした。

ケンは、サツキと男の様子をじっと見つめていた。また涙が流れた。

「所詮《しょせん》、夢よね。こんな子と一緒に暮らすなんてね。あたしね、死んだ弟と一緒に暮らしているような気になったのね」

サツキが目を拭《ぬぐ》っている。

夢じゃない。俺は暮らしたいと思っているんだ。

ケンは叫びたいが、声にならない。

空中を浮遊していたが、急に空高く上昇し始めた。上から引きあげられるようだ。

雲の中を猛スピードで上昇する。男とサツキがみるみる小さくなっていく。タクが見える。美奈も見える。マサもいる。みんなが一生懸命、ビラを配っている。

もうすぐ入塾希望者の受付開始だ。行かんとあかん。こんど約束を破ったら、タクやマサにあわせる顔がない。俺はなんてくだらない男なんや。

ケンちゃん、ケンちゃん……。

俺を呼ぶ声がする。サツキの声だ。

ケン、ケン……。

俺をまた誰かが呼んでいる。これはタクの声だ。行かんとあかん。行くぞ。なんとしても行かんとあかん。また涙が出てきた……。

「おい、サツキ、気ィついたみたいだ。タオルを冷たくして持ってこい」

男が叫んだ。

サツキが台所で水を流し、タオルを濡らす。それを固く絞って、男に手渡した。

男は、そのタオルをケンの顔に当てた。

ぐほっ。

ケンの胃が大きく上下に動いた。喉《のど》から胃が飛び出そうになった。嫌な感触が、胃から食道に昇り、口中をすっぱくして、飛び出してきた。

「こいつ、吐きよった。汚いやっちゃな」

男が後ずさりした。

「よかったわぁ。心配したのよ。ホントに死んじまったんじゃないかと思って」

サツキがほっとしたように言った。

ぐほっ。

ケンが、また胃の内容物を吐いた。キャベツの青い破片があった。

「汚ねえから、拭《ふ》いてくれよ。それと水だ」

男が言った。

サツキは、嬉《うれ》しそうにコップに水を入れて持ってきた。男に水を渡す。男はコップをケンの口元に運び、無理やり押しつけた。

　サッキが床の汚れを拭き取った。

　ケンは、水を呑《の》んだ。

　目を開けた。

「気がついたかい」

　男が言った。

「気がついたわ」

　サツキが弾んだ声で言った。

　ケンは頷《うなず》いた。床に手をつき、よろよろと立ちあがった。

「行かんとあかん」

　ケンは足を前に出した。

「大丈夫、ケンちゃん」

　サツキが身体を支える。

「行かんとあかんねや」

　ケンはうわごとのように繰り返している。

「どこへ行くの。どこへ行かないといけないの」

　サツキが言った。

「タクやマサが……」

ケンは呟《つぶや》いた。膝が折れた。床に膝がついた。ケンの身体が揺れた。

「行かんとあかん……」

ケンはふたたび暗くなっていく視界の向こうでタクとマサが笑っているのを見た。

5

タクたちは石神井の塾に着いた。

「いよいよだな」

滑川が玄関先に迎えに来ていた。

「たくさん来てくれるとええんですけどね」

タクは滑川に言った。

「美奈ちゃんは、あいかわらず可愛いね」

滑川が美奈をからかった。

「滑川さんこそいつも二枚目ですよ」

美奈が笑って言った。

「これは、これは」

滑川が大柄な身体を反り返らせるようにして笑った。滑川は今日も学生服だ。東京生まれの癖して滑川は学生服しか持っていないのだろうかとタクは思った。

「どうかしましたか。山川くん、あまり元気がないですね」

滑川が心配そうな顔をした。

山川が顔を上げ、滑川を見た。暗い顔だ。

「その顔じゃ、子供が逃げますよ」

滑川が笑った。

山川は、無理に笑みを作った。

「中に渡瀬さんと中条さんも来ています。鹿島くんと藤本くんもね」

滑川が微笑した。

「えっ、そんなに」

タクは嬉しくなった。クラスのみんなが来てくれた。

「先ほどから部屋の飾りつけをしてくれています。行きましょう」

滑川が歩き出した。タクは美奈を見て、

「行こう」

と声をかけた。美奈の後からは山川がついてきた。後ろを振り返り、振り返りしている。誰かにつけられている気がしているのだろう。

「おはよう。遅いじゃない」

タクを見るなり、利奈が言った。女王様のニックネームどおり、身体にぴったりと張りついたような黒の革製パンツ姿だ。

「あぁら、タクくん、その方が噂の彼女なの」

宏美が笑みを浮かべた。宏美は利奈とは対照的にふわりとしたやわらかそうな生地のスカート姿だ。都会育ちだが、少し赤みがかった頬が少女のような雰囲気の女性だ。

「いやあ」

タクは頭をかきながら、

「高島美奈さんです」

と紹介した。

「高島美奈と申します。よろしくお願いします」

美奈は頭を下げて、挨拶《あいさつ》をした。

「よろしく。中条です」

利奈が美奈を検分するように見つめた。

「はじめまして。渡瀬です」

宏美が微笑した。

「おい、タク。俺にも紹介しろよ」

色の紙テープで壁を飾っていた鹿島義哉《よしや》が、作業を中断して近づいてきた。

「俺にも」

机を並べていた藤本完二《かんじ》も仕事を中断した。

「なぁに、みんな、美奈さんが来ると仕事にならないじゃないの」

宏美が呆《あき》れたように言った。

「わたしたちに対する態度とは、相当な違いがあるわね」

利奈が微笑しながら言った。

「すみません」

美奈が謝った。

「別に謝らなくてもいいよ。君のせいじゃないんだから」

滑川が声をあげて笑った。

部屋の中を見渡した。壁には色の紙テープで飾りつけがされていた。白板の上には、この間タクとケンと滑川で作った手作りの看板が掲げられていた。明るく彩色され、紙テープや紙の花で飾られている。看板には「ｗｅｌｃｏｍｅ　早稲田天才アカデミー」と色マジックで太く書かれている。

「よし、俺もやるぞ」

タクは言った。

「おい、山川。顔色が悪いぞ」

藤本がタクの背後で椅子に座ってぐったりしている山川に言った。

「どうした。いつもの山川くんらしくないじゃないの」

利奈が厳しい目で言った。

「山川、やるぞ」

タクは山川を振り返った。山川は悲しそうな目でタクを見つめた。

「みなさん。ご苦労様です」

落ち着いた声が入り口から聞こえてきた。

「マサくん」

美奈が、手を叩《たた》いた。

「間に合いましたか」

マサが微笑した。

「マサ。もう手は大丈夫か」

タクが訊《き》いた。誰もがマサの答えに注目した。ケンの使い込みの責任をとって指を詰めたという話を聞いていたからだ。

「ご心配かけました」だいぶ痛みもとれました」

マサは小さく頭を下げた。その場のみんなが彼の迫力に圧《お》された。

「それはよかった。でも大変でしたね。でもそのお陰で、みんな中島くんに協力しようと集まりました」

滑川が言った。

「ありがとうございます。わたしも嬉《うれ》しく思います」

マサが言った。

「そう言えば、問題児のケンくんが来ていませんねぇ」

滑川が言った。

タクは自分が責められているような気がした。ケンは、田谷に責任を追及されて以来、チラシ配りなどを熱心に行っていた。心を入れ替えたのかと思っていたが、肝心の日に来ないとは。タクは悔しい、情けないという複雑な気持ちになった。

「どうしたんだろう」

マサも呟いた。

「もうすぐ来るんじゃないの。みんなで準備をやってしまいましょう」

美奈が明るい声で言った。

「さあ、やろう。すぐに受付開始の一時になってしまうぞ」

鹿島が言った。

「マイクもいるだろうと思って、俺の持っているオーディオ機器の一部を持ってきた」

藤本が鞄《かばん》を指差した。

「えらい。感心感心」

宏美が大げさに喜んだ。

「中島さんはいる?」

滑川の母親が入り口からタクを呼んだ。

「はい」

タクが返事した。

「今、玄関に車《タクシー》が来てね。中島さんを呼んで欲しいというのよ。女の人よ」

母親は言った。タクは首を傾げた。

「誰」

美奈が訊いた。

タクは首を横に振った。

「隅におけないわね」

利奈がにやりとした。

「な、なにを言っているんですか」

タクは唇を尖《とが》らせた。

「ぐずぐず言ってないで、相手を待たせているから」

母親がタクを急《せ》かした。

「俺も行こうか」

マサが言った。タクが頷《うなず》いた。この滑川の家にタクシーで乗りつけるような知り合いはいない。いったい誰だろう。タクは怪訝《けげん》な面持ちのままマサと玄関に出た。そこにはタクシーが止まっていた。その側に、細身の優しげな女が立っていた。

「中島ですけど」

タクは挨拶をした。見たことのない女だ。

「あなたがタククんね」

タクは女から「タククん」と呼ばれて驚いた。

「そうするとあなたがマサくんかしら」

女はマサを見て言った。

「そうですが、なにか」

マサが警戒した顔になった。

「いつもケンちゃんから聞いていたから、羨《うらや》ましいね。同じ田舎で、同じ学校だなんてね」

女は言った。

「あなたはケンの……」

タクは目を見開いた。

「そうよ。光栄だわ。ケンちゃんがあたしのことを話してくれていたのね」

女は微笑した。

「ケンはどこ、どこにいるんですか」

タクは女に迫った。

「そこ」

女はタクシーを指差した。

タクとマサは、走ってタクシーに近づき、窓から中を覗《のぞ》き込んだ。

「ケン！」

タクとマサは同時に叫んだ。後部座席にもたれるようにして座っているケンを見つけたからだ。首を深くうな垂れ、眠っているようにも見える。

「ケンに何をしたんだ」

タクは女に声を荒らげた。

「大丈夫。眠っているだけ」

女は答えた。寂しそうな影が過《よぎ》った。マサが運転手にドアを開けろと窓を叩いた。

ドアが開いた。タクとマサは二人して、ぐったりとしたケンを車から引きずりだした。左瞼《まぶた》が青紫色に腫《は》れている。着ているシャツの裾《すそ》をマサが捲《まく》りあげた。腹にも幾つか同じような痣《あざ》がある。

「いったい……」

タクは女を睨《にら》んだ。ケンはタクとマサに肩を抱えられてようやく立っていた。小さな声で呻《うめ》くように何かを話している。耳をそばだてるとケンは、

「行かなあかん……」

と言っているように聞こえる。

「ゆっくり休ませてあげてね。すぐに夢から覚めると思うわ」

女は静かに言った。

「何があったんや」

タクが怒りを込めて言った。

「怒らないで。みんなこの子のためなんだから。あたし、ケンちゃんが好きだった。でもね、所詮《しょせん》、無理だったのよ。ケンちゃん、あたしと結婚するって言うんだものね」

女は笑った。笑いながら涙を溢《あふ》れさせた。

「いい子だよね。優しくて、だらしなくてね。弟みたいだった。でもね、このままじゃダメになるわ。この子……」

女はハンカチをバッグから取り出して、目を拭《ぬぐ》った。

「いい夢みた、楽しかったってサツキが言っていたと伝えてね。もう二度と会わない。もしケンちゃんがあたしに近づいたら、今度は、殺すわよって、怖い顔で話していた

と言っておいてね。それじゃ」

女はタクシーに乗り込んだ。

「待って」

タクは閉まりかけたドアに手をかけた。女と目が合った。女の目には涙が溢れそうになっていた。

「わかった。絶対に近づけない」

タクは言った。

女は薄く笑った。

ドアが閉まった。タクシーが発進した。

「行くぞ」

タクは、もう一度ケンを担ぎ直した。

「あれは誰や」

マサが訊《き》いた。

「お前の指を喰《く》った女や」

「俺の指を喰った女」

マサは考える顔になって、

「あっ、そうか」

と大きな声を出した。

「行かなあかん」

ケンが寝言のように呟《つぶや》いた。

「このあほたれが、まだ懲りてなかったのか」

マサは空いた方の手でケンの頭をゴツンと殴った。

「ううっ」

ケンが唸《うな》った。

「マサには十分、ケンを殴る権利はある」

タクが笑いながら言った。

「笑うな。ケンを見ると、指がうずくんや」

マサが苦々しい顔で言った。

教室にやっとの思いでケンを運んだ。脱力した身体を運ぶのがこんなに骨の折れることだとは思わなかった。

ケンを教室に運び、畳の上に横たえた。美奈も滑川もみんなが集まり、ケンを囲んだ。

その腫れあがった左瞼を見て、

「いったいどうしたの」

と美奈が不安そうに訊いた。

「夢から覚めるためのクスリや」

タクが言った。

「それはどういうことですか」

滑川が不思議そうに首を傾げた。

「ケンが起きたら、ゆっくり話聞けばいいや。みんな準備、準備」

タクは、みんなを仕事に戻した。

「美奈、ケンを見ていてくれ。タオルか何かで目を冷やしてやってくれるか」

タクは美奈に言った。

「わかったわ」

美奈は快活に頷いた。

教室内の飾りつけも順調に進んだ。白板の上に塾の名前を記した華やかな看板が眩《まぶ》しいほど輝いている。父母むけの説明パンフレットも用意した。模擬授業用のテキストもある。

山川もようやく立ちあがって利奈や宏美とテキストのチェックをしている。顔に幾分か明るさも戻ってきているように見えた。

万事うまくいくに違いない。そうタクは確信していた。

第十章　喪　失

1

完全に失敗だった。

母親がほんの数人、訪ねてきただけだった。タクたちはその母親たちを取り囲むようにして熱心に説明したが、気乗り薄そうな顔で、パンフレットを持って帰っていった。

学校の終わったころちらほらと子供もやってきた。そのためタクと滑川が模擬授業をやった。でもレベルも学年もまちまちの子供、それも数人を相手では力が入らなかった。その気持ちが伝わったのか、子供の中にはあくびをする者もいた。

申し込みをしていく人は誰もいないという有様だった。タクは見る影もなくがっくりとしていた。美奈が、明日があるわよ、と慰めたのだが、力なく頷《うなず》いただけだった。

滑川は、読み違いましたね、と声に出して笑った。笑い声が虚《むな》しく、悲しく聞こえた。利奈や宏美も、元気だそうよ、と言った。藤本や鹿島は、明日、様子を見てみようと言った。マサは、何も言わなかった。山川は暗い顔で沈黙していた。ケンは腫れの引かない目に涙をにじませていた。塾のことよりもサツキのことを考えているのだろう。

夕方、塾にはタク、ケン、マサ、山川、滑川、美奈が残った。

「マサには悪いことをしたな。こんなことに巻き込んだお陰で指までなくさせてしもうた。その挙げ句にこのざまや」

タクが悲しい顔をマサに向けた。

「ほんまや、俺かてこのざまや。マサに合わせる顔がない」

ケンが情けない声で言った。

「お前は黙っとれ。何も言う資格はない。俺が指まで詰めたのに、またぞろ女にうつつを抜かしやがって。その挙げ句にポイやないか」

マサがケンを睨みつけた。

ケンは一瞬、怒りの色を浮かべたが、そのまま口を閉じた。

「明日結論を出そう。今日は疲れているから解散しよう」

滑川が言った。

「明日はきっと、いいことがあるわよ」

美奈が、元気づけるようにはしゃいだ声を出した。

2

外に出た。夜は冷たかった。空には月が出ていた。空気が澄んでいるのかやけに明るい月だ。

「美奈、今日は自分のマンションに帰るんだろうな」

マサが訊いた。美奈がタクの顔を見ている。

「タク、美奈は明日、ここには来られへん」

マサがタクに言った。タクは驚いて、

「なんでや。美奈がおらへんだらうまいことといかへん」

とマサに迫った。美奈も、

「どうして」

とマサに訊いた。

「社長の命令や」

マサは感情を交えず言った。

「田谷さんの」

タクが訊いた。

「そや。もう美奈の遊びは終わったということや」

「遊びが終わった？　どういうことや？」

「言葉どおりや。美奈には美奈の仕事があるということや。もうお前にも会わせられへん」

「マサ、お前、何言うてんねん」

「言ってることがわからんのか。もう一回言うぞ。美奈とは、もう会うことはできん」

マサは淡々と言った。

「美奈はわかっているやろ。自分の立場を」

美奈は青ざめた顔でその場にしゃがみ込んだ。タクは、何がなんだかわからない。

「美奈には美奈の事情があるんや。それだけや」

マサは言い放った。

「なんや、その言い方は。美奈と俺は付き合っている。それが会えへんいうのはおかしいやないか」

タクはマサに詰め寄った。険悪な顔になっている。

「美奈、行くぞ」

マサは美奈の腕を取り、強引に立ちあがらせた。

「待てよ。マサ。美奈は今夜は俺の下宿に泊める」

タクはマサの腕を摑《つか》んだ。

「ダメだ。もう遊びの時間は終わった。美奈を連れ帰ると社長に約束してあるんや」

マサは美奈の腕を強引に引いた。美奈が小さく悲鳴をあげた。

「何、すんねや、マサ」

タクはマサと美奈の間に入った。目は怒りに満ちて、マサを睨《にら》んでいる。

「タク、思い出は思い出や。ここは静かに俺と美奈を帰らせてくれへんか。せやないとお前を痛い目にあわせせなならん」

マサは、美奈の手を摑んだままタクの顔を目を細めて見つめた。

「俺は、納得いかへん。マサ、美奈を放せ」

タクは美奈の腕を摑むマサの手をもぎ離そうとした。途端に、顎《あご》の辺りに熱いものを感じた。急に目の前が暗くなり、星がちらちらし、痛みが顎から背中を貫いた。膝《ひざ》ががくりと折れ、顎があがり、地面に崩れ落ちた。

美奈が悲鳴をあげた。倒れたタクにケンが駆け寄った。

「タク、タク」

ケンがタクの身体を両腕で支える。マサを睨むと、ケンは、

「なにすんねや。ひどいやないか」

と声を荒らげた。

「しょうがないやないか。美奈を連れ帰らなあかんねや。ケン、お前がサツキいう女に振られたのも美奈とタクが別れなあかんのも所詮《しょせん》、運命や。一時の夢やった、楽しい夢やったと思えばええんや」

「そんなことない。俺はサツキさんのこと、本気やった」

「アホ抜かせ。これ見てみいや」

マサは左手をケンに突き出した。その小指は先がなかった。

「これを見てから、そんな口を利きやがれ。これは誰のお陰や。お前が、本気やと言うねやったら、お前が指を落とせばよかったんや」

マサは言った。ケンは黙った。

タクがケンの腕の中で目を開けた。首を振って、大きく息を吐いた。

「気がついたか」

ケンが言った。タクが小さく頷いた。

「美奈は……」

「まだ、そこや」

タクはケンが指差す方に視線を向けた。

「美奈……」

「タクくん……」

「タク、痛かったか。悪かったな。これも友情や。お前が気を失っている間に帰ろうと思うたけれど、ケンの奴が邪魔してな。こいつはいつも俺の邪魔ばかりするし、俺の大切なものを奪っていく」

マサが薄く笑った。

「美奈をどうするつもりなんや。田谷さんは」

タクが訊《き》いた。

「わからん。あの人は夢を見いへん人や。徹底している。だから美奈の運命も現実的になるやろ」

「もっとわかるように言えや」

「金次第という意味や」

マサは冷たく言った。

「美奈を金に換えるということか」

タクが目を剝《む》いた。唇が震えている。

マサが頷《うなず》いた。

「そんな、そんなこと許されへん」

「美奈、行くぞ」

マサは美奈の腕を引いた。

「美奈、行くな、俺と残れ」

タクが叫んだ。美奈は悲しい顔を向けた。

「美奈かて、何も行きとうて行くんやない。お前と一緒にいたいやろ。せやけど無理なんや。みんな金のせいや。わかってやれや。美奈がわかっているだけにかわいそうやないか」

マサは美奈の腕を引いて歩き出した。

「勘弁して。タクくん」

美奈が細い声で言った。

「もし納得いかへんねやったら、社長のところに来い。それにもし塾経営を諦《あきら》めるのやったら、百万円をどう返すのかも考えてこなあかんで。指が何本あっても足らんようになる。それにもう一つ。俺はタクとケンに対する友情の気持ちを失ったわけやない、それだけはわかってくれ。俺も生きていかなあかんから」

マサは言い終わると、ふっと視線を落とした。真っ直ぐにタクとケンに向かってマサは歩き始めた。タクは、

「田谷さんに会いに行く」

と言い、道を空けた。

タクはマサと美奈の後ろ姿を見つめていた。

「本当にいいのか。美奈ちゃんを失ってしまうぞ」

山川が怒っている。

「なんでマサを殴って二人で逃げへんのや。後悔するのはお前やぞ」

ケンが吐き捨てるように言った。タクは何も答えなかった。美奈を失うとは本気で思えない気持ちがどこかにあった。

風が出てきた。滑川の自宅の庭の木々が月に照らされていた。

3

タクは重い足取りで下宿に帰った。ケンと山川も一緒だった。山川をマサの部屋にかくまってもらうつもりだったが、マサが無理やり美奈を連れて行ってしまったため、その話は切り出せなかった。

なぜ塾には人が来なかったのだろう。なぜ美奈は去っていったのだろう。たった一日で天国から地獄に堕《お》ちた気分をタクは味わっていた。アパートには今夜はクロもいなかった。

三人は狭い部屋に車座になった。

「何か、呑《の》むものないんか」

ケンが訊いた。タクは立ちあがって、小さな洗面所兼台所の下を覗《のぞ》き込んだ。そこには美奈とすき焼きをしたとき使った日本酒があった。タクはそれと湯呑み茶碗《ぢゃわん》を三つ持ってきた。

「これしかない」

「十分やないか」

タクはケンと山川に湯呑み茶碗を渡し、その中に酒を注ぎ入れた。

「何に乾杯するんや」

タクが弱々しい声で言った。

「明日、やろな」

ケンが言った。

「そしたら明日に乾杯や」

タクは湯呑み茶碗を高々とあげた。ケンも山川もそれに続いた。

「山川、泊まっていけよ。しばらくここにおった方がいい」

タクが言った。

「一日、暗かったけどどないしたんや」

ケンが訊いた。

「言わへんかったか……」

タクがケンに言った。ケンが首を振った。

「俺、人を殺してしまったんだ」

山川が酒を一気に呷《あお》った。

「今、何、言うた、人殺しやて、それなんや、冗談やったら本気で怒るで。俺も今日、自分でなにしでかすかわからん神経やから」

ケンはようやく腫《は》れの引きはじめた瞼《まぶた》をいっぱいに開いて言った。

「冗談ではない」

山川は真面目な顔でケンを見つめ、文学部構内でのリンチの話を語った。時々、声を詰まらせ、顔を両手で覆った。ケンは真剣に聴いていた。

「俺もサツキさんに捨てられて、明日どうやって生きたらええか答えが見つからへんけど、山川も深刻やな」

ケンが言った。

「痛かっただろうな。田口という学生は……」

山川が頭髪をかきむしった。

「しかしお前ら、ひどいことしよるな。人の命を取るなんて、最低やないか」

ケンが湯呑み茶碗に酒を注ぎながら言った。

「ケン、何言うてんねん。山川は被害者みたいなもんや。香山たちに脅されて、やむを得ずやっただけや」

「やむを得ずやった、言うてもやったことには違いがない。山川の一撃で死んだかもしれんやないか」

ケンの言葉に、山川はワーッと声を張りあげた。

「責めるな。その場にいたら誰でもそうしたんや。でないと自分が殺されるからや。ケンみたいな女にだらしなく騙《だま》される奴が何か言えた義理やない」

タクの頬にケンの平手が飛んだ。

「騙されたんやない。サツキさんは俺を騙す人やない。深い事情、そうや俺の将来を考えて身を引いたんや」

「お前、それでええんか。塾の金を使い込み、マサの指を切り落として、何が、俺の将来を考えてや。あほらしゅうて聞いてられへん。あのサツキという女、さばさばしとったで」

「なんやと、よう言うたな。サツキさんの悪口は許さへんぞ。お前こそ、マサに、否《いや》、田谷に美奈ちゃんを持っていかれて黙っているやないか」

「黙っている訳やない。美奈の事情もわからんし、明日、塾が成功したら、迎えに行く。百万、耳を揃えて返すんや」

「俺、警察に行く」

山川は、これ以上ない暗い顔で言った。

4

「警察に自首させてくれ」

山川は泣いて、額を畳に擦《こす》りつけた。

「お前には責任、あらへん」

タクが言った。

「そこまで言い切れるんやろか」

ケンが口を挟む。

「お前は黙っとれ。お前が、さっき余計なことを言うたから、山川が変な気になったんやないか」

タクがケンを叱りつけた。ケンはむっとした顔で口を尖《とが》らせた。

「ケンの言うとおりだ。田口の身体を鉄パイプで殴った。そして死に至らしめたという事実は消えない」

山川は眉を寄せた。深い縦皺《たてじわ》が刻まれた。

「そんなこと言うたって、現実的には首謀者の香山たちは逃げている訳や。今、山川が自首したらやな、お前が主たる役割を果たしたように話を作りあげられるぞ。下宿で呑んでたら、突然、来いと言われて行ったら、リンチをやっていて、無理やり参加させられました、すみません、なんて話、誰が信じるかよ」

タクは両手で畳を音が出るほど叩《たた》いた。

山川の眉間《みけん》の縦皺が、一層深くなった。

「止《や》めとけ。田舎の両親も心配するし、大学も退学や、就職かて難しくなる」

タクは山川の目を見た。

「俺も、さっきはリンチなんてひどいと言ったけど、自首すんのはもっと後がええ。今、行ったらタクの言うとおりになるし、もしならへんでも山川の口から香山たち首謀者の名前が警察に出るわけや、そうしたらお前が奴らから狙われる。仲間を権力に売ったわけやからな」

ケンは冷静な顔で言った。

「どうしたらいいんだ」

山川は、タクを見つめ、両手でタクの胸元を摑《つか》んだ。目には涙がにじんでいる。

「俺、怖いし、苦しいし、なんだかわかんなくなってきた。こんなことになるんだったら、東京になんか来ないで、田舎にいた方がよかった。親に甘えているくせに、妙に反発して、中途半端に左翼を気取っていたら、このざまだ。俺は、本当にどうしようもない莫迦《ばか》だ」

山川は、本気で泣き出した。その姿を見たタクも泣きたくなった。マサに連れていかれた美奈のことを思ったからだ。明日、田谷のところに美奈を取り戻しに行くつもりでいるが、そもそも今の自分に美奈をなんとかできる力があるのか、と思うと情けなくて涙が出てきた。

時折聞こえる山川の嗚咽《おえつ》と重苦しい沈黙。どれくらい時間が経っただろうか、山川が突然、何かを決心したかのように、

「酒、くれ」

と湯呑み茶碗をケンに差し出した。そして音を立てて鼻汁を、吸い込んだ。

「よし、俺は、みんなの金を使い込んで、サツキさんに貢いだ。それでもまだ忘れられへん。腐った人間や」

ケンは大声で言い、山川の茶碗に酒を注いだ。

「俺も、美奈を田谷のいいようにされても何もできへんダメ人間や」

タクもケンに湯呑み茶碗を差し出した。

三人は、酒の満たされた茶碗を合わせると一気に呑み干した。

「さあ、山川、どうするんや」

タクは訊《き》いた。

「警察に行く。これは俺の心の問題でもある。現実的な利害を考えて、逃げたら、一生後悔するだろうと思う」

山川は、すっきりとした笑みを浮かべた。

「それによって起きるいろいろな問題は、自分が受け止めるんやな」

タクは訊いた。

山川は頷《うなず》いた。

「よし、決まった。ケン、戸塚《とつか》署に一緒に行くぞ」

タクが立ちあがって、ケンに言った。

「えっ、俺も」

ケンが驚いた。

「当たり前やないか。仲間やないか。何かまずいことでもあるんか」

「この間、生協で本、万引きしたこと、バレてないやろか」

ケンはびくついた。

「ホンマにお前は、しょうもない奴やな」

タクは呆《あき》れて笑った。

「行くよ。服、借りたままになるけど……」

山川は、言った。少し寂しげだ。

「いいよ。でもすぐ戻って来られるよ」

タクは言った。

三人は、外に出た。もう真っ暗だ。時刻は、午後十一時を回っている。

「夜風が冷てぇな、兄弟《きょうでえ》」

ケンがおどけて言った。

「何、気取ってんだよ」

タクが笑った。さすがに山川は険しい顔をしていた。まだ葛藤《かっとう》があるのだろう。

戸塚署は早稲田通りと明治通りの交差点、馬場口を目白通りの方角へ曲がったところにある。タクの下宿から早稲田通りを高田馬場に向かって歩く。ケンも最初は、はしゃいでいたが、今は俯《うつむ》き加減に歩いている。

「山川、大丈夫か」

タクが山川の背中を叩いた。

「ああ、問題ないよ」

山川が無理な笑顔を見せた。

さっぽろラーメンの「えぞ菊」の看板が見える。大盛りのもやしバターは胃袋が破裂するほどの量だが、美味《うま》い。

「ラーメン、食いたくないか」

タクが言った。

「いいよ。俺は行く。腹が一杯になると決心が鈍る」

山川は言った。また無言の行進が続く。馬場口の交差点が見えた。右手に曲がると、戸塚署の建物が迫ってきた。さすがに威圧感がある。

山川が立ち止まった。タクは山川の身体を触った。震えている。怖いのだ。今から、自分の身に、自分の人生に何が起きるかわからない。山川の話を警察がどこまで信用してくれるだろうか。本当に首謀者にさせられて不当な罪を着せられるかもしれない。香山たちは組織に守られているから、どうにでも彼らに都合よく事実を曲げることができる。山川は、一人だ。ただ自分が許せないだけだ。自分の罪を贖《あがな》うことなく、これからの人生を送ることはできないと頑《かたく》なに信じている。

「俺、山川を尊敬する。もし今、ここで引き返しても、その気持ち変わらへん。お前は偉い。この警察署の建物の前まで来ただけでも偉い。もう十分や。帰ろ、なあ、帰ろ」

ケンが泣き出した。そして山川の行く手に立ちはだかった。

「山川、俺もケンと同じや。もうここまで来ただけでも十分や」

タクも山川の前に立った。振り返れば、戸塚署が見える。入り口の前には長い警棒を持った警官が立っている。

山川は、厳しい顔でタクとケンを見つめた。そして微笑した。

「ありがとう。俺に何があっても、仲間でいてくれよな」

山川は、姿勢をすっと正すと、足を踏み出した。タクとケンは左右に分かれて、山川の進む道を空けた。

「山川！」

タクは山川の背中に声をかけた。山川は振り返ることなく、軽く右手をあげた。そしてそのまま進むと、入り口で立番をしている警官に何かを囁《ささや》きかけた。警官は慌てた様子で、山川の腕を摑んだ。山川がタクとケンを振り返った。

「あいつ、笑ってる」

ケンが感心したような口調で言った。

タクにも山川の顔が見えた。確かに笑っているようにも見えるが、泣いているようにも見えた。タクは「ああ」とだけ呟《つぶや》いた。

山川は警官に連れられて警察署の中に消えていった。タクは涙が止まらなかった。

ケンは、その場にしゃがみ込んだ。タクからはケンの顔が見えない。でも泣いているようだった。ケンの肩が何度も上下していたからだ。

5

タクは受付に座っていた。美奈のことを考えた。美奈は今日はここに来ていない。田谷の所にいるのだろう。今夜、会いに行きたい。山川のことを考えた。戸塚署に入っていくときの顔を思い出した。泣いているような、笑っているような。彼もここにはいない。今頃は留置場に入れられているのだろう。一人で寂しくないだろうか。

ケンが側で煙草を吸っている。苛々《いらいら》している気配が空気を伝ってくる。灰皿にはハイラトの吸い殻が何本も突き刺さっていた。

滑川は椅子に座って、悠然と葉巻をくゆらせ、新聞を読んでいた。

ふう。タクが大きくため息をついた。

「缶ビールでも取ってこようか」

滑川がテーブルに新聞を置いて、言った。

「昼間からですか。お客さんが来るかもしれないし、いいですよ」

タクが答えた。

「腹が減ったな」

ケンが言った。

そう言えばいつの間にか午後二時を回っている。午前十時から受付に座っている。もう四時間もこうしてぼんやりしていることになる。その間、何も腹に入れてなかった。

「ラーメンでも取るか」

また滑川が言った。

「お願いします」

タクが言った。滑川は、席を立って母屋の方へ歩いて行った。

「誰も来ないなぁ」

ケンが弱々しく言った。

「どこが間違っていたんやろな」

タクが訊いた。

「最初から、あんまり熱心やなかったからな。思いついただけで、事業をしっかりやるという気に欠けていたんやろ」

「何を教えるか、何に特徴があるか、その辺をきちんとやらなあかんかったんやろ」

「藤本も鹿島も誰も来ないなあ。あいつら、いい加減や」

「俺が今日は来んでもええって言ったんや」

「もしもこの塾、このまま閉めるとなったら、田谷さんへの返済をどうしたらええんやろ」

ケンが心配そうに言った。

「俺とお前がサインしたんやないか。未熟でしたと開き直るわけにはいかん。指が何本あっても足らんからな。絶対に返済せなあかん」

タクが言った。

「返す言うても、今、通帳には二十万しか入っとらへん。全部清算したら八十万円ぐらい赤がでる。八十万円、どないして稼いだらええねや」

ケンが情けないことを言った。

タクは美奈に堂々と会うためにも塾を成功させたかった。その成果を以《もっ》て、田谷に美奈との交際を許してもらうつもりだった。ところがこれでは成功どころか、資金の返済さえおぼつかない。もし塾に失敗しても、百万円だけは返済しなければならない。

「ケンが使い込んだんやないか。その分はお前が何とかしろ」

「タク、そんなつれないことを言うなよ。ああ、サツキさんに会いたいな」

ケンは目を細めた。そして、

「なあなあ、ほんまにサツキさん、アパートを訪ねて行ったら、承知しないって言うてたんか」

と突然でれでれした顔でタクに訊《き》いた。

「お前は、あほや。相手の気持ちも考えんかい」

タクは言った。

「もう一回だけ、アカンやろか」

ケンは言った。

「ええかげんにせえ」

タクは苛々して、声を大きくした。

どうしてだろう。みんなうまくいくはずじゃなかったのか。それが美奈はいなくなるし、山川は警察だし、ケンは相変わらずだし、マサはもう俺たちから遠くに行ってしまった。

「東京って怖いなぁ」

ケンがぽつりと言った。

「なんや改まって……」

タクが訊いた。

「もし東京に出て来なければ、何しとったやろと思ってな。こんなところで悶々《もんもん》とせんと、田舎の青い空の下で思いっきり背伸びしとったやろと思うと、なんやら涙が出るな」

ケンが言った。

「あんまりしみじみすんなよ」

「俺、時々、木から落ちて死んだ夢を見るんや。実際に死んだんはノブやけど、双子やろ、その感覚、落ちるときの感覚が伝わってくるんや。それではっと目が覚めるんやけど、ノブの代わりに俺が死んでいてもよかったなと思うこともある」

「そうやってノブがお前にしっかりせえ、って言ってくれているんやろ」

「そうやないような気がする。霊に誘われて、淵《ふち》に落ちるということがあるやろ、あれと同じで、ノブに誘われて、堕《お》ちていくような気がするねんや。罰が当たったんやろな」

ケンは、また持っていたハイライトを咥《くわ》えた。目は遠くを見つめていた。その目の先にノブが見えているかのようだ。

「ラーメン、来たよ」

滑川がラーメンを運んできた。

「すみません」

タクとケンは慌てて滑川のところに飛んで行った。受付に座ったまま、タクはラーメンを食べた。熱くて美味《うま》い。

「この来福軒のラーメンは美味《おい》しいって評判なんだよ」

滑川がラーメン鉢を持って、麺《めん》をすすった。

「美味しいです」

ケンが麺を口に含んだまま、言った。

「これが別れの杯ならぬ、別れのラーメンになりそうですね」

滑川がタクとケンを強く見つめて言った。タクの麺をすする音が止まった。ケンも口元に持っていこうとした鉢を宙に浮かせたまま固まった。

「どういうことですか」

タクが訊いた。

「この現状をリアルに認識した方がいい。生徒がここまで集まらないということは、確実にマーケットがないか、早稲田天才アカデミーが消費者に対して全く訴求力がなかったということだ。早めに撤退を決めた方がいい。今なら最小限の損失ですむ」

滑川が淡々と言った。もう麺は食べ終わっている。

「簡単に言うたら、これ以上見込みがない塾にここを貸し続けるわけにはいかないということやね」

ケンが直截《ちょくせつ》的に言った。

「まあ、そういうことだ」

滑川がケンをジロリと睨《にら》んだ。

「そうですか」

タクが力なく肩を落とした。

「中島くん、アイデアは悪くはなかった。しかしアイデアを煮詰めることが足らなかったのかもしれない。今回の塾は、他人の資本でやったわけだ。あまり腐らさないうちに撤退しようじゃないか」

滑川が目を大きく見開いた。

タクが立ちあがって、ラーメンの鉢を片付け始めた。

「タク……」

ケンが言った。

「ケン、受付撤去しよう。早稲田天才アカデミーはオープンせずして、店じまいや。仕方がないわ。滑川さんの言うとおりや。もう一つ言ったら、俺たち、金のことを舐《な》めとったのかもしれへん」

タクは受付のテーブルを片付け始めた。

「滑川さん、ありがとう、俺たちの莫迦《ばか》に付き合ってくれて……」

タクが微笑して言った。滑川も笑って、

「こちらこそ、楽しかったよ」

と言った。

「俺たちは甘いな」

ケンが頭をかいた。

「何が甘いだ。責任を感じろ」

タクが厳しく言った。

「ケン、ここを片付けたら、銀座へ行くぞ。今度は逃げずに指を詰めてくれんとあかんで」

タクはケンに笑いながら言った。

ケンは、ヒーッと悲鳴を上げ、首をすくめた。タクはふっと田舎の母親の顔が浮かんだ。

良くなるときは時間がかかって、いつ良くなっているのかさっぱりわからない。でも気がつくと随分暮らし向きが楽になっていると思うことがある。反対に悪くなるときは、はっきりとわかる。自分で踏みとどまろうと思っているのに、そのまま悪い方に進んでしまうものだ。

母は、よく話していた。タクは今、その状況にあるのかもしれない。でも踏みとどまれそうにない。なんだかこのまま落ちてしまいそうな予感がする。

6

「それでどうするつもりなんだ」

田谷は厳しい目をタクとケンに向けた。ソファに座る田谷の後ろにはマサが立っていた。美奈はいない。

「失敗です。見事に当てが外れました。場所も撤去せざるを得ません」

タクは田谷の目をまともに見ることができなかった。怖かったのだ。

「それで済むと思っているのか」

「お金は返します。おい、ケン」

ケンはジーンズのポケットから預金通帳を取り出し、田谷に見せた。田谷はそれに見向きもしない。通帳はマサが受け取った。

「これ、印鑑や」

ケンは別のポケットから印鑑を取り出して、マサに渡した。マサはちょっと苦笑いした。

「この中に二十万円ほど入っています。残り八十万円弱は必ず返します」

タクは言った。

「莫迦野郎」

田谷の怒鳴り声が「クラブひかり」の店内に響いた。

「金を返すのは当たり前だ。お前たちの借用書があるんだからな。そんなことよりなぜ失敗したのか、なぜ止めるのか、それをはっきりしろ。そもそもお前たちはなんで金まで借りて塾をやろうとしたんだ」

「失敗したのは、安易に考えていたからです。簡単に人が集まり、金儲《もう》けができるだろうと思っていました」

タクが答えた。

「ぼくがみんなの金を使い込んだのも失敗した大きな理由です。申し訳ありませんでした」

ケンが頭を下げた。

「お前らは、カスだな。商売に対して熱意もなければ何もない。失敗すればたちまち諦《あきら》める。辛抱強くもない。若いくせしてカス野郎だ」

田谷が言った。

タクもケンも黙って聞いていた。タクは田谷の言い方に腹が立ったが、言われても仕方がなかった。

ただ、塾をこれ以上続けられないと思ったのは、美奈のせいだった。目の前から突然美奈が消えた。その喪失感を埋めようがなかったのだ。ケンもその意味では同じだった。サツキから無理やり引き離されて、どうしようもなくやる気を失っていた。田谷に言わせればそれもカスなのだろうが、もうどうでもよかった。

美奈のことを田谷に尋ねたい。

「金は、必ず返せ。それも三倍にも四倍にもして返せ。お前らを一生、この金で縛ってやる。貴様らは俺の奴隷だ」

田谷は口を歪《ゆが》めて言った。

「そんなのおかしいですよ。借りた金は返します。一生、田谷さんの奴隷になるなんて嫌や」

ケンが口を思いっきり尖《とが》らせた。

「ケン！」

タクがケンの口を塞《ふさ》いだ。その手を払うようにしてケンがまた叫んだ。

「たかだか百万でぼくたちを縛ろうだなんておかしいやないですか」

「ケン！　もう止めろ」

「ええやないか。田谷さんが、ぼくたちに金を貸すから塾を始めたんや。貸してくれへんだら始めなかった。田谷さんにも投資した責任があるわけや。田谷さん、そうやないですか」

ケンが言った。

田谷は口をへの字に曲げて、ケンを睨んでいる。気分を害した顔だ。

マサがケンに近づいてきた。細身のケンの前に立つとマサは威圧感がある。マサは、平手でケンの頬を叩《たた》いた。ケンは叩かれた頬を痛そうに手で押さえた。

「ええ加減にせえ。他人の金で女と遊ぶ奴にガタガタ言う資格なんかあるかよ。お前はいつも他人のせいにばかりする奴だ」

マサはケンに言い放った。

「痛いな。しかし俺の言うことにも一理あるはずや」

ケンはまだ懲りないで言った。

「ところで田谷さん、美奈はどうなったのですか。なんだか美奈もマサの話だと金に縛られているようなのですが」

タクは思い切って訊《き》いた。

「美奈か……。もうすぐここに来るだろう。お前たちに別れを言うためにな」

田谷は冷たく言った。

「美奈はある立派な人に買われていく。それがここに来たときからの宿命だ」

「買われるって？　どういうことですか」

「聞いたとおりだよ。美奈の母親は大きな借金を残して死んだ。美奈を借金の担保に残してな。俺は美奈を処分して、母親の借金を回収したのだ。このことは美奈も承知だ。美奈はお前たちのような甘々の青二才ではないのだ。もっと厳しい現実と闘っているんだ」

タクは無性に悲しくなった。美奈の言い知れぬ寂しさはここに原因があったのだ。運命を金で買われていた寂しさだったのだ。

「田谷さん、ぼくは美奈を愛しています。美奈も同じのはずです。美奈を自由にできませんか。お願いです」

タクは田谷を真剣に見つめた。

「おかしいやないですか。今の時代、人を金で売り買いするなんて。それじゃあまるで奴隷みたいやないですか」

ケンが憤慨して言った。

「それが現実というものだ。お前が惚《ほ》れたトルコの女も同じだ。お前が一緒になりたいと言っても、金で縛られて身動きできないはずだ」

田谷が無表情に言った。

「お前と美奈がいい仲になっているのは知っている。それは俺の温情だ。美奈がひと時の幸せを味わえればいいと思っただけだ。だから邪魔をしなかった。今度はお前が我慢する番だ」

「そんなのないですよ。ぼくは美奈と出会ってしまった。こんな別れがあるのだったら、会わなかった方がどれだけ幸せだったかわかりません」

タクは涙ぐみそうになった。

「俺もタクも、そしてそこにいるマサもみんな、田谷さん、あんたにええようにおもちゃにされているような気がするんや。あんたはここでにやにやと若い奴らの行動をまるで芝居か何かを見るように楽しんでいる。それってまるで悪魔かなにかみたいやないか」

ケンが憤懣《ふんまん》をぶつけた。

田谷が笑った。

「えらく威勢のいい奴だな。いろいろあって開き直ったか。指を詰められんで泣いた男とは思えんな。結局、借金が返せなかったわけやから指でも詰めるか」

「今度は逃げへんで。借金、チャラにすると言うねやったら、指でも何でも詰めてやる」

ケンは大声で言った。足が細かく震えていた。顔が青ざめている。

「そうか。よう言うたな」

田谷がにんまりと笑った。あの顔を見たら、また包丁とまな板を持って来いとマサに命令しかねない。

「ケン、もう止めろ」

タクはケンを制止した。

「せやけどタク、このまま美奈ちゃんと別れてええんか」

ケンが怒った。

「ケン、借金を返してから文句を言え」

マサが厳しい顔で言った。

「マサ、お前も金、金、金や。いつからそんなに金の亡者みたいになったんや。借金くらいすぐに返してやる」

ケンは大見得を切った。

「そこまで言うなら、明日の夜の十二時までに残り八十万、耳を揃えて持って来い。そうしたらお前ら二人にまだ見込みがあると思って、美奈のことも考え直してやってもいい」

田谷が楽しそうに言った。それはまるでまた面白い遊びを見つけたかのようだった。

「田谷さん、できるわけがない宿題をぶつけたらこいつらがかえってかわいそうじゃありませんか」

マサが珍しく田谷に意見をしている。やはり田谷がタクたちを翻弄《ほんろう》するのを見ていられないのだろう。

「お前は黙っていろ、俺の勝手だ。こいつらが乗るかどうかはわからないがな」

田谷はタクとケンを強い視線で見つめた。

「タク、どうするんや」

ケンはタクに訊いた。

タクは必死で考えていた。ここで田谷の提案を呑《の》まないわけにはいかない。それは美奈を悲しませることにもなるし、将来に亘《わた》って後悔することになる。しかし明日の零時までに八十万円もの大金ができるだろうか。ケンの顔を見る。とても当てになりそうにない。

「さあ、どうする？　いいところを見せるか。このまま尻尾《しっぽ》を巻いて逃げるかどっちだ。所詮《しょせん》、お前のようなだらしないカスのような男に美奈と付き合う資格などないんだよ」

田谷は薄笑いを浮かべた。マサは腕を組んだまま黙っている。

「わかりました。必ず明日の夜、十二時までに八十万円を持ってきます。その時は美奈を何処かにやるのだけは勘弁してください」

タクは田谷を見つめて言った。

店のドアが開いた。

「美奈、来たか」

田谷が振り向いた。

「美奈！」

タクは叫んだ。

「タクくん！」

美奈が微笑した。しかしたちまち表情を暗くして、目を伏せた。

7

タクは地下鉄に揺られていた。身体の芯《しん》が猛烈に疲れていて、椅子に身体が沈み込むほど眠い。ケンが話しかける。うるさい。

「どうするんや。八十万やで」

「どうするって、お前かて、すぐ返すって偉そうに言うてたやないか」

「あれはその場の勢いっちゅうもんやないか」

「ケン、あんまりええ加減なことばかり言うな。お前の責任も重大や」

田谷は明日の夜、十二時までに八十万円が作れるかと言った。それができれば美奈を何処かの男のところに行かせるのを待ってもいいというのだ。田谷がタクをからかっているだけかもしれない。だけどそれに賭《か》けるしかなかった。

美奈は暗い顔をしていた。

「美奈、ぼくはこれからもう一度田谷さんと勝負するから、それまで待っていて欲しい。もしちゃんとできたらこれからも付き合ってくれ」

タクは真剣に美奈に言った。

「嬉《うれ》しい。だけど運命って変えられないのよ。わたしの母さんも結局、惨めに死んでいったし……」

美奈は悲しい顔をした。

「美奈、本当にそれでええのか。自由に生きなくてええのか」

「責めないで。ここに来たときからの約束を果たすときが来ただけなの」

「そんなのおかしい。美奈には美奈の人生があるはずだ。お母さんの人生の責任を美奈がとらなくてはならないってことはあらへん」

タクの激しい言葉に美奈は黙った。

「もういい加減にしろ。美奈だって辛《つら》いじゃないか」

マサがタクに諭すように言った。

「田谷さん、本当に八十万円を持ってきたら、美奈を自由にしてくれるんですね。約束ですよ」

タクは田谷にすがった。

「ああ、本当だ。自由にするかどうかは別にして、今回のように勝手に担保処分するようなまねはしない。しかし簡単に八十万円できるのかい。俺は一円もまけないよ」

タクは大きく頷《うなず》いて、

「美奈、待っていてくれ」

と言って、美奈の手を握った。その手は冷たかった。美奈は諦《あきら》めたように薄く笑って、

「タクくんと食べたすき焼き美味《おい》しかった。塾は残念だったけど、チラシ配りも楽しかったよ」

と言い、タクの手を強く握り返した。

高田馬場の駅に着いた。タクとケンは駅の外に出た。やたらと寒い。心が悲しいせいかもしれない。

「どうする?」

ケンが肩をすぼめながら言った。

「下宿へ帰る」

タクは答えた。

「このまま帰るんか。ちょっと呑みたくないか。なんやせつのうなってしもた。金の段取りも考えなあかんやろ」

「さかえ通りの清龍《せいりゅう》へ行こか」

「どこで呑むんや」

「清龍か」

「せやけど安いし、あんまり金ないし……」

「わかった。行こう」

タクは財布を確認した。あまり金は入っていなかった。しかしケンに言われて気づいたのだが、自分も呑みたい気分だったのだ。呑んで何もかも忘れられたら、それにこしたことはない。

タクとケンはさかえ通りを歩いた。ここは高田馬場で一番賑《にぎ》やかな通りだ。呑み屋が軒を連ねているが、その中でも清龍は安いことから学生に人気があった。

「どうする」

注文を終えるなりケンが心配そうに訊《き》いた。

「お前にはなんにもいい知恵がないのか」

タクが訊き返した。

「田谷の前であんなに偉そうに言ったけど、ハラハラもんやった。ちゃんと言うこと言わんと、指詰めろ言われたら、どないしょうもないからな。せやけどこのままやったら、借金の形《かた》に美奈ちゃんは、どこの馬の骨かもわからん中年男の餌食《えじき》やで」

「あんまりひどいこと言うな」

タクは酒を呑んだ。美奈のことを想うと酔いはしない。

第十一章　別れ

1

カーテンの隙間から陽がこぼれている。タクは瞼《まぶた》に光を感じて、飛び起きた。カーテンを開いた。薄暗かった部屋が一気に明るくなる。腕時計を見た。もう十一時だ。昨夜はなかなか寝つかれなかった。そのためにかえって寝すごしてしまった。こんなに時間を無駄に使っては、今夜の十二時までに八十万円を作って、美奈を迎えに行くことはできない。

唸《うな》り声が聞こえる。ケンが毛布を抱いて、寝返りを打っている。

「ケン、もう昼だ。起きろ」

タクはケンの毛布を剝《は》ぎ取った。

「まだ、眠いやないか」

ケンは毛布を放さない。

「おい、今日は大事な日だ。美奈の運命がかかった日なんや」

タクはそう言うと思いっきり毛布を引っ張った。ケンは、毛布に引かれる形で起きあがった。

「せやったな。急がなあかんわ。昨日、知恵絞ったけど、結局ええ考えが湧かんかったな」

ケンは緩めていたジーンズのボタンを留め、流しで水道の蛇口を捻《ひね》った。冷たい水が蛇口から溢《あふ》れ出る。ケンは、片手で水をすくうと、それで目を少しだけ洗った。

「今日は俺とケンと二手に分かれて金策や。それぞれが必死で金を集めるんや。俺は五十万円、責任を持つ。せやからケンは三十万円、集めてくれ。どこで借りてもかまへん。何してもええ。とにかく集めてくれ」

タクは必死で言った。

「わかった。実際のこと言うて、田舎にも連絡できへんし、どないしょと思っているけど、俺もがんばるわ。ここでタクの信頼を失いたくないしな」

「今夜、十一時半に銀座の三越のライオン前で待ち合わせしよう。あそこやったら間違えようがないやろ。絶対に来いよ。そこで合流して、田谷のところに乗り込むんや」

「わかった。でも……」

「でも、なんや？」

「金が集まらへんかったら」

ケンが心細そうに訊いた。

「それでも来いや。とにかく十二時に田谷さんのところに行くんや」

タクはケンを睨《にら》みつけた。

ケンはタクの勢いに圧《お》されるように、頷いた。

ケンは十一時半に会おうと威勢よく言って、下宿を出て行った。タクは心配だった。ケンが本気で金を集めてくれるのだろうか。もしケンが集められなかったら何もかもダメになる。しかしここはケンを信じるほかなかった。

タクの当ては佐山友里恵だった。

塾の準備があったため、二週間ほど家庭教師を中断しているが、頼めるのは彼女しかいない。

友里恵の家は落合だった。彼女の夫は商社勤務で、出張に出ていることが多い。

タクは公衆電話ボックスに入った。受話器を取り、佐山家の番号をダイヤルする。呼び出し音が聞こえる。心臓が高鳴る。誰も出て来ない。何処かに行っているのか。もし連絡がとれなかったら、次は田舎に連絡するしかない。そうなれば親は心配して、金を送る前に、東京に飛んで来るに違いない。そうなれば最悪だ。

他に金を貸してくれそうな友人の顔を思い出す。まだ呼び出し音が鳴り続けている。やはり留守なのか。

山川はどうしただろう。親が呼び出されただろうか。大学はどうなるのだろうか。本当に起訴されて、殺人罪が適用されることなどがあるのだろうか。山川の事情が理解されれば、無罪放免ということもあるのだろうか。電話が通じても、通じなくても、この後は戸塚署に行ってみよう。美奈はどう思っているだろう。助けに来てくれると思っているだろうか。どうしてこんな最悪の事態になってしまったのだろう。これが東京の魔力なのだろうか。浮《うわ》ついた気持ちで生きている自分に対する試練みたいなものなのか。試練だったら、それを乗り越えた先に幸せがあるのだろうか。

「もしもし……」

気がつくと、受話器の向こうで女性の声が聞こえた。タクは受話器を握り締めた。

「もしもし」

タクは言った。

「あれ、中島先生？」

「そうです。すみません。勝手に休ませていただきまして……」

「ご連絡がないから、心配してましたのよ。克己が寂しがっていますから、早くいらしてくださいね」

友里恵がねっとりとした声で言った。彼女と関係した日のことを思い出した。

「あの……」

タクは言いよどんだ。

「どうしたの。いつもの先生らしくないじゃないの」

「ちょっと相談があるのです」

「相談？」

「ええ」

タクはだんだんと小声になっていくのがわかった。自分は何をしているのだろうか。何を友里恵に期待しているのだろうか。どうして友里恵なら金を貸してくれると思ったのだろうか。

「先生の相談ってなんだろうな」

友里恵の声が受話器から飛び出て、タクの首にまつわりついてくる。

「会ってくれませんか。会ってお話を……」

「今、今すぐ？」

「ええ、早い方がいいのですが」

「そう、先生の頼みならなんとかするわ。じゃあ、高田馬場のルノアールでどうかしら。場所、分かるわね。駅前のビルの一階よ」

「わかります。ルノアールですね」

「今、十二時を回ったから、一時でどうかしら」

「わかりました。お待ちしています」

「おかしいわね」

「どうしてですか」

「だって、お待ちしていますだなんて言うからよ」

「すみません。突然のことで」

「いいわよ。嬉《うれ》しいわ」

友里恵の顔が目の前に浮かんできた。濃厚な赤い唇が見えた。

タクは受話器を置いた。ぐったりと疲れた。友里恵の体臭に身体が包まれ、息苦しくなったような気がした。とにかく何があっても、どんなことをしても金を作る、タクは自分に言い聞かせた。

2

ケンは高田馬場から渋谷《しぶや》で乗り換えて、自由が丘のサツキのアパートへと向かっていた。三十万円をどんな手段でもいいから集めろと言われてもケンには全く当てがなかった。

真っ先に思いついたのは、田舎だったが、両親に三十万円を送れと言ったら、卒倒してしまうだろう。とても無理な相談だ。金の相談ができそうなのは、サッキだけだった。しかしサツキは二度と近づくなと言ったらしい。それにあの亭主という男に見つかったら、今度こそ殺されるに違いない。

まだ十二時を少し回ったところだ。いつもならサツキが目覚める時間だ。電話をすると来るなと言われそうだ。サツキに金を貸してくれと言って貸してくれるだろうか。貸す義理も何もない。別れた今となっては赤の他人に過ぎないではないか。

ケンは東横線の電車から窓の外を眺めていた。東京には珍しく時々畑が見えた。その畑の中で鍬《くわ》を担いでいる母親が見える。ノブが母親にじゃれている。早く昼食にしたいのだ。ケンはノブに邪魔するのは止めろ、と言う。早く母親の作ったお握りを食べたいのは、ケンも同じ気持ちだった。しかしこの畝《うね》だけは耕さなくてはならない。ノブは何も手伝わずに邪魔ばかりする……。

ふと指先で瞼《まぶた》を触る。指先が濡《ぬ》れた。涙だ。ばかばかしいと自分を叱った。東京に来て、学費を仕送りしてもらって、やっていることはドタバタばかりだ。もうこれっきりにしよう。このドタバタが終わったら、真面目に勉強しよう。公務員試験か司法試験を目指そう。自分にはできるはずだ。あんなに田舎じゃ優秀だったのだから……。

電車が自由が丘に着いた。ケンは電車を降りた。サツキのアパートはすぐ近くだ。

ケンはサツキに会えるという浮き立つ気持ちが半分、無視されるかもしれないという不安が半分の気持ちだった。しかし今日はサッキとよりを戻したいという気持ちではない、金を借りなければならないのだ。これに失敗すると、ケンはサッキよりももっと大切なタクを失うことになってしまう。

サッキのアパートが見えた。サッキは今頃、シャワーを浴びているだろうか。部屋は二階だ。ケンはアパートのエレベーターに乗る。二階のボタンを押す。なんだか初めて来たときのように、胸が高鳴ってくる。もしかしてサッキはケンをしっかりと抱き締めてくれるかもしれない。もう離さない、何処にも行かないでって泣いてくれるかもしれない。

部屋のドアの前に立った。ケンの興奮はピークを迎えた。今にもドアを開けて、サツキが笑みを浮かべて、飛び出してくるような気になった。

ところがどこか違う。ここで何日か過ごした頃と何かが違う。違和感のある空気がドアから漂ってくるのだ。ドアチャイムを押す。何の反応もない。表札を探した。表札がないのだ。サツキはＳＡＴＳＵＫＩと英文字で表札を掲げていた。サツキというのは彼女の本名だったのだ。普通、風俗店に出るときは源氏名という商売用の名前をつけるものなのだが、サツキは本名で出ていた。ただどういう字を書くのかはケンも知らない。

ケンは必死でドアチャイムを押した。反応は全くない。ドアを叩《たた》く。サツキさん、と呼びかける。外につけられた電気メーターを見る。動いていない。中には電気が通っていないのだ。

　引っ越し？

　ケンは身体が冷える思いがした。

　隣の部屋のドアが開いた。

「うるさいなぁ」

　ドアの陰から若い男が顔を出した。眠そうな顔だ。

「すみません」

　ケンは頭を下げた。

「その部屋の女の人、引っ越したよ」

　男は眠そうな声で言った。

「何時ですか」

「昨日だよ」

「何処へ行ったか分かりますか」

　ケンは焦って訊《き》いた。

　男は首を横に振った。ケンは肩を落とした。

　サツキは引っ越してしまった。あの男と一緒に新しい生活を始めたのだろうか。それともまたあの男から逃げるために引っ越しをしたのだろうか。

俺から逃げるためやったのかもしらんな。

ケンは無性に泣きたくなった。思いっきり誰もいないところでサツキの名前を呼んで、泣きたかった。ケンはサツキの行き場所を捜す方法がないか考えた。店だ、と思い至った。川崎の店、「天使」は移っていないかもしれない。ケンは最後の拠《よ》り所として店を訪ねることにした。店が開くのは午後の六時だ。それまでいったい何をすればいいのだ。時間ばかりが虚《むな》しく過ぎ去っていく。

サツキに会えなければ、金を工面できる方法をケンは思いつかない。サツキに会ったからといって、本当に彼女が金を貸してくれるかどうかもわからない。こんないい加減な学生に三十万円もの大金を右から左に貸してくれるだろうか。ケンは、本当のところ自信はなかった。そしていつも誰かに頼ってばかりいる自分の無力さを情けなく思っていた。

3

「タククんやケンくんはどうしているかな」

美奈は「クラブひかり」の店内を掃除するマサに言った。

「今頃、必死で金の工面をしていると思うよ」

マサはモップを持つ手を休めずに答えた。

「集まるかしら」

「さあ、分からないな。何せ金額が金額だから」

「マサくんはタクくんやケンくんと友達でしょう」

「ああ、そうだよ」

「なのに何故、助けてくれないの。それにわたしのことも」

美奈は腰高の椅子に腰掛け、足をぶらぶらさせていた。

「どうしてかな。俺が田谷さんに仕える身だからかな」

マサは美奈を見つめた。美奈はふっと視線を外した。

「タクくんと過ごせて楽しかった。ボートに乗ったり、ラーメン食べたり、一緒にすき焼き作ったり……」

美奈は目を細めた。

「良かったじゃないか。田谷さんも美奈がタクと仲良くするのを見逃してくれたし……」

マサはまたモップで床を拭《ふ》き始めた。

「母がね、死ぬとき、田谷さんを訪ねるようにと言ったのよね。最初、田谷さんが本当の父親ではないかと思ったくらいだった。母さんは、わたしの父親については何も言わなかったから。でも田谷さんに初めて会ったとき、母の借金のことを聞かされて……」

「お母さんからは聞いていなかったのか」

「少しは聞いていたわ。銀座に世話になっている人がいるってね」

「田谷さんは金を返せって言ったの」

「そんなことは言わなかった。ただ自分のところから消えてはいけないって釘《くぎ》を刺されたわ。それからはどういうわけか娘のように自由にさせてくれた。店に出たければ出ていいし、出たくなければ出なくていいって。なぜ特別扱いをしてくれたのかしら」

美奈は椅子から降りて、マサに近づいた。

「よくは分からないけど、美奈のお母さんのことが好きだったのじゃないかな。きっとそうだと思うよ」

マサはモップをバケツに入れて、絞った。

美奈はマサの用具箱から布巾《ふきん》を取り出して、テーブルを拭き始めた。

「そうかな……」

「そうだよ。きっと。美奈のお母さんは素敵な人だったと田谷さんが言っていたのを聞いたことがあるから」

「でもわたしは借金の形《かた》に取られて、今度田谷さんが選んだ人のところに行かなくちゃならない。やっぱり単なるお金にしか見えてなかったのよ、わたしのこと……」

美奈はテーブルを激しく拭いた。

「そんなことはない。田谷さんは美奈のことを借金の形に取ったと言っていたけど、今回のことは美奈のためを思ってのことだと思うよ。美奈が行く先の人は、美奈に店を持たせてくれるというじゃないか。そんな出世はないよ」

「田谷さんが考えてくれた幸せか……」

「美奈にお母さんのようにはなって欲しくなかったのじゃないかと思うよ」

マサは美奈を見つめた。

美奈は涙ぐんでいた。

「どうしたんだ。美奈」

「マサくん」

美奈はマサの胸に飛び込んだ。

「タクくんに会いたい。タクくんと離れたくない」

美奈はマサの胸を叩いた。

マサは美奈の背中を優しくなでた。

「わかった。でも諦《あきら》めろ。あいつはまだ学生だ。美奈が付き合う相手じゃない」

マサは冷静に言った。

「でも、好きなの」

美奈は涙に濡《ぬ》れた顔をあげた。

「諦めるんだ。美奈もこの銀座で生きていくのなら田谷さんの言うとおりにした方がいい。現実を見るんだ。今まで楽しい夢を見たと思えばいいじゃないか」

「嫌だ、と言ったら」

美奈は怖い顔でマサを睨《にら》んだ。

マサは少し首を傾げて、考えるような顔つきになった。

「間違いなく殺されるな。たとえ美奈でも」

マサは感情を押し殺して言った。

美奈はマサから身体を離した。

「ひどいことを言うのね。マサくんって」

美奈は手で涙を拭《ぬぐ》った。

「田谷さんは温かいさ。タクに叶《かな》えられそうにもない課題をぶつけて、美奈を諦めさせようとしているんだ。今夜中に八十万円を持って来いという課題はタクには無理だ。それを無理だとさとらせようとしているのは愛情だと思うよ」

マサは言った。

「でも、もし万が一、タククんが八十万円を持ってきたらどうなるの？」

美奈が真剣に訊いた。

マサは、ふっと息を抜くように笑みを浮かべて、

「田谷さんがどうするかは分からない。だけど美奈をタクに預けるようなことはしないと思うよ。なぜって美奈は、八十万円なんて価値じゃないものな」

マサはリアリストの目で美奈を見つめた。

美奈は、声をあげて泣き出した。

4

タクはルノアールのゆったりとした椅子に座って友里恵を待っていた。もう一時を回っている。来ないのだろうか。来なければ、その方がいいような気もする。しかしそうなるとまた金の工面をしなくてはならなくなる。

一つだけいいことがあった。ルノアールに来る前に戸塚署に寄ってみたのだ。山川四郎に会いたいと受付で言ったら、担当の刑事がやってきた。タクに向かって胡散臭《うさんくさ》そうな目で、山川とはどういう関係かと訊いた。

「同じクラスの友人です」とタクが答えると、彼は、ノートのようなリストを開いて

タクの顔をためつすがめつ見て、

「名前は？」

「中島卓二です」

刑事はリストを閉じた。彼が見ていたのは過激派の写真つきリストか何かのようだ。

「山川はいないよ」

「釈放されたのですか」

「ああ、昨日、両親が迎えに来られてね。連れて帰った。君たちもあんまり心配かけない方がいいよ」

「ありがとうございます」

タクは思わず大声で言った。

山川は助かったのだ。事件に対する関与の度合いが少ないことが理解されたのだろうか。それとも香山たち首謀者が逮捕されたのだろうか。いずれにしても良かった。両親が迎えに来たらしいが、田舎に連れ帰ってしまったのだろうか。それとも下宿に戻ったのだろうか。両親はたいそう驚いたに違いない。しかし良かった……。

ルノアールは通りに面して広いガラス張りになっている。タクは通りを眺めていた。すると窓ガラスをこつこつと叩《たた》く音がする。音の方向に振り向くと、そこには友里恵の顔があった。友里恵は黒っぽいワンピースに毛皮のショールを首に巻いていた。

タクが驚いた顔をすると、嬉《うれ》しそうに笑って小走りに入り口に向かって駆け出した。

タクは友里恵の笑顔を見ると、彼女を誘い出したことを後悔した。美奈を助けるために、もっと泥沼に入ってしまいそうな不安が過《よぎ》ったからだ。

「待たせてごめんなさい」

友里恵はタクの前に座った。

タクは立ちあがって、頭を下げた。

「すみません。急に呼び出したりして」

「いいのよ。わたしこそなんでか弾んでしまって」

「コーヒー頼みますか」

「ええ、お願い」

タクはウエイターを呼んで、友里恵のコーヒーを頼んだ。

「ところでどうしたの先生、相談って」

友里恵は微笑しながら訊《き》いた。タクから頼られることが嬉しいのだろう。

「いいですか。とても不躾《ぶしつけ》なお願いなのです」

「何でも言って頂戴《ちょうだい》。わたしにできることなら、力になるわ」

友里恵は運ばれてきたコーヒーにスプーンですくった砂糖を入れてかきまぜた。

「お金を貸して欲しいのです」

タクは言った。友里恵の目を見ることができずにテーブルのコーヒーカップを見つめた。軽蔑《けいべつ》されているだろうと思うと、この場から逃げ出したくなった。

「幾ら、貸して欲しいの」

友里恵の声が頭の上から聞こえた。タクは恐る恐る顔をあげた。

「幾ら、要るの？」

友里恵はまた訊いた。

「八十、いや五十万円です」

タクは思い切って言った。

友里恵は表情を硬くして、押し黙った。タクは後悔した。なんの理由もないではないか。友里恵がタクに金を貸す理由などあるものか。ただ家庭教師先の母親で、一回関係を持ったということだけで数十万円もの金を貸すはずがない。タクは恥ずかしさと惨めさを味わっていた。

「いいわよ。何とかなるわ」

友里恵は言った。表情は硬いままだ。

タクは友里恵を驚きの顔で見た。

「失礼なことを言いました。忘れて下さい」

「いえ、失礼じゃないわ。先生がわたしにお金を貸してっていうのは、よっぽどのことなのね」

友里恵はタクを覗《のぞ》き込むように見た。タクは小さく頷《うなず》いた。

「友達を助けるためです」

タクは嘘をついた。美奈という恋人を助けるためと言うと友里恵が怒り出すような気がしたからだ。

「やっぱりね。どういう事情か知らないけれど、わたしは先生を信じるわ」

「いいです。無理なさらないで下さい」

「心配しなくていいわよ。五十万円くらいならいつでも自由になるわ」

友里恵は、初めて顔を綻《ほころ》ばせた。

「本当ですか」

「本当よ」

「ありがとうございます」

タクは友里恵に深く頭を下げた。

「何時までに用意すればいいの」

「今夜の十二時にその金をある人間に渡さねばなりません。ですから十一時までにはお借りしたいと思います」

「五十万円でいいのね」

「本当は八十万円ですが、残りはぼくの友人が集めるはずです」

「そう、八十万円はちょっときついわね」

「申し訳ありません。無理言いました」

友里恵は赤く紅を塗った唇を赤い舌でぺろりと舐《な》めた。タクはその舌を見て、ぞくりとした。

「でも条件があるわよ」

友里恵が言った。目が笑っている。

「なんでしょうか。どんな条件でしょうか」

タクは訊いた。

「前にも言ったことがあると思うけど、わたしと付き合うのよ。それでなくては貸せないわ」

友里恵は赤く塗った唇と胸を突きだした。

タクは頷いた。予想していたとおりだった。やはり友里恵は、タクを求めてきた。タクはこのことを予想していたから、友里恵に金を無心したのだ。言わば自分を売ったのと同じだ。タクは頷きながら、惨めな気持ちになった。美奈はこんな自分自身を売却した金を喜んでくれるのだろうか。こんな形でしか金を作れなかったタクを許してくれるのだろうか。しかしタクには選択肢がなかった。

「お金は五十万円。後から銀行で下ろしてくるわ。これから一年間、わたしの呼び出しには必ず応じること、それが条件よ。もし破ったら即刻返済すること。一年間、約束を守れれば返済は二十五万円でいいわ。もし二年間守れれば残り二十五万円も返済しなくていいわ。年間二十五万円で先生の自由を少し分けてもらう契約ね。いいでしょう。もちろん、恋人とかを先生が作るのは自由よ。でもデート中に呼び出しちゃうかもね」

友里恵は楽しそうに笑った。

「年間二十五万円の価値なんですね。ぼくは」

タクは伏し目がちに言った。

「それは先生がどんな条件でもいいと言うからよ。だからわたしはわたしの条件を言ったまで。もし不服なら、これは契約事だから先生の条件も言ってくれていいのよ。でもそうなると交渉は長引くわね」

友里恵は意地悪そうに言った。

「わかりました。全て承知します」

タクは言った。どういう手段を使っても金を作るのだ。

「嬉しい。それじゃここを出ましょう」

友里恵は伝票を持って立ちあがった。

「どこへ行くんですか」

タクは友里恵を見上げた。

「新宿よ。京王プラザホテル」

友里恵は目を細めた。

「あの高層ビルのですか」

新宿の西口、淀橋《よどばし》浄水場跡地に去年オープンした高層ビルだ。オープン時には多くの人が見学に訪れた。その人気に刺激されるようにその一帯には次々と高層ビルが建設されることになっていた。

「そうよ。一度行ってみたかったの。さあ、行くわよ」

友里恵はレジに向かって歩き出した。

5

ケンは川崎堀ノ内に来ていた。サッキに初めて会った街だ。もう時間は七時になっている。サツキの働いている「天使」は午後六時過ぎからしか開かない。貴重な時間を無駄に過ごしてしまった。タクと約束した時間まであと四時間半しかない。何とかしないとタクを裏切ることになる。堀ノ内界隈《かいわい》だけは色鮮やかなネオンでぎらついていたが、周辺はもう真っ暗だ。ケンはくたびれた気持ちでネオンの明かりの中に立った。道路には車が止まり、店を物色する人たちが往来していた。客引きらしき男たちも店ごとに立っていた。

ケンは真っ直ぐに「天使」に向かった。店の前に立った。ケンは自分の姿を見る。以前、ここに通った頃に比べると随分とみすぼらしくなった感じがする。

「すみません」

ケンは店の中に入る。

「いらっしゃいませ」

着流しの若い男が出迎える。以前いた男とは違う。ケンの知らない男だ。何度か顔を合わせた男だったら良かったのにとケンは思った。

「ご予約の方でしょうか」

男は訊いた。

「いえ、違います。ちょっと人を捜していまして、お訪ねしていいでしょうか」

ケンは丁寧な口調で訊《き》いた。

「どうぞ、誰をお捜しですか」

「サツキさん、です。この店にいらっしゃると思うのですが、ちょっと呼び出していただけませんか。ケン、いや米本謙一郎が来たと告げてくださいませんか」

「サツキ、ですか？　ご関係は？」

男は疑い深い目でケンを見つめた。こういう店に来て、女を捜すなどというのはロクでもない男が多いので警戒しているのだろう。

「弟です」

タクはとっさに嘘をついた。もしサツキがいたとしたらケンが弟を名乗っても笑って済ましてくれるだろう。

「ちょっとお待ちください」

男は帳場に入っていった。

ケンは不安だった。サツキはアパートを引き払っていた。ということは店も変わっていることが考えられるからだ。

男が帳場から出てきた。

「どうですか」

ケンは身を乗り出すようにして訊《き》いた。

「申し訳ございませんが、サツキは店を辞めました」

男は言った。

「本当ですか」

ケンは全身の力が抜けていくようだった。

「申し訳ございません」

「いつ辞めたのですか」

「おとといのようです」

「どこへ行ったかわかりませんか。まだこの堀ノ内にいるかとか、店の名前とか」

ケンは焦って訊いた。

「わかりません。知っていたとしても教えられません。ただ、この店にいないことだけは事実です」

男は僅《わず》かに口元を歪《ゆが》めた。

「どうして教えられないのですか」

「お客様が女の子につられて他店に流れてしまうからです。ここでお教えできるのは、サツキがこの店を辞めたということだけです。もしお客様が他の女の子でよければ、ご案内いたしますが」

男は薄笑いを浮かべた。端《はな》から弟だ、などということは信じていないのだ。

「どこか他の店に変わったのですか」

「それはわかりません」

「教えてください。緊急なのです」

ケンは男ににじり寄った。自然と声が大きくなった。男は苦々しそうな顔になって、

「お客様、他のお客様の邪魔になりますので、お引き取り願えませんか」

と言った。男の言うとおり、他の客が数人入ってきた。もうこれ以上ここで騒ぐ訳にはいかない。

男の目が厳しくなった。

「わかりました」

ケンは「天使」を出た。外は賑《にぎ》やかだった。女を求めて男たちが歩いている。客引きの声が大きく響き渡る。

「もう一軒、一軒、当たるしかない。サツキさんはまだこの街にいる。頑《かたく》なにどこに行ったのか教えてくれなかったのはそのせいに違いない」

ケンは自分に言い聞かせた。タクとの約束の時間まであがき続けるしか道はないのだ。

ケンは店を軒並み尋ね歩いた。

「ここにサツキという女の人はいませんか」

「以前、『天使』という店で働いていたサツキという女の人はいませんか」

どの店でも期待できる答えは返ってこなかった。時間ばかりが経っていく。銀座まで行く時間を考えるといつまでもこうしてはいられない。

「サツキという女の人……」

ケンが訊くと、露骨に、

「他の客の邪魔になるから、とっとと消えてくれ」

と、けんもほろろに追い返されることさえあった。ケンは次第に疲労感を覚え始めた。サツキはもうこの街にはいないのではないだろうか。どこか違う街に行ってしまったのだ。

時計を見た。もう十時に近くなっている。時間がない。金の工面ができなかったことをタクに謝るしかない。

ふと顔をあげると、目の前に男が立っていた。大柄な男だ。顔を見た。ネオンに照らされてごつごつした顔が赤くなったり、青くなったりしている。忘れられない顔だ。そのいかつい顔……。

「坊主、何をまたこの辺、うろついてやがるんだ。サツキを捜しているようだが、また一発殴られたいのか」

男はケンを見下ろして言った。ケンは男の顔を見あげた。サツキの亭主を名乗って、自分を叩《たた》きのめした男だ。本来は、震えが来るほど恐ろしい男なのに、ケンは森の中で迷ったときに猟師に出会ったような、ほっとした気持ちになった。思わず膝《ひざ》が崩れ、声をあげて泣き出してしまった。

「おい、セイガク、どうした突然泣き出したりして。立たねえか。みっともねえな」

男の野太い声が、ケンにはまるで救いの声のように聞こえた。サツキに会いたい……。

6

タクは目の前をにこやかに談笑しながら歩いていく人を眺めていた。背後にはライオン像が眠そうな目を通りに向けていた。銀座四丁目の交差点。今のタクには最も相応《ふさわ》しくない場所だ。銀座で一番華やかなところということは日本で一番華やかだということだ。いつかは着飾って堂々とこの場所で美奈と待ち合わせしたい。

和光の時計を見あげる。もうすぐ約束の十一時半になる。こんな時間でも人の流れは途切れることがない。その流れの中にケンは現れない。

やっぱりダメか。タクは崩れ落ちそうな気持ちを必死で支えていた。手には友里恵から借りた五十万円が入った封筒を握り締めていた。これにケンが持って来なければならないはずの三十万円を足して、田谷に突きつけるつもりだ。しかし五十万円だけではどうにもならない。

友里恵は、ひと月あれば百万円までは都合をつけられると言った。もしもケンが金の工面をつけられなかったら、何としても田谷にもう少し時間を貰《もら》うつもりだ。

ケンはいったい何をしているんだろう。あいつはいざとなったら何も役に立たないではないか。この五十万円を工面するためにどんな思いをしたか、タクは思い出すだけで吐き気がした。それにこれからも嫌な思いが続くのかと思うと死にたいような気分だった。これでは美奈を助けても、美奈の前に恥ずかしくて顔を出せない。

タクは友里恵に引きずられるように京王プラザホテルへ行った。

友里恵はホテルへ行く途中にあった銀行に入り、タクの目の前で五十万円を引き出した。それを銀行の封筒に入れるとハンドバッグにしまいこんだ。タクに向かってにやりと笑った。その笑顔は、もう逃げられないわよと無言で言っているようだった。タクは惨めだった。奴隷になったような気分だった。友里恵は得意そうに胸をそらして歩いていたが、その後ろをタクは心を何処かに落としてしまったようについていった。

ホテルの部屋は友里恵が予約していた。高級な部屋という訳ではないが、男女がしばらく時間を過ごすには十分な広さだった。ドアを開けるとツインベッドが目に入った。

カーテン越しに新宿の街が一望できた。まだ午後の三時だ。街は活気づいていたが、部屋の中は爛《ただ》れた空気が満ちていた。友里恵はいきなりベッドに倒れ込むと、

「服が皺《しわ》になるわ」

と命令口調で言った。

「どうすればいいのですか」

タクは友里恵を見ないようにして言った。

「丁寧に脱がせて。その前にあなたが裸になって」

いつの間にか先生からあなたに変わっていた。タクは言われるままにセーターやシャツを脱ぎ、ジーンズを脱いだ。

「下着も取るのよ」

友里恵はベッドに寝転がり、肘《ひじ》をついていた。明かりは部屋の隅とベッドにあるだけだ。外は昼だと分かっているのだが、部屋の中は夜そのものだった。

タクは下着を脱いだ。情けないことにタクの性器は屹立《きつりつ》していた。タクにはその気がないにもかかわらず、彼《そこ》には別の魂があるのだろう。

「さあ、脱がせて」

「かえって皺になったら困りますから」

タクは渋った。

「これが欲しくないの」

友里恵は舌で唇を舐《な》めながら、ハンドバッグを指差した。ここで友里恵の首を絞め、ハンドバッグの中身を奪った方がずっと男らしく、プライドが保てるような気がした。

タクは友里恵の背後に近づき、ワンピースの背中のボタンを外した。ようやくワンピースを脱がし、丁寧にたたんで、ベッドの脇に置いた。

「下着と靴下」

友里恵は命令した。タクは靴下を脱がし、下着を取った。下着を取るとき、友里恵は大きく足を広げ、股間《こかん》をタクの眼前に広げた。臍《へそ》に向かって炎のように野蛮な広がりをみせる黒々とした陰毛が白い肌に張りついていた。その陰には伝説の山姥《やまんば》の大きな口のような空間がぬめりを伴って開いていた。その口がタクに話しかけてきた。

「これからは言いなりになるのよ」

タクは思わず顔を伏せた。

「見なさい。そして舐めるの」

友里恵は激しい声で命令した。タクはこのまま部屋を飛び出したい衝動に駆られた。こんなことで得た金で美奈を救うことができるのかと自らに問いかけた。この方法しか思いつかなかった自分を呪った。

「何をやっているの。ぐずぐずしないで。我慢できない」

友里恵は足を宙に向かって開いたままだ。タクは友里恵の指示に従って、友里恵の両足を持ち、その真ん中にぽっかりと開いた暗い湿ったトンネルに舌を差し入れた。友里恵の悲鳴のような喘《あえ》ぎ声が部屋中にとどろいた。

それからは何度も友里恵はタクを求めた。その都度獣のような声を発した。タクは苦しくて、本当に、ベッドの脇に唾《つば》のような胃液を吐いた。それでも友里恵は許してくれなかった。終わったのは午後八時を回っていた。友里恵は鼾《いびき》をかいて眠ってしまった。口紅が頬の辺りまで広がり、大きく口を開けて眠っている友里恵をそのままにしてタクはシャワーを浴びた。友里恵の臭いを洗い流すと、身支度を整えた。

「お借りします」

タクは友里恵のハントバッグを開け、中から封筒を取り出した。中身を取り出して、数えた。確かに五十万円ある。タクはその封筒をジーンズのポケットに押し込んだ。ベッド脇のテーブルにあったメモに友里恵宛てに置き手紙を書いた。

「起こさないで行きます。五十万円、確かにお借りします。ありがとうございました」

最後の「ありがとうございました」は書くのに躊躇《ちゅうちょ》した。これからもこうした友里恵との関係が続くのかと思うと涙も出ない気持ちだった。

「ケンは来ない」

タクは和光の時計が十一時半を打つのを確認すると、封筒の現金をジーンズのポケットに押し込んで「クラブひかり」に向かって歩き出した。田谷と約束した八十万円にはならなかったが、美奈を助けるために時間を与えてもらうつもりだ。そして友里恵との関係を我慢さえすれば全てうまくいくはずだ。タクはそう考えた。

7

「そうか、それでサツキを捜していたのか」

男はケンの話をじっくりと聞き、

「友達との約束を果たすのに金がいるのか。しかし三十万は大金だな」

とポツリと言った。ケンを殴ったときのような威圧感はなかった。

「俺は他に当てもなかったものですから、情けないけどサツキさんに頼るしかなくて……。必ず返します。サツキさんに会わせてください」

ケンは男に頭を下げた。

「お前、サツキのアパートに行ったのだろう」

男は言った。

「行きました。でも引っ越しした後でした」

ケンは答えた。

「そうなんだ。あいつ引っ越しやがったんだ」

男は肩を落とした。急に縮んだように見えた。

「ひょっとしたらあなたにも内緒で？」

「そうなんだよ。サツキはこの街にはいない。何処かへ消えてしまったんだ。俺とやり直すはずだったんだけどな」

男は悲しそうに言った。

「もうここにはいないのですか。あなたも行き先を知らない……」

「ああ、知らないんだ。情けないがな。だからあいつの噂が何処かから流れてくるまで、ここで客引きをして待っているってわけだ」

「そうだったのですか」

ケンは力のない目で男を見上げた。

「あいつ、お前のこと、いい奴だったと言っていたぜ。もし生まれ変わることがあれば、お前みたいな奴ともう一度出会いたいって」

男は寂しく笑った。

「生まれ変わらなくても、そのままのサツキさんが好きだった」

ケンは呟《つぶや》くように言った。

「俺もちょっと脅かすつもりだったんだが、あんなに殴っちまって済まなかったな」

男は微笑した。

「いえ、あれで目が覚めましたから、かえってありがたかったです」

ケンは言った。

「これ、使えよ。三十万円は無理だがな。お前を殴った償いだと思っていいよ。返さなくていい」

男はズボンのポケットからシワクチャになった一万円札を三枚引っ張り出すと、ケンの手に無理やり押し込んだ。

「こんなものもらえません」

ケンは男に押し返した。

「俺の好意だ。役には立たないかもしれんがな。取っておいてくれ」

男は優しい口調で言った。

「受け取れませんよ」

ケンは強く言った。

「俺とお前とはサツキを通じての兄弟だ。兄弟の苦境を少しでもなんとかしてやりたいと思っているだけだ。とっととこれを持ってここから帰れ。そして二度と来るなよ」

男は金をケンのジーンズのポケットに押し込んだ。ケンは兄弟と言われたとき、頬が熱くなった。

「ありがとうございます」

ケンは男を見つめた。男は微笑していた。その目を見たとき、ひょっとしたらサツキはこの街にいるのかもしれないと思った。しかし一方で男の言うとおりどこか知らない土地に行ってしまったのだろうとも思った。

「もう会えないんですね」

ケンは男の目を見つめて言った。

「ああ、もう会えない。お前はお前の道をしっかり行くのが一番じゃねえか。サツキもそれを喜ぶと思うよ」

男は諭すように言った。

ケンは腕時計を見た。十時半になった。早く行かないと間に合わない。

「ありがとうございます。もしサツキさんに会うことがあったら、ありがとうって言っておいてください。このお金感謝します」

ケンは駅に向かって駆け出した。

「タク、三万円しか集められなかったけど、このお金は俺の命みたいな気がする。精一杯やったんだ。勘弁な」

ケンは走りながら、呟いた。

8

タクは銀座の中央通りを走りながら駆け抜けた。ジーンズのポケットには五十万円の入った封筒が突っ込まれていた。遅れるわけにはいかない。酔客に肩が当たる。怒声を浴びせられる。タクは、軽く頭は下げるが、謝罪はしない。全身から怒りが噴き出ていた。怒鳴った酔客はタクの険しい顔を見て、過激派の学生か、と横にいたホステスに話しかけた。ホステスもタクを一瞥《いちべつ》すると、関わり合いを避けるように、酔客の肩を抱いて歩き去った。

ちきしょう！　タクは言葉にならない怒りの声を自分自身に叫んだ。どうしてこんなに追い込まれなくてはならないんだ。どうして美奈を助けて、自分のものにできないんだ。こんな自分を売ったような金を美奈は喜ぶのだろうか。しかしこの方法でしか金を工面できなかった……。さまざまな思いが、まとまらずに次々と現われては、消えていく。

コリドー街に入った。多くの店が軒を並べる狭い通りを急いで行く。「クラブひかり」のネオンが目に入った。タクは立ち止まり、腕時計を見る。十一時五十五分。間に合った。大きく息を吸い、そして吐く。ポケットの封筒を軽く叩《たた》く。何があってもこれで美奈を自由にするんだ。これしかないんだ。タクは自分に言い聞かせた。

階段を降り、ドアを開けた。ひかりは静かだった。普段なら多くの客が笑い声をあげている時間だった。しかし誰もいなかった。

「すみません。中島です。田谷さんいらっしゃいますか」

タクは入り口で声を上げた。

「タク、待ってたぞ」

マサが目の前に現われた。無表情だった。タクの勢い込んだ様子を無視するように、マサは淡々としていた。

「田谷さんは？」

「奥で酒を呑んでおられる」

「客がおらへんな。珍しく」

「さっき、客は全部帰った。お前が来るまで次の客は入れなかったんや。田谷さんの配慮や」

マサは、ついて来いとばかりに振り返って、奥へ歩き出した。

田谷は菊代ママを横に座らせ、ウイスキーを呑んでいた。ちらりと視線だけでタクの顔を見た。美奈の姿は見えない。

タクは田谷の前に立った。無理に背伸びをして、田谷を見下ろすように胸を張った。

「遅くなりました」

タクは言った。

「大丈夫だ。まだ約束の時間には二分ある。ぎりぎりだが、間に合った。もう一人はどうした」

「ケンは来ませんでした」

「そうか。友達に裏切られた気持ちは辛《つら》いだろう」

田谷は琥珀《こはく》色の液体が入ったグラスを口元で傾けた。

「ケンは来ると思います。ぎりぎりまで動いているのでしょう。裏切ったりしません」

「そうであればいい。友ほど得がたいものはないが、失うのも早いと言うからな」

田谷はにやりと笑った。

「金はできたんか。どうや」

マサが訊《き》いた。マサは田谷の側に立っていた。

「ここにある」

タクはジーンズのポケットを叩いた。マサの視線がタクのジーンズに向いた。

「銀行の封筒やな。下ろしたてか？」

「どうでもええやろ。必死でかき集めた金や」

タクはマサをきつく見つめた。

「返して貰《もら》おうか。その封筒を寄越せ」

田谷が言った。煙草を咥《くわ》えた。側に座る菊代が黙って火を点《つ》けた。

「それより美奈はいないけど、どうしたんですか？」

タクは田谷とマサの顔を交互に見た。田谷はタクの問いを無視して、

「マサ、金を取りあげろ」

マサは田谷に命じられるまま、タクに近づいた。タクは封筒を手で押さえた。

「美奈は、美奈はどうしたのですか」

「マサ、金を取れ」

「美奈に会わせて下さい。美奈は、どこにいるのですか」

タクはポケットを強く押さえた。

「やっぱりはったりか。その金は単なる紙くずだろう」

田谷は笑った。大きく開いた口から白い煙が噴き出てきた。

「はったりやない。本物の金や」

タクは自分でポケットから封筒を取り出して、マサに渡した。マサはすばやく封筒の中を覗《のぞ》いた。マサの顔に驚きが浮かんだ。

「万札が入っています」

マサが田谷に言った。田谷の視線が、一瞬だけ強くなった。

「数えてみろ」

田谷はマサに言った。マサは封筒から金を取り出して、数え始めた。タクは手に汗がにじんできた。

マサが声に出して数えた。五十で声が止まった。

「足らんな。約束は八十万ではなかったのか」

田谷はにんまりと勝ち誇ったような笑みを浮かべて言った。

「残りはケンが持ってきます」

「そうか。しかし時計を見てみろ。零時を回ったぞ。時間切れだ」

「ここには五十万しかありません。残りは待って下さい。必ず用意します」

「それは当たり前だろう。借りた金を返すのは当然のことだ。この金をお前がどうやって工面したのかは知らん。しかし俺が貸した金だ。これは預かっておく。どれだけ努力したかも俺は知らん。しかし約束は果たされなかった」

田谷は言うと、グラスを空けた。菊代ママがそのグラスを取り、ウイスキーを注ぎ入れた。

「約束は果たします。必ずです。ですから美奈を返して下さい。自由にしてやって下さい。このとおりです」

タクは床に膝《ひざ》をつくと、頭を下げた。

「マサ、話してやれ」

田谷はマサに命じた。またウイスキーを呑んだ。

「タク、美奈はもうここにはいない」

マサは静かに言った。タクの耳には何も届かない。マサの声が、耳の入り口で消えてしまった。タクは、表情を失った。

「自分で出て行ってしもうた」

「マサ、お前、自分の言っていることがわかっているのか。そんなん信じろ言うのが無理な話やろ」

「せやけど本当や」

マサは無表情に言った。

「嘘や。美奈が勝手に出て行くはずがない」

タクは大声をあげ立ちあがると、マサの襟を摑《つか》んだ。そして田谷を睨《にら》んで、

「美奈はどこへ行ったんですか、会わせて下さい」

と怒鳴った。

タクの後ろで足音がした。振り向いた。そこにケンが立っていた。

「ケン！」

襟を摑まれていたマサが言った。ケンは息を切らし、顔は蛍光灯の明かりの下で青ざめていた。手には一万円札が数枚握られていた。

「タク、遅れてすまんかった。せやけど俺も必死でがんばったんや。これしか集められなかったんや。ごめんな」

ケンは一万円札を握り締めた手を田谷に突き出した。

「いつも肝心なときには逃げ出すお前なのによく来たな。それだけは褒めてやる。しかし全てはタイム・オーバーだ」

田谷はウイスキーのグラスを空けた。

「美奈がいなくなった」

タクが言った。

「何がタイム・オーバーや。美奈ちゃんを出せ」

ケンは田谷に向かって、一万円札を投げた。

「三万円ぽっちしか集められんで、偉そうに言うな」

田谷が鼻で笑った。

「なに！　その金はどんな思いで集めたと思うねんや」

ケンは叫ぶと田谷に飛びかかって、拳《こぶし》を振りあげた。菊代ママが悲鳴をあげた。ケンが殴ろうとするその前に、ケンの顎《あご》に田谷の拳が鋭く向かってきた。拳が当たった。ケンの身体がテーブルを越えて、飛んだ。

「何をしやがる」

田谷は興奮して叫んだ。ケンは床に身体を打ちつけた。

「ケン！」

タクはマサから手を放し、ケンを助け起こした。

「何も言うな。美奈はいない。それだけだ」

田谷が言った。

「タク、諦《あきら》めろ。美奈は本当に自分から出て行ったんや」

マサがタクとケンを見下ろして言った。タクは唇から血を流しているケンの頭を膝の上に乗せて、介抱していた。意識はあった。

「タク、俺も必死で金をかき集めた。三万円、ぽっちやけど、俺はお前との約束を守りたかったんや。間に合わなくてごめんな」

ケンは涙声になった。

「わかってるわ。友達やないか」

タクの目にも涙が溢《あふ》れてきた。

「タク、お前が辛《つら》いのはわかる。しかし美奈は、もう二度とお前や俺たちの前には現れることはない。きっとあいつにとってみればお前と付き合った何日間かが一番楽しかったのやないかな。俺はそう思う。美奈を面倒見ていた俺が言うねやから間違いない」

マサは感情を抑えたように言った。タクはその目が赤く充血しているのに気づいた。マサが涙を堪《こら》えている。

「美奈にもお前との楽しいときがあったのだと聞いて、少しはほっとしている。俺は、本当にお前らを待たなくていいのかと訊いた。しかしきっぱりと待たなくていいと言った。俺が決めた男のところへ行くと言ったんだよ」

田谷が初めてしみじみとした口調で言った。

「行き先は教えてもらえませんか」

タクは深く頭を下げた。

「それは教えられない。美奈も望んではいないだろう」

田谷はきっぱりと言った。

「タク……。美奈ちゃんは本当に行ってしもたんか」

ケンが泣きながら言った。

「マサ、本当なんやな」

「田谷さんが決めた男のところに行くという運命を美奈は受け入れたんや。それはお前を苦しめないためや。その気持ちをわかってやれ」

マサは言った。

「手紙もないんか」

タクは訊《き》いた。

「ない。せやけどそんなんあってもしょうがないやろ。お前の胸の中に、美奈の楽しそうに笑う顔があるんやから」

マサが泣いている。タクはその涙を見て、美奈がいなくなったことを信じた。ケンがタクの膝に身体を預けたまま、号泣した。タクはケンを抱えながら、涙を落とした。

また大事な人を失ってしまった。タクはマサを見た。涙を堪えようとしているのか、肩が大きく上下している。いつか見た景色だと思った。倒れているのは、ノブ。それを抱えているのはマサ。泣きながらノブの死に顔を見ているのはタク自身だった。タクは、美奈のことを思った。出会ってからの日々を思った。楽しそうに笑う顔ばかり浮かんできた。本当にいなくなってしまったのだろうか。美奈の顔がノブと重なった。遠くで二人が笑っているような気がした。

腕の中でケンがまだ泣いている。タクは母親のような気持ちになっていた。美奈を失ったことを頭で理解しようとしている。気持ちはまだついてこない。マサを見た。マサも泣いている。

「俺たちは、また大切な人を失ったみたいやな。そんなんばっかりや」

タクはマサに言った。鼻水混じりで、まともな声にならなかった。

「昔と同じやな……」

マサはぽつりと言った。

外では酔客が足をもつれさせ、大声でわめきながら歩いていることだろう。しかしこの店の中には悲しみが深い澱《おり》となっていた。誰もがその悲しみに身を沈めていた。

いつか復活のときが来て、輝くような未来が訪れるのだろうか。タクは自らに問いかけた。しかし今のタクには否定的な声しか聞こえてこなかった。

（Ⅱ　贖罪篇につづく）

ＪＡＳＲＡＣ 出1603212-601

本書は二〇〇九年十月に角川書店より刊行された『腐敗連鎖 上』を改題し、加筆・修正しました。

なお本作品はフィクションであり、実在の個人・団体などとは一切関係がありません。

文芸社文庫

ピエタの時代 Ⅰ 原罪篇

二〇一六年四月十五日　初版第一刷発行

著　者　江上剛
発行者　瓜谷綱延
発行所　株式会社　文芸社
〒一六〇‐〇〇二二
東京都新宿区新宿一‐一〇‐一
電話　〇三‐五三六九‐三〇六〇（編集）
〇三‐五三六九‐二二九九（販売）

印刷所　図書印刷株式会社
装幀者　三村淳

ISBN978-4-286-17508-9

［文芸社文庫　既刊本］

トンデモ日本史の真相　史跡お宝編
原田　実
日本史上の奇説・珍説・異端とされる説を徹底検証！　文庫化にあたり、お江をめぐる奇説を含む2項目を追加。墨俣一夜城／ペトログラフ、他

トンデモ日本史の真相　人物伝承編
原田　実
日本史上でまことしやかに語られてきた奇説・珍説・伝承等を徹底検証！　文庫化にあたり、「福澤諭吉は侵略主義者だった?」を追加（解説・芦辺拓）。

戦国の世を生きた七人の女
由良弥生
「お家」のために犠牲となり、人質や政治上の駆け引きの道具にされた乱世の妻妾。悲しみに耐え、懸命に生き抜いた「江姫」らの姿を描く。

江戸暗殺史
森川哲郎
徳川家康の毒殺多用説から、坂本竜馬暗殺事件の謎まで、権力争いによる謀略、暗殺事件の数々。闇へと葬り去られた歴史の真相に迫る。

幕府検死官　玄庵　血闘
加野厚志
慈姑頭に仕込杖、無外流抜刀術の遣い手は、人を救う蘭医にして人斬り。南町奉行所付の「検死官」が、連続女殺しの下手人を追い、お江戸を走る！